台湾文学コレクション 1

近未来短篇集

伊格言・他　三須祐介 訳

呉佩珍　白水紀子　山口守 編

早川書房

台湾文学コレクション1　近未来短篇集

臺灣近未來小說集
by
賀景濱, 湖南蟲, 黃麗群, 姜天陸,
林新惠, 蕭熠, 許順鏜 and 伊格言

Translated by
Yusuke Misu
Edited by
Peichen Wu, Noriko Shirouzu, Mamoru Yamaguchi
First published 2024 in Japan by
Hayakawa Publishing, Inc.
This book is published in Japan by
direct arrangement with
國立臺灣文學館（National Museum of Taiwan Literature）.

LITERATURE
FROM TAIWAN

装画／今日マチ子
装幀／田中久子

目次

去年アルバーで

賀景濱

●賀景濱（ホー　ジンビン）
一九五八年、新竹生まれ。国立政治大学中文系卒業。一九九〇年に「速度的故事（速度の物語）」で時報文学賞小説一等賞、二〇〇五年「去年アルバーで」で第一回林栄三文学賞小説三等賞を受賞。著書に小説集『速度的故事』（二〇〇六年）、『去年在阿魯吧』（二〇一一年）がある。後者は「去年アルバーで」を第一章として、その後病気療養をしながら、時間をかけて六章分を書き継いで完成したものである。テクストは『去年在阿魯吧』に拠った。邦訳は本作が初めて。

一、GG《ちんこ》はどこにあればいいの

　俺が入っていったとき、無頭人はもう隅の方に座っていた。いや、彼は頭を左手の上に置き、ちょうど右手でビールを注《つ》いでいたところだと言うべきだろう。

「ハーイ」俺は彼に手を振った。ほんとうのことを言えば、無頭人の襟の立ったコートはやけにキマっていたが、首の上は何もなく、やはり奇妙に見えたのだ。

「ハーイ」彼は頭をバーカウンターに置いて、俺の方に向いた。彼はきっとVR3・7版のデジタルバーチャルプログラムを使っているのだろう。

　俺はバーチャル都市バビロンのバーチャル市民である。IDはAK47#%753$@~TU、ニックネームは俺を放っておいて、英語ではLeave Me Alone（LMA）、パスワードについてはみんなと同じで、すべて＊＊＊＊＊だ。バーチャル人生が始まってから、毎晩ここに顔を出している。Happy Hours at Alu Bar、アルバーのハッピーアワーは、夜八時から十時まで、一杯飲

めばもう一杯おまけでついてくる！　でもどうしてどのバーのハッピーアワーも、いつもこんなに寂しいのだろう？

時間はまだ早い、俺は思った。バーカウンターのなかでバーテンダーのジャック（Jack the Bartender, JTB）が両手を広げ、何にする、と尋ねるので俺も両手を広げる。任せるよという意味だ。俺の目の前にたちまちバーチャルのベルギービール、サン・フーヤンが一本現れた。もちろん、製造工場特製のチューリップグラスもいっしょに。説明するまでもないが、ジャックが用意する最初の一本に文句を言う者は誰もいない。客が店に入ってきたときに彼はひと目でアルコールチェックをして、何を用意するべきなのかわかってしまうのだ。

俺は無頭人の袖口のルミネセンスのネームプレートをちらっと見た。彼は頭からっぽ、Out of Head（OOH）という。

「もしもGG《ちんこ》がGGの位置に生えていなかったら、どう思う？」俺はグラスの酒の香りを嗅いだ。真っ先に匂うのはいつも花の香りだ。

「もしもGGが手に生えていれば、セルフ・フェラチオはできるけれど、魚を焼くときに火傷《やけど》してしまうね」

「GGが腋《わき》の下に隠れていたら？」

「そしたら金玉が挟まれてわあわあ叫ぶだろうね」

「じゃあGGが背中にあったら？」

「頼むよ、それじゃあオナニーできないだろう」

「だったら、GGはいちばん理想的な位置にあるってことだね？」俺は今夜一口目の酒を飲んだ。気持ちいい。

　頭からっぽは長いことぶつぶつつぶやいている。「もしもGGに意思があれば、陽の光も届かない暗いところに進んで隠れようとするかな？」

　俺も考えてみた。「もしもGGが出世できるなら、どんどん大きくなる方向に進化して、この世界から可愛い小さなGGがなくなってしまうだろうね」

「どうして？」

　俺は頭からっぽの頭をつついた。もしもみんながGGを見ることができるようになったら、誰が小さなGGと次世代を繁殖させたいと思う？　バカ。「ただ……」

「ただ金持ちである限りは、次世代の繁殖を担保できるね」バーテンダーのジャックがそばに来て言った。

「うん」

「つまり……金持ちはみんなGGが小さいの？」

「そうそうそう」ジャックはすぐにピアノのところまで駆け寄って、〈金持ちの小さなGG〉を弾いた。


〈アンダンテ〉

俺のGG小さいが、でも志は高いんだ

金さえ持っていたならば、可愛い子ちゃんとベッドイン
〈間奏〉
俺のGG小さいが、ポケットの中はいっぱいさ
俺が求めさえすれば、双B（ベンツとBMWのこと）3Pなんでもござれ
〈間奏からアダージョ〉
ポケットいっぱいだけれども、俺のGGちっぽけさ
可愛い子ちゃんが目にしたら、あららダメよダメよとみんな言う

金持ちをあざ笑うのはこんなにも楽しいことだったのか。おそらく俺たちはつまらなくておもしろくもない、プロレタリアートなんだろう。俺は頭からっぽの方を向いた。「毎日そんなふうにでかい頭をあちこちに持ち歩いて、疲れないの？」

「大きな頭はもともと分離式設計を採用するべきなんだよ」

「どうして？」

「喧嘩のときはまずその辺に置いておけるからね」

「じゃあどうやってGGをコントロールするんだ？」

「ブルートゥースさ」

「どうりであんたはデジタルの酒しか飲めないんだな」

正直に言えば、デジタルの酒はバーチャルで本物そっくりにできるけれど、味は少し落ちる。

たとえデジタルを基礎としたバーチャルリアリティがたくさんの趣向をひねり出せたとしても、俺はやはりアナロジーのバーチャルプログラムでバビロンに入る方がよい。本物そっくりだから。

以前彼らはよく言っていた。デジタルのサンプリング頻度がもっと高くなりさえすれば、いつかバーチャルリアリティのパラダイスに到達できるだろう。そんなの誰が信じるかよ。俺はもう一度酒を嗅いだ。もうフルーツの香りが出てきている。どうやら俺は結局のところつける薬のないアナロジー信者なのだ。おそらく次の世代に、高度にバーチャルリアリティを実現するアナロジーコンピューターが捲土重来《けんどちょうらい》してようやく、人々はアナロジーバーチャルのパラダイスとは何かを理解できるだろう。

「デジタルの酒なら二日酔いはないのさ」頭からっぽはかたくなに言い張る。彼の顔はもう豚のレバーのように赤くなっているというのに。

こんなふうに、俺たちはだらだらとくだらないおしゃべりをし、ノウノウ教授（Professor Know No, PKN）が入ってきたときにはもう、頭からっぽの頭は少し壊れかけていた。彼の顔面神経は引きつり続け、右手の輪郭もとぎれとぎれになっていたのだ。おそらく新しいバージョンのプログラムがまだあまり安定していないのだろう。

「ハーイ、俺を放っておいて、久しぶり」教授の顔には、五、六割の酔いが回っているようだ。彼のそばについているフェラチオ人形は、唇が突き出て、頬はぷっくりしており、名前は吸う吸う殺必死《サービス》（Suck off Service, SOS）である。彼女は教授の最新の試作品なのだろう。

「ハロー、俺を放っておいて」目の前のチューリップグラスが突然口を開いた。「もう三十分も私に触れてないですよ。飲まないと、この酒はうま味がなくなりますよ」

「MaDe《ちくしょう》、俺を放っておいて」俺は言った。チップ、どこもかしこもチップだ。グラスにさえ感応型対話のチップが入っている。もしもすべての女にこのチップが埋め込まれていれば、「あんたはもう三日も私に触れてないわ。触らないなら、私は出て行くわよ」ってなるだろう。マジかよ、それで全世界の男が狂わないならおかしい。

「好意で気づかせてあげてるんじゃないですか」チューリップグラスは言った。MaMaDe《こんちくしょう》、お前は触れたらだだをこねるチップなのか？　俺は頭を上げて飲み干した。

二、微笑《ほほえ》む小さなBB《まんこ》

ジャックはトリプル・カルメリートを一本開け、チューリップグラスにゆるゆる注ぐと、泡はちょうどグラスの口まで届いた。俺の分だ。ノウノウ教授はセントイデスバルドを一杯頼んだ。聞くところによると彼は以前、高エネルギー物理学を専攻していたそうだ。どうりでアブノーマルな趣味をしているわけだ。フェラチオ人形は、ベルギービールにはたいして興味はないらしい。だが、俺の腰のあたりをじっと見つめている。俺がチャックを閉め忘れたみたいに。俺は彼女にめちゃくちゃ言いたくなった。俺のあそこには硬いものがあるぜ、どうすればいいのかわからないのさ。

思いがけず今回先に口を開いたのはチューリップグラスではなく、グラスのなかの酵母菌だった。「ヘイ、お隣さん、お宅らはどちらの方で？」

「私もベルギーからだよ」教授のグラスのなかの酵母菌が答える。するとふたつのグラスの酵母はケラケラと笑い転げた。

「黙れ」俺と教授はほとんど同時に叫んだ。おそらくこのやかましい酵母たちが、俺たち「バーチャル人間」の主体性を侵したと感じたのだろう。

　前世紀に神経細胞の伝達システムが発見されてからというもの、今ではさまざまな有機電子回路はまるで災害のような氾濫ぶりだ。話ができる酵母なんて珍しくもなく、最近のニュースによると、神経錯乱状態のソークウイルスがなんと免疫細胞に求愛したそうだ。

　だがいちばん怪しいと思うのは、やはりベルギーの修道院でビールを醸造している老修道士たちだ。彼らが酵母菌を瓶のなかで発酵させるのはいいが、どうしてそれらに互いに連絡を取り合わせるのか？　まさか彼らは監視の任務を負っているのだろうか？　セントイデスバルドのラベルのあの老修道士は、見れば見るほどフリーメーソンに潜伏している薔薇十字団の末裔《まつえい》のようだ。それから、ワトウのラベルのあの老修道士も怪しい。もしかすると彼らは手中に十字団秘蔵の宝物の秘密を持っており、今ではその秘密は酵母菌のなかに分散して隠され、代々複製され引き継がれることが確実に保証されているとか。そうでなければ、ベルギーではどうしてあんなに多くの修道院でビールを醸造しているというのだ？　少なくとも、秘密を無性生殖の単細胞のなかに隠す方が、人類の身体のなかよりも安定しているし安全でもある。酵母菌を捕まえて拷問するなんてこともないだろうし。

「知ってるか?」ジャックは謎めいた調子で言った。「昨夜細胞が三人やられたよ」

バビロンのバーチャル警察は細胞と呼ばれており、正式には掃毒戦警(AntiVirus Patrol, AVP)という。彼らは神出鬼没だ。壁の時計が本物の時計か、それともAVPが変装しているのかさえまったくわからない。ましてや時刻に狂いがなければなおさらだ。

「何があったんだ?」俺はカルメリートを一口飲んだ。ほほう、じつにいい。これぞビールだよな。

「きっとまた何か侵入者と関係があるんだろう」ジャックは肩をすくめる。「いずれにせよ細胞の捜査から逃れられるやつなんていないよ」

バーテンダーのいいところは、他の誰より物知りだということだ。

「細胞の捜索から逃れる方法が私にはあるよ」ノウノウ教授が得意げに口を挟む。彼は左手でSOSの腰を抱き、つるつるの頭を彼女の右肩にのせ、右手をマウスのように彼女の太ももの上で動かしている。俺は空気中に漂う女性フェロモンの匂いを嗅ぎ取った。まるで初めて発情したイタリアの種豚が、冬の晩、トリュフの香りで溢《あふ》れる林のなかに迷い込んだようだ。

ジャックが興味深げに教授を見つめる。「聞かせてくれませんか」

ちょうどこのとき、バーカウンターの隅でOOHの頭が突然ちらりと動くのを目にした。彼は早々にどろどろに酔っぱらってしまったのではなかったか?

教授の頭はなんとか女性フェロモンの魅力から脱して、襟を正してきちんと座り、自分の考えを述べた。超弦理論に基づけば、この世界は我々が目にすることのできる四次元の時空間だけではなく、ジョン・シュワルツの超弦理論のように、十次元まであるのだ。

じゃあ他の六つの次元は？

「縮んで小さすぎるんで、目には見えないんだ」

「それは小さな玉に縮まって、絨毯《じゅうたん》の下に隠れているとでも言うんですか？」俺にはさっぱりわけがわからない。

「ああ、そうとも言えるね。コンパクト化の数学技術でそれらを消去することもできる」教授は話しながらSOSにスカートの下の小さなパンティを脱ぐように命じた。クソ～、彼女はほんとうに言う通りにしたのだ。それはワインレッドのレースがあしらわれたTバックだった。おそらくヴィクトリアズ・シークレット、O嬢シリーズだろうと俺は踏んだ。

「きみは陰唇の皺《しわ》をじっくり観察したことはあるかね？」教授は今しがた皺を押し分けたばかりだが、ジャックはもう顔を近づけている。「見てごらん、この表面の起伏、ぎっしりとつまったビラビラを。こんなに豊かな表情をしているよ」ここまで話すと、教授はさらに指先で少し押し広げ、それに微笑みの表情を浮かべさせたせいで、SOSは軽くうめき声をあげた。俺ですら我慢できずにそれに挨拶したいと思ったくらいだ。「じつは、この三次元の皺は、一歩引いて見るだけで、一次元の弦に変わってしまう」

「それで？」

「それでじゅうぶんに小さくなれば、細胞に捕まることはない」

「どれくらい小さくなればいいんですか？」

教授は首をかしげてしばらく考え込んでから言った。「10^{-13}センチよりも小さくなりさえすれば、おそらく粒子加速器に足取りを追跡されることはないだろう……ただ超伝導超大型加速器の場合は厄介だ……まあいいだろう、電子よりも小さくなりさえすれば、あの細胞たちから逃れられると思う」

ちくしょう〜そんなのナンセンスじゃないか！　こんなふうに理論で詰められるとまいってしまう。まさか誰かがこんなふうに言うとでも？　「ねえ、あなたを電子に変えてあげるわ！」

いったいどうなってるんだよ。

ＳＯＳはＴバックをまた穿《は》いて、純真な瞳で俺を見つめ続けた。目玉はぐるぐると回転している。俺のＧＧがいったい一次元なのか三次元なのか知りたくてたまらないという表情だ。俺だって彼女にすごく伝えたかった。もしも火星から眺めたら、俺のＧＧもきっと弦みたいに小さいだろう。振動する弦だ。遠くからだと一次元のようだが、四維《四次元》八徳《八次元》（華人の美徳を表す理念。「四維」は四次元のことでもある）何でもあるぜ。

教授は興に乗った話しぶりになり、口角泡を飛ばし始める。興奮すると、彼の右手の中指は不随意に震え始める。彼は広義の相対性理論と量子論の矛盾から、重力と無限大についての困惑まで語った。「繰り込み不可能な無限、nonrenormalizable infinities は」なんだか流行りの早口言葉みたいだ。彼が粒子のカイラル、左巻き、右巻き、奇数次元、偶数次元のうちどれが正しくどれが間違っているのかについて話すと、俺の頭も左巻き右巻きし始めた。今の俺には問題はひとつしかない。ＳＯＳの前に駆け寄り、俺の硬い硬い《ビンビン》問題を彼女に解決してもらいたかった。

でも俺には勇気はない。

バーチャルの世界では、俺はか弱く小心者のつまらないプロレタリアートなのだ。

俺はクズだ。

俺は立ち上がると、カルメリートの最後の一口を飲み干して、勘定をした。

店を出るとき、後ろの方ではJTBがちょうど曲を替えたところだった。〈バーがお好みなら酔うのを怖がらないで〉。

軽快さのなかに感傷が入り混じるバスの曲だった。

三、ネイルサロンのオネエチャン

アルバーを出て左に曲がり、通りをふたつ渡ってから右に曲がってまっすぐ行くと、バビロン大通りに出る。並木大通りを運河を挟んで前へと進み、バベルの塔大通りと交差するロータリーにたどりつくと、そこが都市バビロン全体の中心だ。このロータリーを囲む内環状道路だけで十二キロ近くある。ロータリーの中央に雲に隠れるほど高くそびえるバベルの塔があることは言うまでもない。塔のてっぺんに昇ったことのある者はいないが、聞くところによると、そこには世界最先端のクラウド処理装置が置かれ、バーチャル都市全体の出入口になっているという。我々はすべてそこから出入りするのである。ロータリーの東南の角には哲学者の道があり、突き当りまで行くと、右側に古くからの市立図書館がある。もちろん今はもう、なかには一冊の本もない。

知識はすべてネット上で閲覧できるからである。図書館の向かいは市立のサウナで、なかには千差万別の公娼がいる。ふたつの建物は地下通路で繋がっており、聞くところによると当初このように設計したのは、「先に市場に行ってぶらぶらするといいよ、俺は図書館で新聞を読んでくるから」と妻に言うことができるようにするためだったという。

　俺は市場を通り抜け、ＪＴＢの指示通り、迷宮のような路地へと入っていった。二、三周回って、ようやく纖纖《シェンシェン》ネイルサロン（Xian Xian eXotica, XXX）を見つけた。ネイルサロンと言いながら、実際には怪しいサービスも行っていた。入口の看板によれば、ここで使われているのは有機顔料なのだという。爪の草花の模様はそのときの服装や心情に合わせて変化する。すなわち、もしもミニスカートを穿いていれば、爪には金持ちの貴婦人のような牡丹は絶対に現れないし、嬉しさが顔ににじみ出ているときには、爪には涙溢れる小さな花は出てこない。

　外から眺めると、女性が三々五々、ショーウィンドウにもたれカウンターチェアに座り、忙しく爪の手入れをしているのが見えるだけだった。おもしろいのは、室内の照明は非常に明るいのに、見えるのは彼女らの手や足だけで、その他の部分はモザイクがかかっていることだ。

　なかに入ると、三七仔《サムチラー》（Son of 3-Seven, S3S）（台湾語で客引きのこと）がすぐに近づいてきてお辞儀をし、タバコを手渡す。「お客さん、爪の手入れをされますか？　ワンハンドで、それともツーハンドで？」

　いいかげんにしろよ、手コキなのか本番なのかって訊きたいんだろう。

　俺は周囲を見回して、すぐに理解した。客に扮していようがネイル西施（中国古代の四大美女の一人。ビンロウ屋台のセクシーな格好の売り子のことをビンロウ西施とも呼ぶ）だろうが、実際にはみんなグルなのだ。だからAVPが一日じゅう入口で見張りをしていても、鳥の羽一枚も捕まえることはできないのだ。

バーチャル都市では、相手の真の姿は永遠に見られない。だからとても個性的な男の子に会うことはあっても、醜い女性はそうそう見つからない。このような状況は、実際には早くから新ダーウィン主義の学者によって予測されていた。よりにもよって、左頬に切り傷のある女性が隅に座っているのが俺の目に入った。

俺が三七仔にくどくど言うと、彼はすぐに返事をした。「はあ～お客さんはくろうとですねえ。この子は今日来たばかりなんだ。バイトですよ。きっとご満足いただけますよう」

彼女が俺を個室に案内してくれたとき、私を忘れて（Remember Me Not, RMN）という名だとようやく気づいた。切り傷を抱えたままバビロンにやってくるなんて、どんな女性なのだろう？

「ご希望は何でしょう？」私を忘れてが暗闇のなか沈黙を破った。

「俺には硬い硬い問題があるんだ」

「硬い問題は軟らかい方法で解決しないとね」

美しい。俺はこういうつまらない会話が大好きだ。ホットスワップが最小化できるというような感じだ。熱膨張には軟着陸が必要で、硬い問題には軟らかい道理がきっとある。

「二時間ありますからね」彼女はベッドサイドのタイマーを押した。「どこから始めましょうか？」

「タレスから始めよう」すべての問いはタレスに始まる、そうだろう？

「でもタレスからなら、プラトンとアリストテレスにも触れないと」

「それが何だっていうんだ？」

彼女はミニランプを点け、料金表をめくった。

「プラトンの話をするなら五十バブー追加です。アリストテレスは少し高くて百二十。でもふたりとも追加するなら二割引きです」

バブー（Babylonia Boo, BB）はバビロンの通貨だ。でなければ何だと思っていたの？　まあアイスクリーム売りの音みたいに聞こえるけれども。

「じゃあいちばん高いのは誰？」クソ〜、またその手か。彼女らはまずなかに誘い込んでから、ゆっくりと生き埋めにしていくのだ。

「いちばん高いのはもちろん老子よ」

「じゃあ孔子は？」

「すみません、うちでは倫理学は扱ってないんです」

「なぜ？」

「倫理学は、はっきり言うと、ダーウィン主義における生存戦略にすぎません」

ＭａＤｅ《ちくしょう》、すばらしすぎる。俺は一切を顧みず電話を手に取り、三七仔に大声で言った。「ビールを十二本頼む」

正直に言って、彼女のあぐら姿はとても魅力的だった。俺は彼女にミニランプを消すように言った。もしも哲学が暗黒の密室で一匹の存在しない黒猫を探すことならば、彼女こそがその猫であることを切に願う。

「それとも数学に興味がありますか？　もしもフェルマーの定理を語りたいなら、担当者をチェンジできますよ」私を忘れては髪を少し振って、笑みを浮かべて意味深長に言った。「あるいは、ダブル指名にしますか？」

空気中には髪の香りがする。おそらくVOS（Vanity Odor Seduction）の最新のインタラクティブシャンプーだろう。体内ホルモンに応じて香りがセクシーに変化するのだ。

俺たちはタレスの宇宙論から始めたが、まもなく俺は気づいた。ソクラテスの「定義」に対する彼女の理解はとても鋭い。俺たちがビールを六本片付けたとき、ようやくプラトンの「イデア」について話し始めたところだった。

「待ってくれ、プラトンの心身二元論がどこから来ているのか知っているのか？」

「一般にはピタゴラスと関係があると言われていますが、私はオルペウス教の影響がより大きいと思います」

なんてこった、俺は感動で泣きそうになった。今どこに行けばオルペウス教の話ができる女性を見つけられるというんだ？

私を忘れてはおそらく酒に弱いのだろう。俺の足元に横になった。暗闇のなか、俺たちの重い呼吸音しか聞こえない。終了時刻はまもなくだ。スピードを上げないといけない。冗長な前戯は省略し、直接アリストテレス、アウグスティヌス、カントなどのくだらない連中に飛んだ。

「正直に言うけど、シュレーディンガーは読んだことがある？」

案の定、彼女は微かに呻《うめ》いた。「おっしゃっているのは彼の波動関数のことですか？」

「いや、俺が言いたいのは、彼が精神の物質的な基礎を探す努力をしようとしたことだよ」

彼女の息遣いがますます激しくなる。「彼は言いました……遺伝子は……非周期的結晶であると。

彼は物理学を使って時間は精神を毀《き》損《そん》できないことを証明しました」

突然、彼女はイタリアのベルカントで高音のCを発した。

彼女はデジタルで、段階的な、とぎれとぎれのエクスタシーに達した。

彼女の爪が俺の手のひらに食い込む。

俺は、彼女の指先がきらきら光るのを見たような気がした。

四、左脳と右脳がまた言い合いをした

俺が錯乱状態でバビロン大通りまで戻ると、まもなく夜が明けようとしていた。沿道の街灯が何度も俺に注意を促す。「おい、そんなふうにうろつきまわるなよ」「あ～頼むぜ。俺に小便をかけないでくれるか？」小便をしているとき、俺は頭からっぽを思い出した。天の思《おぼ》し召しか、俺の尿道には味覚細胞はいない。

俺は手に飲みさしのビール瓶を提げ、運河のそばの休憩用ベンチの上で動けなくなった。身体

じゅうの力が抜けて、割れるように頭が痛かった。クソ～、全部ＴａＭａＤｅ《こんちくしょう》アルコールのせいだ。俺は目を瞑り、ゆっくり休みたいと思ったが、俺の左脳と右脳が言い争いを始めた。

俺の左脳	俺の右脳
見ろよ、全部お前がやったんだ。言っただろう、酒は二本でじゅうぶんだって。	とっくに知ってたって言うけど、もしも早く知ることができたなら、世界はこうなふうになってないさ。
お前は恥ずかしくないのか？　二百バブーも払ってネイル西施と親密になっただなんて。	お前だけじゃない。人にずっと纏《まと》わりついてプラトンをしゃべって、最後に気持ちよくなったのもお前じゃない。
プラトンじゃなければ、まさかヴィクトリアズ・シークレットについて彼女と話せということなのか？　このスケベ野郎。	ふん、今に見てろよ、次回は必ず彼女とウィーン・アクショニズムについて話すからな。
次回？　まだ次回があるとでも？　まさかお前知らないのか？　一度目は妓女、二度目は恋人、三度目は妻、四度目以上はすべておふくろって呼ぶってこと。	彼女に恋したのはお前の方だろう。俺が忘れられないのは、SOS の笑みを浮かべた陰唇だよ。
お前の頭のなかは精子でいっぱいなんだろう？　少なくとも RMN の胸は SOS ほどおっかなくはないぞ。	ほら見ろ、お前の方が彼女に恋したって言っただろう。おっぱいすら口に出せない臆病者め。
SOS の胸はな、女は哺乳類だってことをいつでも思い出させてくれるみたいだ。	お前の言い方によれば、男はみんな哺鳥類だな。
しっ、小 GG を起こすなよ。こいつはもうふにゃふにゃなのを見てないんだな。	はは、今夜いちばん意気消沈しているのはこいつだろう。右手に慰めさせようか？
やめておこう。酒酔いオナニーは免許取り消しになるのを知らないわけではあるまい。しかも飛び出た精液は三日三晩もアリを失神させるんだぞ。	もしもお前に我慢させられなければ、俺は昨夜とっくに SOS とやってたよ。
お前でなければ、俺だって無神論者にはならなかったよ。	無神論も信仰の一種ではあるよ。
信仰？　お前は酒とセックスを信仰してるだけだろう。	まじめな話、SOS はあのスケベじじい PKN のセックスマシーンみたいじゃないか？
きっと第二世代の改良品だろうな。	だな、前回のアレはめちゃくちゃ痛かったよ。
SOS の目つきはぼうっとしていて、なんかエロいよなあ。	おっぱいの弾力もなかなかいいよ。
正直言って、文明もここまで発展すりゃ、もう最終形かなあ。	まさか。俺は PKN が次世代のフェラチオ人形をリリースすると信じてるよ。
ユークリッドも素数は無限に存在することを証明したよな。	それだって文明が果てしないことを意味してはいないだろ。

もうたくさんだ。このぶつぶつ言うふたりの輩は、いつまで経っても終わらない。永遠に終わらない。俺は頭をひねって外し、運河のなかに放り込みたくて仕方がなかった。

ＯＯＨは正しいのかもしれない。デジタルの酒なら二日酔いにはなりにくいし、頭部と身体は本来、分離式の設計を採用するべきなのかもしれない。

俺は腹をくくって、残りの饐《す》えたビールをすべて腹に流し込んだ。

吐きたい。

でも吐けない。

俺は絶望してベンチの上で動けなくなった。

夜はまもなく明ける。

五、コンピューターでもラブソングが書ける

夜八時前、俺はもうアルバーの入口にいた。

ＯＯＨは俺より早かった。彼は昨日からずっとここにいたのでは、と俺は思った。違うのは、今夜は彼の手に葉巻が一本加わっていることだ。

彼は頭部を太ももにのせて煙をくゆらせ、目を細める。忙しくても悠揚迫らぬ感じだ。

ＪＴＢがグリムベルゲン・ダブルを運んでくる。酔い覚ましにはもってこいのようだ。

「二千バブーをなんとかしてもらえないか」俺は開口一番彼に金の無心をした。

彼は少し眉をひそめる。「なんだ、できちゃったのか？」

「くそったれの息子ができたのさ」

彼は新札のバブーの束を俺に手渡す。室内にはちょうど〈好きなら彼には言わないで〉が流れている。やけにメランコリックな歌だ。

私を好きなら言わないで　好きだと彼には言わないで
このお酒は飲み干したけど　私はここを出て行くわ
でもお願い　彼にはきっと言わないで
愛しているのは彼だって

歌詞はほどほどに平凡でありふれている。聴けばすぐにコンピューターが書いたものだとわかる。賭けてやってもいいが、コンピューターも自分が何を書いているのかわかっていないはずだ。だが、流行歌というのは不思議なもので、節やメロディがよければ、歌詞がどんなにひどくてもなんとかなる。

八時十五分、果たして、私を忘れては約束通り入口に現れた。

彼女は長い髪をコートの立てた襟のなかに収め、わざと左頬の切り傷を隠していた。乗馬靴が彼女をよりすらっと見せ、風を伴って歩いてくる。彼女がそんなふうに俺の前に来ると、まるで一陣の風が吹き抜けるようだった。ＯＯＨは目を見開き、ＪＴＢはもっとひどくて、よだれがカウンターにこぼれそうだ。

「ハーイ」OOHを目にすると、彼女の瞳に困惑の色がよぎる。おそらく彼の頭部に驚いたのだろう。すぐに挨拶でそれをなかったことにした。

「ハーイ」俺は彼女にクレイジーなあばずれ女、ドゥルティーヴを頼んでやった。彼女はフルーツ風味のような女っぽいものなんて飲まないと俺は知っていた。こんなにハードな女なんだ。

「どうして私をここに呼んだの？」

「俺は毎晩ここにいるからさ」俺はグラスから匂いを嗅いだ。「Alu Bar《アルバー》のAluの意味を知ってる？」

彼女は首を横に振った。

歴史上最初にaluが現れたのは北欧の古い碑文に書かれた呪文なんだ。俺は彼女に言った。それはおそらく現在の英語のなかの麦芽ビールaleの語根だと言われていて、今のフィンランドビールもolut《オルット》と呼ばれている。フィンランドのラップランドに住んでいるサンタクロースがいちばん好きなビールはJouluolut《ヨウルオルット》と言うんだよ。

「二千バブーで貸し切りにしたのは」彼女は首をかしげて、いぶかしげに言った。「私をアルバーに呼ぶため？」

「酒を飲むのは悪いことなの？」俺はグリムベルゲンを一口飲んだ。とてもすっきりしている。

「どっちにせよバーチャル人生にすぎないんだから」

「そんなに悲観的なの？」

「反知性主義の社会で理性を保とうとすれば、楽観的にはなれないだろう?」

「ホオ〜デートなのね」クレイジーなあばずれ女のグラスが突然口を挟む。

「黙っとけ」俺は指先で容赦なくグラスの縁を弾《はじ》いた。チ〜ン。プラハのクリスタルの音だ。

「あらまあ〜痛いじゃない!」クレイジーなあばずれ女は甲高く叫ぶ。

私を忘れてに笑みがこぼれた。まるで一陣の爽やかな風が吹き、花が咲いたみたいだ。

バーチャルな世界で、俺はこんな笑顔を見たことがない。

もしかしたら俺の右脳が言ったことはほんとうに正しいのかも。

「今夜は何を話したい?」彼女はクレイジーなあばずれ女をグイっと飲んだ。

「ウィーン・アクショニズム」俺の右脳が即座に答える。

「じゃあディオニソスから話さなくちゃ」

待て。彼女はきっと俺が見てきたなかで唯一の、ウィーン・アクショニズムと聞いてもすぐさま気持ち悪いと言わなかった女だ。

「ディオニソスからならニーチェを話さないわけにいかないな。でもふたり合わせて二割引きにできるの?」俺はわざと尋ねた。

彼女はじろりと俺をにらむ。

JTBは気を利かせ、俺たちがウィーン・アクショニズムについて話しているのを聞き、すぐにシェーンベルクの〈月に憑《つ》かれたピエロ〉にBGMを替えた。

「まずニッチェ(ヘルマン・ニッチェ。ウィーン・アクショニズムの中心人物の一人)から始めるわ。彼は羊を切り開いて、その死骸を強姦したの」

「羊の血をキャンバスに塗り、それから羊の内臓を自分のＧＧに擦《こす》りつけた」緋色の羊の血、乳白色の精液。彼は羊男と呼ぶべきだろう。中国語の羊尾《ヤンウェイ》と陽痿《ヤンウェイ》が音通するのを彼は知っていたのかもしれない。

「俺はシュワルツコグラー（ルドルフ・シュワルツコグラー。ウィーン・アクショニズムの中心人物の一人）の方がすごい人物だと思う。自分の睾丸《こうがん》を切ってしまったんだから」

「彼が飛び降り自殺したことと睾丸がないことに関係はあるの？」

「睾丸がなけりゃぶつかったときに睾丸が裂けて液が飛び散ることもないだろう」

「彼らの音楽はうるさいし怖い。でも彼らが動きを加えると、なんであんなに可笑《おか》しいのかしら？」

「それがつまり情緒をぶちまける感情の転移作用だよ」

「彼らは羊が象徴しているのはディオニソスかオイディプスだと言うけど、どう思うの？」

「全部くそみたいなものさ。彼らは定義されることを根本的に拒絶しているんだ」

「あら、もしかしたら彼らはいかなる意味もまったく拒絶しているのかも」

俺はため息をついた。もういい、終わりだ。もっと話し続けたら、自分が陽痿《インポ》になるだけだとわかっていた。そのときには、自分の内臓を羊のＧＧに擦りつけるしかない。

「外に出て歩こう」

「オーケイ」彼女はいたずらっぽくグラスを二度弾く。チンチン～～。

「MaDe、どこのどいつなの？」クレイジーなあばずれ女が大声で罵る。「痛いじゃないの」

OOHはちょうどパルタガス・セリーD4を吸い終わり、出て行く俺たちを両眼でまっすぐにらんでいた。

六、空中庭園を散歩する

バビロンの公の施設はすべてバベルの塔を中心とするロータリーのなかにある。世に名高い空中庭園は、これらの建築群の屋上にあり、全体でひとつのものとなっている。空から俯瞰《ふかん》すると、庭園は世界地図を広げたようだ。そこにある草花、樹木、築山、川、湖は地球の地形に基づいてデザインされている。花が咲いたり散ったり、草木が生えたり枯れたり、春夏秋冬、時とともに変化した。リアルな世界と唯一違う点は、チケットを購入する必要はなく、いつでも入れることだ。

俺たちは地中海地域の入口から一段一段上がり、カンヌの海辺まで散歩した。ここから下を眺めると、バビロンの五五パーセントの夜景が視界に収まる。なぜなのかはわからないが、どんな都市の文明でもある段階まで発展すると、見晴らしのいい高台を人工的に作り出すものなのである。真夜中近くになっても、あいかわらず街じゅうが明るく照らされている。でもこの距離から眺めると、遠くのバビロンは二次元の都市になってしまったようで、なんだか贋物《にせもの》のように思える。

俺たちは黙ってしばらく夜景を眺めた。俺がタバコを二本吸い終え、沈黙に包囲されてそろそろ息が詰まりそうな頃、彼女はようやくそれを破った。

「私のことが好きなの？」

「ああ」

「でも私のことをまだ知らないでしょう」

「ああ」

「私と寝たいの？」

「ああ。なんでわかるんだ？」こんな訊き方をする女に出会ったことはない。でも俺は世間の男ならみなするような返事をした。

「まだ顔の切り傷のことを訊いてないわよね」

「それはだいじなことなの？」

彼女の視線がバベルの塔の先端に向いた。長いこと一心不乱に眺めていたが、ようやく振り向いて俺の眼を見つめた。そうすれば俺のことを見透かせるとでもいうように。

「あなたを信じていいの？」

「ああ」

「私の話は信じられる？」

「うん」おそらく俺は性欲で頭がおかしくなっていたのだろう。今なら彼女が何を訊いても、俺の答えは「ああ」か「うん」だ。

「じつは私はRMNじゃないんだ」一文字ずつ噛《か》みしめるように彼女は言った。「本名は、私を覚えていてなの。ROM、Remember Only Me。実体のバーチャルでやってきたわけではなくて、私はメモリーなの」

ということは、俺はメモリーを愛したということか。

「私たちはバビロンの最初の実験市民だったの」彼女は苦笑した。「おそらく今残っている実験用マウスは私だけでしょうね」

彼女によれば、その頃、すなわち人間の脳の記憶をメモリーにダウンロードできるようになり始めた頃、バーチャル都市の生存ルールを実験するため、おそらく数千個のメモリーが選ばれたという。災害と疫病によって人々は外に出なくなり、バーチャル都市の需要がさらに加速した。しかし拙速な実験の結果は悲惨だった。半分の人がその過程で傷つけあったのだ。当局は情報を封鎖するために、すべてのメモリーを回収して破壊することにした。彼女たち何人かは情勢が芳しくないことを早くに予期して、トロイの木馬プログラムを設計して逃げ出したのである。

「じゃあなんでまた戻ったの？」

「私はバーチャルの世界でしか生きられないの」

「どうして？」

「私という実体は、とっくに存在していないみたいだから」

「どういうこと？」

「最後の記憶は自動車事故だった」

「ということは、連中は君がまだ生きているうちに、その記憶をダウンロードしたということ?」

「そうだと思う」

言い換えると、俺は死者のメモリーを愛したということか。

俺は彼女をしばらく見つめていた。MaDe、彼女はほんとうに可愛い。長いこと見つめていると、頬のあの小さな切り傷《ちくしょう》すらセクシーに思えてしまう。

「なあ、つまり前の晩三人の細胞を片付けたのは……?」

「その通りよ」

このバーチャル都市では、片付けるというのは、そいつをデリートするという意味だ。死亡とは言わない。だって死亡なんてことはまるっきりないんだから。ここにはバーチャルの遊園地、バーチャルのホテル、バーチャルのカジノはあるし、もちろんバーチャルセックスだって欠かせない。俺たちは思う存分バーチャル人生を楽しむのである。でも、死亡はバーチャルにできない。というのは、あちらから戻ってきて、死とはいったいどういうものなのかを俺たちに伝える者はまだいないからだ。

「連中はまだ君を探しているよ」

「ええ」

「どうして見つかったんだ?」

「前の晩に市場で事故があったの」彼女はがっかりしたように苦笑した。「あの人たちの追跡から永遠に逃れることなどできないことはわかってる」

クソ〜、今度はやばいぞ。深く息を吸うと、空気中には海水の匂いがして、しょっぱかった。左手を伸ばすと、すぐに彼女を抱き寄せた。これはきっとまた俺の右脳の仕業だろう。

まさにこのとき、背後から怒鳴り声が聞こえた。「動くな！」聞き覚えのある声だ。ＯＯＨか？　ふりかえると、目の前のサボテン三株が、コート姿の男になっていくのが見えた。リーダーには頭がない。ＯＯＨじゃなければ、どこのどいつだっていうんだ。

私を覚えていての動きは俺より速く、もう前へと飛び出し、乗馬靴からよくわからない何かを引っ張り出して、ぐさっぐさっとふたりをデリートした。俺がＯＯＨのＧＧを蹴りつけると、彼は腰をかがめたが、うんともすんとも声を出さない。おおかた神経が頭とうまく繋がっていないのだろう。私を覚えていては返す刀で、彼の身体も片付けた。

「頭は？」彼女が眉をひそめて周囲を探す。

俺は目の前の光景に怯《おび》えて動けなかった。

しばらくして我に返ると、やっと気づいた。**俺が愛したのは、ＴａＭａＤｅ《こんちくしょう》〜死んでしまった〜女殺人犯の〜メモリーだっていうことを。**

七、ＧＧとＢＢの陰謀

俺たちは一路近くのビューティービーチ・ホテル（Beauty & Beach, B&B）に駆け込んだ。看板にはネオンサインが煌めいている。「休憩二百五十BB　宿泊五百九十九BBから」。俺はJTBに借りたバブーで、超でかい地中海景観豪華スイートルームを選んだ。受付のおじさんは意味深長に言った。「ジェットバスとセックス・チェアも備えていますよ」

　俺はドアを閉めた。バーチャルの掃き出し窓の外は、バーチャルのモナコの夜景が広がっていて、さっき空中庭園から眺めた景色よりもずっと感動的だ。俺は自分の身体をソファに放り投げた。ふかふかで、気持ちよすぎる。頭を抱き枕に埋《うず》めると、淡い月橘《げっきつ》の香りが鼻孔に入り込み、逃亡中の身であることを忘れそうになる。頭を上げると、私を覚えていてが申し訳なさそうに向かいに座っているのが見えるだけだった。

　俺は突然大声で笑いだした。おそらく運命に弄ばれているように感じたのだろう。俺は冷蔵庫を開けてビールを二本開け、彼女もふかふかのソファに座るように言った。逃亡の唯一の悪い点は、好きなときにベルギービールが飲めないことだ。

「君はまだ……この世界を……離れたくないのか？」俺は言葉を間違えないかひやひやした。

「ええ」

「どうして？」

「私はまだ考えることができるから」

　くそったれ～、どうりでシュレーディンガーが時間は精神を毀損できないと彼女が最初に言うのを聞いたとき、あんなに興奮したわけだ。もしかすると俺たちは「バーチャルのバーチャル都市」を作り、実体はすでになくなったがまだ思考できるこれらメモリーに「生存」の空間を与えるべきなのかもしれない。

「そんなふうに言うということは、君は物心二元論者なのかい?」

「どういうこと?」

「デカルトは我思う、ゆえに我ありって言ったろう」

彼女は首をかしげる。「違うわ。私の問題はもっと複雑。私は思考〝したい〟からこそ、私が〝存在する〟空間を探しているの」

じつにまずい。哲学の命題に触れるたびに、俺は知らぬ間に興奮してしまう。俺たちはデカルトからフッサールの身体と想像についての考え方を語ったが、最後にはやはりヒューマニズムに触れないわけにはいかない。

「宇宙がこのようであるのは、私たち人間がこのようであるからよ」

「でもそれは、俺たちがこのようであるのは、世界がこのようであるからだということではないよ」

「だったら因果律は存在しないし、時間というこの次元も存在しないわね」

「だからね、極端なヒューマニズムなんてまるっきり屁みたいなもんさ」

「でも浅はかなヒューマニズムにだって、それなりの道理はあるみたいよ」

「どういうこと?」

「たとえば、酸素を生みだす植物があるから、もちろん酸素を吸う動物もいる」

「じゃあどうして人間は植物や動物を殺してしまうんだ?」

「人間は大量のエントロピーを消耗できるのよ」

「この宇宙にいる人間だけが宇宙と人間の問題を考えることができる」

「もしも宇宙の外で考えることができたら、ヒューマニズムの干渉を避けられるかもしれない」

「いずれにせよ、ヒューマニズムはやっぱり消極的すぎる。そこからは何も目新しいものは得られないよ」

ここまで話すと、俺の手はもう積極的に彼女の服を脱がせていった。俺は興奮の頂点に達した。どうしてもあの硬い硬い問題を解決する必要があるのだ。俺がひじ掛けのスイッチを押すと、ふかふかのソファは案の定受付のおじさんが言う通り、全電動のセックス・チェアに早変わりした。俺が身体のバーチャルセックス駆動プログラムを起動させ、ちょうど彼女の体内に入ろうとしたとき、俺のGGのなかの感応型チップがまたしても相手とこそこそおしゃべりを始めた。

俺を放っておいてのGG	私を覚えていてのBB
ハーイ、会えて嬉しいよ。	嬉しがるのは早すぎるわ。まずは私たちのプログラムは互いに相容れるのかチェックするべきよ。
相容れない問題に出くわしたことはあるの？	あるよ。めちゃくちゃ痛かったよ。
じゃあどうしたらいい？	転換プラグインを使うしかないわ。
転換プラグインを使う？　なんだか靴下を履いたまま足を洗うみたい。	そうよ。たとえいちばん速い転換プラグインでも、七ナノセカンドの差が生じちゃう。
そんなに僅《わず》かな差でも感じられる？	数ピコセカンドのタイミング差のときもある。たとえエクスタシーに至っても楽しくない。
エクスタシーはそんなに重要？　エクスタシーなしでも子どもは産めるよね。	エクスタシーは進化の副産物だけど、いちばん美しい間違いなの。
だからオスは必ず射精して、メスは必ずしもエクスタシーには達しない？	間違えないでよ、射精は進化の必然で、エクスタシーは進化の偶然ってこと。
連中は首を絞めればわりと簡単にエクスタシーに至るって言うけど、ほんとうなの？	もういいわ、エクスタシーはあんたのような単純なGGが想像するより遥かにずっと複雑なのよ。
俺だって思い通りにはいかないさ。上にはボスがいてコントロールしているからね。	しばらく相手にしない方がいいよ。わざとふにゃふにゃになって見せてやったらどう？

ほんとうにもうたくさんだ。

BBに煽《あお》られ、俺に歯向かおうとし、わざと俺をつらい目に遭わせる小さなGG？

俺は自分のGGを羊の内臓に擦りつけたくてたまらない。

GGはフェミニズムの読みすぎで、エクスタシーに熱狂的な分子になってしまったのだろうか。もしかすると、俺がチップのなかの感応プログラムを長い間アップデートしなかったせいで、彼を時代遅れにさせてしまったのかもしれない。ソフトウェア業者と風俗業者には何の違いもないように感じることがある。彼らはいつも、まずは誘惑して釣り上げ、それからゆっくりと生き埋めにしていき、永遠にわけのわからないものをアップデートさせようとしてくる。超感チップ会社（Superchips of Extreme eXperience, SEX）が新しいチップを売り出してから、俺のGGはずっと鬱々として楽しそうでない。彼にはまったくなすすべがない。

俺は決まり悪そうに私を覚えていてを眺めた。彼女はあいかわらずあの純真なまなざしで、よく理解してくれているようだった。

「まずは逃亡のルートについて相談しましょう」彼女は言った。

八、カオス理論を利用して逃亡する

「君は前にトロイの木馬プログラムでバビロンを脱出したんだよね？」

「ええ。でもAVPの最新のウイルス定義ファイルで、とっくにあのトロイの木馬はデッドロックされていると思うわ」

「もしも新たに別のトロイの木馬を作るとなると、少なくとも数か月は必要だろう」今はどんなプログラムファイルも大きすぎる。俺は思った。「それに、逃げられるのかどうかまだ保証があるわけじゃない」

たとえノウノウ教授に助けを求めても、すぐに俺たちを電子の大きさに変えることはできないだろう。俺は掃き出し窓の前に立ち、タバコに火をつけ、モナコのビーチをぼんやりと眺めた。彼女がそばにやってきて、そっと俺に腕を絡ませる。そして俺たちはまた終わりのない沈黙に入り込んでいった。

「マンデルブロ！」俺は興奮して目の前のビールを一気に飲み干した。MaDe《ちくしょう》、今回は俺がひらめいたぜ。今回は、ノウノウだって俺の計略に敬服せざるを得ないだろう。「マンデルブロ集合を使って逃亡のルートを考えたらいい」

私を覚えていてはまだぼんやりと俺を見ていた。知性を脱ぎ去っても、このときの彼女は可愛くて仕方がなかった。

「どうやって海岸線の長さを精確に測るかわかるかい？」俺は窓の外いっぱいに広がるビーチを指さした。「なすすべがない。そうじゃないか？」

「なぜなら海岸線はフラクタル図形になっているから」彼女はまたずる賢い表情を取り戻した。彼女はほんとうにどうしようもなく可愛いし賢い。少しの手がかりで俺がカオス理論を話しているとわかる。

「フラクタルの処理に、線型方程式は使えない」俺は彼女を机のパソコンのところまで引っ張った。「でもマンデルブロは複素数と簡単なC言語を使って、終わりのないフラクタルを生みだすことができる」

彼女はディスプレイの図形が、一から自己生成のプロセスを繰り返しながら、樹幹の枝がますます複雑になっていくようにずっと増殖し続けるのを見ながら、思わず呆気にとられていた。こんなに簡単なのだ。たった数行のプログラムだけで。

俺はバビロンの地図を呼び出し、マンデルブロ集合を上から覆った。そして図形の変化する起点を、ビューティービーチに定める。voilà《ほら》。「これが俺たちのルートだ」俺は起点から分岐する二本の太い幹を指さしながら言った。「任意の分岐点におとりを置いて、AVPを分かれ道の迷宮に迷い込ませるんだ」

「つまり、別々に逃げるの？」

「ああ」俺は頷いた。どこで見たのか忘れてしまったが、**分散は、逃亡の第一ルールなのだ。**

「そうやって逃げたら、私たちは永遠に二度と会えないんじゃない？」彼女の爪の花は今にも萎《しお》れそうだ。

ヘイヘイ、こいつの未練がましい口調を聞いたぞ。そこで俺は鏡像のマンデルブロ図形を作り、さっきのルート図の最後にくっつける。voilà《ほら》。迷宮のような枝がまた遠方の一点でひとつにまとまる。

「ここが俺たちが出会う地点だ」俺は言った。「もし何かアクシデントがあれば、アルバーに会いに来てもいい」**逃亡の第二ルールは、いつでもプランBをポケットから出せるようにしておくこと。**

「もし……私が……それでいなくなってしまったら？」彼女の声は心配とためらいを含んでいた。

「だったら……」俺は一息置いた。「毎年この日に、ここで君を待つよ」

彼女は俺の懐に飛び込んできた。

ＭａＤｅ《ちくしょう》、こんなことを言うと、まるで自分が七夕の彦星になったような気分だが、効果はてきめんのようだ。幸い俺の憂鬱なＧＧが、この感動的な場面に出てきてぶち壊しにするようなことはなかった。

「でも、ここを離れる前に、君の記憶を安全なところにダウンロードしておく必要がある」

逃亡の第三ルールは、出発前に予備を忘れず保険をかけておくこと。

俺はＪＴＢに電話してハードディスクを準備してもらい、それからＲＯＭが俺に出会う前の記憶を送信した。俺に出会った後の彼女の記憶については、俺のＧＧチップの僅かなスペースにすべてダウンロードした。

分散は、永遠に逃亡の第一ルールである。

今、すべての準備が整った。「行こう」俺はビールの最後の一口を飲んで、彼女に頷いて合図した。

「ええ」

ドアを開くと、俺たちを出迎えたのは、クソ〜、ふたつの電子手錠だった。

リーダーはやはりOOHだ。今回、頭はきちんと首に嵌《は》めていて、ただ身体の方が新しくなっていた。

「どうしてここが？」俺は訊いた。

「あんたは借りたバブーが連番の新札だってことを忘れていたんだよ」

そうだ。**逃亡の最後のルールは、いつでも逮捕される心の準備をしておくこと。**

九、デジタルのパラダイスに真実の薔薇は咲くか？

俺はバーチャル監獄パピヨン（Prison of Papillion, POP）で一年拘留された。罪名は逃亡幇助《ほうじょ》だ。さらにOOHのGGを蹴り飛ばした件で二十日間追加された。罪名は警察官侮辱罪である。早く知っていれば、多めに蹴飛ばしてやったのに。

この世界でいちばん戻りたくない場所があるとしたら、おそらくパピヨンだろう。ほんとうのことを言えば、バビロンで唯一最も現実をシミュレートしていないのがパピヨンなのだ。バーチャル監獄はリアルな監獄よりずっと恐ろしい。内部はすべて独居房だからだ。おそらくこの監獄を造ったのは、ぶち込まれたことのないバカか、人間性を熟知しすぎているやつだろう。人間がいちばん恐れるのは退屈だということをそいつは知っていたのだ。一般的な監獄のすべての地下活動、闇タバコの売り買いや、おしゃべりの類《たぐい》のささやかな手管《てくだ》は、ここではまったく使い道がない。俺はそのなかで何もできず、まるで二十四時間虫眼鏡で監視されている実験用マウスのようだった。三百八十五日間ぼんやりとしていて唯一よかったことは、カントの実践理性批判とフーコーの監獄理論についての理解がより深まったことだろう。

出獄の日、刑務官が俺を見て驚いた。

「まだ狂っていないとは！」彼は叫んだ。

俺だけが知っていることだが、俺の正気を保った唯一のものとは、左頰に切り傷のあるあの顔だった。

その晩、俺はバビロン大通りの運河のそばでしばらく、自由の空気を味わっていた。俺はそんなに早くアルバーに行きたくはなかった。「ほう、あいつだ」「あのメモリーを愛してしまった逃亡犯じゃないか！」そんなふうに陰口を叩かれないで済むように。

未明の二時過ぎになってようやくＪＴＢに電話をかけ、準備をするように頼んだ。

案の定、俺が店に入ったときには、彼女はもうバーカウンターの隅に腰かけていた。

彼女は変わりなく、捕まる前と同じようだ。あいかわらずコートに乗馬靴、長髪を襟のなかにまとめている。クールだが、視線はややぼんやりしている。バーチャルの世界では、時間がすべてのものを変えるわけではないようなときもある。けれども時間という次元で因果律を繫ぎ留めないのも、それはそれでよくないようだ。もしかすると、記憶を絶えず複製し、拡充し続けることが、永遠に通じる唯一の道なのかもしれない。

「ハーイ」俺は彼女に手を振った。

「私、あなたと知り合い？」彼女はＪＴＢを指さした。「あなたが私をここに誘ったって彼が言うんだけど」

「今はまだ俺を知らないけど、以前は知り合いだったんだ。後でわかるよ」これはいったいどういうことだよ。俺は次のセリフを口にするのをためらった。「俺は……俺は君がメモリーだって知っているよ」

俺はそれを口にしたら、彼女にシューッとデリートされてしまうのではとただひやひやしていたのだ。

幸い、デリートはされなかった。

「どうして知っているの？」彼女は首をかしげ、まなざしには困惑が満ちていた。可愛すぎてたまらない。彼女の指先には小さなクエスチョンマークがたくさん浮かんでいるが、ヒナギクだろう。

「俺の身体にも君の最後の記憶の一部が入っているからね」

俺は彼女に黄金色のＰＤＰを注いでやった。シャンパンのような香りのベルギービールだ。繊細な泡が上に向かって駆け巡る。つやのあるつぶつぶの丸い玉の様子を眺めていると、まるで出口を探しているようで、わけのわからない感傷的な気分にならずにはいられない。ＭａＤｅ《ちくしょう》、ベルギーの老修道士たちの芸当にはほんとうに感服してしまう。

俺は自分に黒光りするロシュフォール10を注いだ。ボルドーワインによく似たベルギービールである。濃厚な香りは控えめな薔薇がゆるやかにほころんでいくようで、フルボディはゆっくりと味わっていると古酒のシェリーの甘さを放つ。これはみんな瓶のなかで発酵する酵母のなせるわざだとわかる。ビールでこんなにもずっしりとした口当たりと豊かな味わいを作り出せるなんて、おそらくこれを超えるのは難しいだろう。自ら分解されない甘ったるい酵母菌を培養できない限りは。

俺は目の前の二杯の酒を眺めながらしばらくぼんやりしていた。一杯は軽く、一杯は重い。俺たちのあの記憶を渡すべきなのだろうか？　目の前に並んだ誘惑はこうだ。もしも去年のあの記憶をデリートしてしまうなら、俺たちは明らかに異なる記憶を創り出すべきなのだ。あるいは、極端なヒューマニズムに基づいて、俺たちの関係はとっくに決められている。記憶の渦のなかでぐるぐる回るように運命づけられているだけなのだ。

俺はまずＰＤＰのグラスに鼻を近づけた。セクシーで清々しい香りが微かに鼻孔に入り込む。とても魅力的だ。それから俺はロシュフォールをごくりと飲んだ。俺は決めた。どうでもよい。どっちにしたって俺の未来は、右脳と左脳が決めるものではない、そうだろ？

「あとである場所に連れていってあげるよ。そしたらすぐにわかる」俺は言った。

「わかった」彼女はＰＤＰのグラスの縁を二度弾いた。チンチン～～。

俺たちが店を離れるとき、ＪＴＢはちょうど〈デジタルのパラダイスで真実の薔薇を探す〉を流していた。

皮肉っぽさのなかに感傷が入り混じるジャズだ。なんだか〈アンドロイドは電気羊の夢を見るか？〉みたいだ。

外の風が涼しくなり始めた。彼女はコートの前をきつく閉じて、とても自然に俺に腕を絡ませる。そっと。去年のあの感覚がまた甦《よみがえ》った。うっすらと。

でもB&Bに向かう途中で、俺はふとあることを思い出した。

MaDe《ちくしょう》、なんと身につけたあの憂鬱なチップをアップデートしておくのを忘れていたことを。

ＵＳＢメモリの恋人

湖南蟲

●湖南蟲（フーナンチョン）

一九八一年、台北生まれ。本名は李振豪。樹徳科技大学企業管理系卒業。出版社や新聞社などを経て、記者を務めながら作家活動をしている。著書に詩集『最靠近黑洞的星星（ブラックホールにいちばん近い星）』（二〇一九年）や散文集『昨天是世界末日（昨日は最後の審判の日）』（二〇一二年）『小朋友（ともだち）』（二〇一六年）など。本作「USBメモリの恋人」は、第八回倪匡SF賞（二〇〇八年）の佳作を受賞している。テクストは『笨小孩：倪匡科幻獎作品集（三）』（二〇〇九年）に拠った。邦訳は本作が初めて。

このところ、不眠の症状がまたひどくなった。社長の声を盗むようになって、毎日仕事を終え帰宅してから最初にすることは、私の耳元で甘い言葉を彼にささやかせることだ。それを聞けばベッドで涙を流し、もんどりうって寝付けなくなる。その言葉が私に向けられたものではないことをわかってはいたが、それでも我慢できずにそのなかで溺れてしまうのだ。

データがもっと多くなりさえすれば、いつか彼のすべての行動パターンを手に入れられる、彼のすべてを自分のものにできるだろうと信じていた。社長の奥さんのように。

あるいはミッシェル、あのどこから姿を現したのかもわからないが、明らかにやり手の、社長をたまらず不倫関係に踏み込ませたビッチのように。

彼らの通話を盗聴したとき、あまりにも刺激的だったので、私は傷ついて午後まるまる何も手につかず、社長に呼ばれたときでさえ、まず深呼吸を何度かしてからでなければ社長室に入ることができなかった。社長はさして重要でもない夜の会議をキャンセルしてくれと言った。「どうなさったんです?」私はこらえきれず尋ねた。彼はちょっと驚いたように私を見ると、また視線をパソコンのディスプレイに戻した。そこでようやく、若い秘書として余計なことを言ってしまったかしらと思ったのだった。「体調がよくないんだ」ひとりごちる彼の眼に私の姿は映っていなかった。

それでもやはりどうしても狂おしく彼のことを思い、彼の一挙手一投足から目が離せなかった。体調が悪いのはほんとうなのか? もしも風邪の類《たぐい》のデータであれば、欲しくてたまらない。心から愛する人を看病することがどれくらい幸せなことなのか試してみたかった。家にある、去年の忘年会で引き当てたトップ賞の景品「アンドロイド四号」は、社長が病気になった様子はまだ再現できない。そうよ! もちろんネットで「一〇一種の疾病看病大百科」のようなソフトを手に入れることもできるけど、ああいう雑で人間性のかけらもないものなんて欲しくない。欲しいのは彼の生々しい反応なのだ。彼の身体がほてるときのちょうどいい体温、彼が恍惚として呻《うめ》いている声の一インチごとの震える周波数……。

社長! 社長! 家にいるときにも彼を社長と呼んでいる。どうせ昼間はそう呼び慣れているし、格段に親密な感じがするからだ。私は「それ」を「恋人」モードに設定し、毎日データを少しずつ足した。音声や筆跡やしぐさなどすべて……私は貪婪《どんらん》にかき集めたかった。まるで生きるための必需品のように。多い分にはかまわないが少ないのは困る。彼をコピーできるに越したことはない。

彼のことを考えると笑ってしまう。また、おそらくどこかであのミッシェルという女といちゃいちゃしているのだろうと思うと、死ぬほど心が痛い。私は「それ」を見つめた。けれどもそのまなざしは私を突き抜け、焦点はぼんやりとして、まるで心細い人間のようだ。

我慢できない。音声ファイル、ビルの監視カメラの映像、文書のコピー、携帯で盗撮した写真……私は今日手に入れたデータをすべて整理して、小仲《シャオチョン》に電話して来てもらった。

小仲はソフトウェア開発部門のエンジニアで、入社して一年余りにすぎないが、非常に能力が高く大きな野心も抱いていた。よくプライベートで新しいモジュールを書き、私のアンドロイドで実験を行った。そのことが私の「それ」を傷つけるかもしれないとはわかっていたが、自分にそんなすばらしい才能がないのが悪いので、毎回何か新しいデータが手に入れば、やはり彼にお願いしてアンドロイドのなかに入れられるプログラムに処理してもらわなければならない。しばらく前に、彼は会社の最新のＵＳＢメモリを盗んで私にくれた。それはアンドロイドの内部の初期データと設定、およびその後の適応や学習によって自動的に進化していく反応メカニズムをすべて圧縮したハイテク製品なのだ。

「それを持ってさえいればどこに行っても、レンタルしたアンドロイド四号に挿し込んで」小仲は手品師のような口調で言いながら私にやってみせる。キーを押せば「それ」はたちまち社長の姿になった。「ほら！　ダウンロードする時間の無駄もないんだ」

時間を無駄にしたってかまわない。愛することのできない毎日こそがほんとうの無駄なのに。玄関で誰かが暗証番号を押す音がして、小仲がそっとドアを開け頭を突き出す。「なんなの？」私は言った。「もう社長にびっくりさせられたくなくてね」「くだらない」私は彼に自分で飲み物を取るようにと、冷蔵庫を指さした。

小仲は中に入ると冷蔵庫を開け、ちらっと見てビールを取り、ドアを閉めた。プルタブを引っ張って出てきた泡を口で受けつつ、一方では「それ」を見ながら小仲は言った。「マジで怖いな。いつ見てもホンモノそっくりだよ……」

「だいぶ違うわよ」私は言った。特にベッドの上では、いつも代わり映えしない。ホンモノのデータがあればどれだけよいだろう。「もうこれよりいい性愛モジュールは買えないのよ。私にもビール取って！」

彼は冷蔵庫に戻ってドアを開けて言った。「あんたがあのひどいニセモノの性愛ソフトウェアを買いに行くなんて想像する勇気もないよ。製品開発部がどこから見つけてきた資料なのか俺にもわからないんだよ。彼らじしんのものかもしれないね」彼はビールを私に放ると私の仕事用の椅子に座り何度も床を滑らせている。まるでクソガキのようだ。

「盗んできてよ……」穏やかな口調で私は言った。「あなたなら必ず手に入れられるはずよ」もう何度目だろう、また小仲に犯罪を依頼してしまった。確か前回彼が盗んでくれたのは、社長が自分をスキャンして奥さんにあげた身体データだったと思う。あのときはほんとうに不思議だった。私が自分で写真を使ってアンドロイドにインプットした結果よりも何万倍よかったか知れない。小仲がインプットしてくれると、私のアンドロイドはたちまち自動的に外形を調整し、顔にある細かな、たぶん思春期の名残《なごり》のにきび痕すら見逃さなかった。社長はきっと完全な身体スキャンを行ったのだろう。

あえて言うなら、社長の奥さんはきっと夫の性愛パターンも手に入れたはずだ。それ以外にも、私がいろいろと考えても手に入れられないもっと多くのデータが会社のデータベースに保存されているにちがいない。

「何度も言ってるだろう。あれは社長から奥さんへのプレゼントで、とっくに削除されてるよ。たとえ削除されてなかったとしても、社長しか知らないパスワードがかかった場所に置かれているはずだ。俺にはどうしようもないんだ」

「どうしようもないの？　それともやりたくない？」

「あんたを騙《だま》してどうなるっていうんだよ？」小仲はそう言いながらネクタイを緩め、小犬のような眼を細め、変わらぬ無邪気な笑顔を向けた。彼が何をしたいのかはわかっていたが、「それ」の位置を指さして言った。「データをインプットしてからにして」

小仲の熟練したパソコン操作で、数本の光ファイバーが明滅しデータが転送されていくのを眺めながら、私は突然自分の無力さを感じ、何をしているのかわからなくなった。私が苦労してもっとたくさんのデータを集めたところで、会社のデータベースをクラッキングしてやすやすとダウンロードするファイルには敵《かな》わないのだから。

しかもそこにはまるで数万光年もの技術的な格差があるようだ。私は以前、暇なときに小仲に教えてもらっていた。マスターすれば彼に頼る必要もなくなると考えていたのだ。けれども結局マスターできたのは無能なウイルスのようなプログラムだけだった。

小仲は作業しながら、ぶつぶつとつぶやく。「それが役に立たないなんて思ってはダメだよ。

世界でいちばん偉大な発明はすべて小さなウィルスから始まったんだ。単純であるほど破壊力も大きい。あんたみたいにね」

作業が終わると、私はいつものように小仲と寝た。わざと冷たくして、彼に知らしめたかった。社長の完全なデータをどうしてもくれようとしないことが、とっても不満だということを。けれども彼はまったく意に介さず、あいかわらず夢中になってたっぷり楽しんだ。

私が楽しんでいないとは言えない。けれども彼が唇を寄せてくるとやはり避けてしまう。顔を背け私のアンドロイドがベッドのそばに立ちこちらを向いているのを見て、私と同じベッドに横たわっているのが小仲でなくて社長だったらよかったのに。そう思った。

気が散っている私に気づいて、小仲は私の顔を正面に向かせ獣のようにキスをしてきた。もう避けることはなく、私は思い切って積極的に応えたのだった。

セックスが終わると、新しいプログラムの実験をして見せたいと小仲は言い、社長のへそにコードを差し込んだ。しばらくすると、社長はバレエを踊り出し、たまらないほどおかしかった。こんなつまらないものは削除してよとお願いすると、めちゃくちゃおもしろいじゃない、と小仲は笑った。

「こんな売れもしないようなプログラムを書いていたら、いつかきっと会社を首になるよ」私は言った。

「そんなの気にしないよ。楽しけりゃいいんだ」彼はいつものようにおちゃらける。

「勝手にしなさいよ」私は彼を出て行かせようとした。彼も察して、裸のまま機材を片付け、最後にようやく服を着た。立ち去る前、彼はふりかえって笑みを浮かべながら言った。「だけど、面倒だとはいえ、会社の機密データベースをクラッキングするのは不可能ってわけでもないよ……」

私は返事もしなかった。「あんたも考えてみなよ。俺だってこのままずっとタダでやってやるわけにはいかない。あんただってもう若くないんだし」

私は顔を上げて温くなったビールを一気に飲み干した。彼にかまいたくなんかなかった。

小仲が出て行った後、シャワーを浴び、鏡のなかの自分を見た。確かに日に日に老けていっている。いつか顔に皺《しわ》ができ、おっぱいが垂れてしまったら、小仲は私への興味を失って、私の方も助けてくれる誰かを探すことはもうできなくなるだろう。

彼の提案を受け入れて、全身スキャンをするべきなのだろうか。彼が私を愛していて、どうしても私をコピーしたいと思っていることも知っている。私が社長をコピーしたくてたまらないように。けれども身体のデータを残すということは結局のところ恐ろしすぎる。自分では当初完璧な「プレゼント」だと思い込んでいたのに、今では小仲の「切り札」となっていつでも外に流出可能だなんて、社長だってきっと思いもよらなかっただろう。

アンドロイドが私に話しかけ、誰が書いたのかわからないプログラムの流れでキスをし、愛撫するのを見つめながら、私はますます動揺してしまう。

ホンモノの彼が欲しい。たとえ一度でもいいから。一度だけでも、死んでも悔いはない。

小仲との取引をまじめに検討しようというこの初めての思いは私に恐怖を感じさせた。思考は大混乱し、病気の形になって表れた。私はついに完全にダウンして、長期休暇を取って休養することにした。そして一方で、自分は結局どれだけ社長を愛しているのか、彼のためにどれだけの犠牲を払いたいと思っているのかを測ろうとした。

社長のデータが入ったUSBメモリを持って、私は外国の至るところへ遊びに出かけた。飛行機を降りるたびに、現地支社へ行ってアンドロイド四号をレンタルし、社長のデータをインプットして、あちこち旅する私に付き合ってもらうのだ。航空券一枚分の金額を払いさえすれば、ふたり分の楽しみを味わうことができる。まったくもって画期的な科学技術だ。

私はたちまち虜《とりこ》になり、禁断症状はますます激しくなっていって、いっそ死んだほうがましだと思ったぐらいだった。もっと完全でもっと真に迫った社長のアンドロイドが私には必要なのだとわかった。でなければきっとおかしくなってしまう。

私は小仲と取引することにした。

いずれにせよ取引で私が差し出すのは身体の姿かたちにすぎないが、それで得られるのはより複雑な社長の心理パターンなのだ。それは大量のデータを繰り返し入力してようやく完成する人工知能なのである。「社長が実験を承諾して、データをエンジニアに渡すなんてありえる？」「心配するなって！　俺があんたを騙したことなんてあるかよ？」小仲の口ぶりは確信に満ちていて、私には他の選択肢もなかった。

「セックス何回分のデータがあれば、本物の人間のような反応ができるようになるの？」私は言った。小仲は突然大声で私を制止した。「動くな！」初めて目にする彼の真剣な怒りだった。私が黙ると、彼は慰めるように言った。「ごめん。わざとじゃないんだ。もう一度スキャンさせるはめにならないようにしたかったんだよ」

「社長はマジで監視カメラが記録しているなかで奥さんとセックスするって思ってるの？」私はできるだけじっとしたままで言った。

「まだ俺のことを信用していないのか？」

「信用していないにしろ、後悔しても間に合わないからね」

「あんたはきっと後悔しないよ」

でも私はもう後悔していた。いったいどれだけ愛したら、自分のことも投げ出して、相手のすべてをコピーしたいと思うのだろう？　小仲が私に対して同じようなことを考えていたらと思うと、身震いしてしまう。

「わからないわ。仮にあなたが私の身体……アンドロイドにすぎないものを手に入れたとして、それでほんとうにじゅうぶんなの？　ダッチワイフとどこが違うの？」

「じゃああんたの行為パターンを俺にくれるのか？」

私はもう返事をしなかった。

「いずれにせよスキャンはだいたい終わったし、ほんとうのことを言ったってかまわないだろう。じつは、俺はとっくにあんたについての大量の行為データを手に入れているんだ」

「どういうこと？」

「考えてもみろよ。俺はあんたのために社長のデータを処理した分だけ、あんたとセックスした。

そのたびに、あんたのアンドロイドは、すぐそばですべてのプロセスを記録していたのさ」彼の表情は次第に真剣になり、少し間が空いた。「よし」スキャンルームのスキャンの光は消え、いつもの灯りに切り替わった。扉が開いて、彼の無邪気な笑顔を見つめると、頭は真っ白になった。

だから毎回、彼は私の家を出る前に、アンドロイドで新しくてつまらないプログラムの実験をすることを口実にデータを盗んでいたのだ……「あなたの実験というのは、私を騙すためだったの？」

「それにさ、あんたがアンドロイドとセックスをするといつだって、わーお！　燃え上がるように情熱的だったよ！　俺といっしょのときよりずっと楽しんでいた」小仲は続けた。

彼は手にＵＳＢメモリを持って、私に向かって振りながら言った。「あんたももう、俺のＵＳＢメモリの恋人ってわけさ。でも安心して、〝あんたの〟ＵＳＢメモリには、俺はあくどくウイルスを仕込んだりはしないから。だって他のやつらとあんたを共有するなんてまっぴらだからね」

「どういうことなの？」すべての思考能力を振り絞っても、出てきたのはこれだけだった。

「あんたのＵＳＢメモリはさ、それを持ってたくさんの国に行ったよね？　あんたがレンタルしたアンドロイドにはすべて社長のデータが保存されてるんだ。しかもその後それらのアンドロイドに使われたＵＳＢメモリも全部感染して、さらにウイルスを拡散し続けるんだよ。ちょうど今年のあんたの誕生日に、ウイルス感染したアンドロイドがすべて社長の姿になり、二度と元には戻らなくなる。会社がそれらすべてを回収する前に、あちらこちらで社長に会うことができるんだ！ 誕生日プレゼントにはもってこいだな」

私はいったい何をしてしまったのだろう……。「どうして私にそんなことを……」私は言った。

「あんたじゃない、社長にだよ。あんたが社長を愛すれば愛するほど、俺はあいつをくたばらせたくなるんだ」彼は笑みを浮かべながら会社のシステムを切って、私たちがそれにアクセスした痕跡を消した。私はスキャンルームから出て、彼のそばに近づいた。「どうして軽々しくそんな話ができるのよ？」

「じゃあ俺にどうしろっていうんだ？ 真剣にあんたのことを愛してるって言わせたいのか？」

彼が頭を上げると、眼には涙がにじんでいた。視線をディスプレイから私の方に移し、私の眼をじっと見つめながら言った。「あんたを愛してるんだ」

「取引は中止にしたい。私のデータを返して。社長のデータも要らないわ」

彼は深呼吸してから、なんとかして笑顔を取り戻した。「わかった。あんたの思う通りにする。だけどよく考えてみろよ。あんたが手にしているのは、唯一無二、奥さんですら持っていないデータなんだよ」

「どういうことなの？」私はまたこの言葉を返すしかない。

「文字通りの意味だよ」

「奥さんですら持っていないの？ やっぱり私を騙す気なの？ あなたのところにはそのデータはまったくないっていうこと？」

「どうしてあんたを騙すんだ。俺の手元にあるのは、ミッシェル経由のもので、奥さんからのものじゃない。ただそれだけのことさ。ミッシェルは俺が仕込んだアンドロイドで、彼女が収集を手伝ってくれたデータは、あんたが苦心して手に入れた使い道のまったくないデータよりいいものだ」彼はポケットから別のＵＳＢメモリを取り出して言った。「見てごらんよ。あんたのためにカスタマイズしたんだ。あんたがどうしても手に入れたかったこのＵＳＢメモリがあれば、どこに行ってもいつだって最愛の人がそばにいてくれるよ」彼はついに我慢できず、むせび泣いた。システムがオフになり、スキャンルームの機器の運転音が停止すると、まるで私たちの涙が落ちる音さえも聞こえるような静寂が訪れた。

こうして、私は、ホンモノの社長ではなく、奥さんですらどうやっても持てないよく似た分身を手に入れた。そして小仲は、ホンモノの私ではなく、私にそっくりのアンドロイドを手に入れたのである。

けれども残念なことに、おそらく小仲をがっかりさせただろうが、私の誕生日が来る前に、世界中のアンドロイド四号はすべて回収され、彼が願ってやまなかった、おびただしい社長の分身がそこらじゅうの通りを歩き回るおかしな場面は決して実現することはなかった。

ミッシェルも捕まり、廃棄された。

小仲もその後不思議なことに失踪してしまった。

ひとりの人を愛するのに、ＵＳＢメモリを手に入れただけで、どうしてこと足りるというのだろうか？　それに、どれだけリアルな分身だとしても、結局はホンモノの人間が自分といっしょに成長し老いていくのに敵うわけがないのだ。

私が微笑《ほほえ》みながらことの顚末を社長に話すと、彼は驚いてすぐに私の提案を呑んだ。今後、私のどんな要求にも必ずすぐに駆けつけ、思い通りにすると。

しかも社長は、私が小仲と同じような末路に陥らないように守らねばならない。世界でもっとも偉大な発明はすべて小さなウイルスから始まる。私はとっくにプログラムを書きあげた。一週間私がパスワードを入力しないだけで、私のパソコンが自動的にＵＳＢメモリのなかのデータを一万個複製し、私が送れるすべてのところ、すべての知り合いのもとに送信する……。

奥さんもそのうちのひとりだ。私が秘蔵していたアンドロイド、ほとんど九九パーセント同じ別の社長を、奥さんが受け取ったときの反応を想像するだけで、私はもう、社長に身勝手な真似はさせないだけの最大の切り札を手にしたのだとわかる。

そして、ついに、ほんとうに愛する人を、私も永遠に手に入れることができたのである。

雲を運ぶ

黄麗群

●黄麗群（ホワン リーチュン）

一九七九年生まれ。代表的な小説集に『海辺的房間（海辺の部屋）』（二〇一二年）。「雲を運ぶ」の初出は『印刻文學生活誌』187号（二〇一九年三月）で、『九歌108年小説選』（二〇二〇年）に採録され、年度小説賞を受賞した。テクストは同書に拠った。邦訳にはエッセイ「いつかあなたが金沢に行くとき」（『我的日本』所収）、短篇小説「海辺の部屋」（台湾文学ブックカフェ『短篇小説集　プールサイド』所収）がある。

01　ある種の運搬業

重要なことは、象徴性があるかのような装置や飾り物に惑わされてはいけないということであり、特殊な場所で発生したことがらに注意を向けてはいけないということだ。たとえば、青色のケーキに突き立てられた反ったナイフの刃が、ぼろぼろに錆びついているようなものとかだ。天井の中央から床に垂れ下がっているものは、大型動物の胃袋のように見える。手持無沙汰でそれを切り開いてしまうのもいけない。ディスプレイから濡れた魚が飛び出し続ける真空管のテレビ。三つの顔を持つネズミ。見たところ、象徴性が強まるほどに往々にして間違いも多くなるようである。主として、多くの場合顧客は、運ぶ必要のあるものがいったい何なのかどうしても説明できず、ひどい場合には自分に説明するのさえ難しいときもあるという。それらに接触していることはもちろん何の関係もなく、ただ時間を浪費しているだけ。みんなの時間は希少なのに。実際それらは間違いなくぼろぼろで無駄でとりとめのない感覚データに他ならない。対訳のプロセスにおいて、ロジックに適った記号に変換することがどうしてもできないのである。以上のほぼすべてが、天空《てんくう》が記憶している、しょっちゅう孔雀《くじゃく》に注意された原則である。

孔雀は言った。「代理人《エージェント》という仕事はね、やりすぎてもダメだし、やらなすぎるのもいけないの。自分のことをたいしたものだと思う必要もないし、自分を卑下する必要もない」

孔雀はこうも言った。「私たちはね、探さなければならないようなものを取り出して、自分のところに運ぶのよ。ある種の特別な運搬《パンユン》労働者だと考えてみてもいいわ」

「雲を運ぶ《パンユン》。どうして雲を運ぶの」

「運搬《パンユン》よ。雲を運ぶ《パンユン》じゃないのよ」

「ああ、運搬《パンユン》か」

ここまで言うと、孔雀は起き上がりノックに応じてドアを開け、ひとりの男が入ってきた。男は月に一度孔雀に会いにやってくる。天空は彼に「つまらない男」というコードネームを付けた。男の顔立ちには、顔立ちを構成するものの他は、ほとんど何もない。こんな人間からはどんなものを運ぶ必要があるのだろう。天空はとても興味を持った。孔雀は言わなかったが、その後数日間の彼女の状態からすれば、ひとつやふたつは推測することができた。彼女はひどく怒るときもあったし、半日泣き続けるようなときもあった。

つまらない男は言った。「やあ、天空」

天空はうつむいたまま、「やあ」

「今日の昼は何を食べたの」

「サンドイッチ」

「美味しかった？」

天空はこう訊かれてもうつむいたまま、肩をすくめた。

「コインがどちらに入っているか当ててみたいか」つまらない男が両手を前に差し出した。

天空はあいかわらずうつむいたままだ。

孔雀は言った。「もういいわ、ママは仕事に行くわよ」

孔雀は天空のシャツの襟の後ろに小指を引っかけ、ちょっと上に引っ張って言った。「あなたは上の階に行ってお昼寝しなさいね」それから、つまらない男とガラスの廊下を一層一層通り抜け、豪邸のいちばん奥の部屋へ向かった。

実際にはもう黄昏《たそが》れどきで、昼寝などできるわけもない。それはただ、今日は夕食が出ないという意味なのだ。というのは、孔雀は仕事で遅くなるのはざらで、仕事が終わると、ずっとお茶を飲み続け、バタークッキーを大量に食べ、ひと言も話さないまま、長い長い眠りにつくのである。天空はリビングのソファに横たわり、天井の端にあるでこぼこして波だったグレーの飾り板の模様をその通りに視線で一遍なぞった。孔雀は、それはスペースグレーだと言った。それから彼はキッチンに行き、つま先立ちをしてクッキーの缶を抱えるように取り出し、たくさんのバタークッキーを食べた。さくさくとして甘く、大きかった。天空がたとえ気をつけても、クッキーはあいかわらずぽろぽろこぼれ続ける。彼はコットンのシャツに食べかすを集め、きれいで透明なゴミ箱に捨てた。数分足らずの時間だったが、すそにはぽつぽつと不鮮明な油じみがついた。まだ子どもだった天空は当時じゅうぶんな語彙《ごい》でそれを言い表すことがどうしてもできなかったが、直感的に受けとめることはできた。すなわち風変わりで無表情なグレーで描かれた宇宙より、シャツの油じみの方がずっと、多くの天体がそこで死んだかのような銀河の無縁墓地みたいに思えたのだ。

＊

天空が十六歳で初めてリアルに代理を行ったその対象は母親だった。彼は当時、緊張したり、怖がったり、うずうずしたり、あるいは不安になったりなどはしなかった。おそらく孔雀が、もちろん彼を困らせるようなことはないし複雑でもないとずっと言い聞かせていたからだろう。

孔雀は言った。「たぶんとてもシンプルな部屋だと思う。あなたが以前にログインした水槽の脳よりもシンプルかどうかはわからないけれど」

「だけど水槽の脳は死んでいるよ」練習用だしね。なかにはひとつのものしか入っていないよ」

天空は言い訳をした。「生きている人間はすごくめちゃくちゃなんだから、何を運び出さないといけないのかなんて僕にはわからないよ」

「私のどこがめちゃくちゃなのよ」孔雀は言った。「あなたはきっとわかるはず。安心して。なかに入ったらすぐにわかるわ。この能力は遺伝なの。遺伝していなければできないことなの。私も初めてのときにわかったわ。あなたのおじいさんもそうやってわかったと言っていたし、ひいおじいさんもそうだったって言っていたわ」

孔雀はまた言った。「要するにあなたは、見た目が象徴的すぎたり、詩的だったり、隠喩っぽいことには注意を向けなければそれでいいの。そういうものは何の役にも立たないから。全部見かけだおしなのよ」

「だったら僕に何を運ばせたいの？」

彼女は微笑《ほほえ》んだ。「きっと軽いもののはずよ」

ふたりは一層一層ガラスの廊下を通り抜けていった。廊下の外側には花をつけた樹木がちょうど満開の季節を迎え、まるで自然と広大な約定《やくじょう》を結んでいるかのようだ。どうしても言わなければならないとしたら、天空は緊張したり、怖がったり、うずうずしたり、あるいは不安になったのではない。抱いたのは抵抗感だった。彼は自分の母親にログインしたいとはそれほど思わなかった。それはもちろん正常なことだ。一般的に両親にログインしたいと思う思春期の子どもなどいない。彼は悪いことをしているような気持ちになったし、孔雀の表情が平然としていることも彼を不快にさせた。しかもこれは水槽の脳の練習とは結局同じではないのだ。

孔雀はとても裕福だ。仕事は家業を引き継いだものだし、世襲は途切れることなく、収入も高い。この業界のすべての模範的な両親のように、孔雀は天空に非常に多くの水槽の脳を買い与えた。水槽の脳は採れたての新鮮なもので、尚且つ亡くなってから七十二時間を超えてはならない。インストール後に孔雀は自分でまず水槽の脳にログインしてみるが、いかなる操作をするわけでもない。要するに、それがクリアで、シンプルで、それほど複雑ではなく、過度に刺激的ではなく、年齢制限に抵触するいかなるものも含まないことを確認するだけなのである。基準に合わなければ、天空には操作させない。しばしば十のうちひとつかふたつを残して、無駄遣いを厭《いと》わずに除外する。

何かとても深遠なことのようだが、実際には天寿を全うするかポックリ死ぬかといったところだ。このような二種類の死を迎えた人間はもちろん、ずっと、とても少ない。

水槽の脳の運搬練習のたびに、天空はいつも退屈で仕方がなかった。彼が操舵席のなかに横たわり、薬剤を注射して、眠気がやってくるかこないかのぼんやりとした状態になると、代理のシステムがこの薄暗い精神の位置と形象を、意識のなかでひとつの密室に転化させる。古い仏教の用語を取ってそれは「中有《ちゅうう》の間」と名付けられている。そこにはドアがあり、それを開けて外へ出て行くと、天空は正式に水槽の脳の内部にログインしたことになるのだ。ログインとはいっても、無理やりな感じなのだが、言語がたどりつける限界というのはたいてい無理やりなものだ。いちばんしっくりくる解釈はおそらく、水槽の脳のなかで最も集中し最も凝結した感情が、代理システムを通して、バーチャルの新たな世界へと対訳されるというものだろう。天空が目にしているのは現実ではなく、記憶の残滓《ざんし》そのものでもない。あるいは記憶のある種のメタファーと言ってもよいが、彼の重要な任務はそのメタファーのなかのキーワードを摘み取り、そのなかで最もかき乱れた感情を自分の方に移して、ドアを閉め、オフラインにすることだ。けれどもエネルギー保全のため、時間による摩滅作用を強制的にすばやくスキップさせることになり、結局感情をすぐに消去することはできない。それゆえエージェントが代わりにそれを担い、ゆっくりと消化していかなければならないのである。水槽の脳が生きた人間ならば、この処置によって感情が引き起こす苦しみを受けることはもはやなくなるし、記憶が損害を被らないということもよい点である。人生における人や出来事、時系列は途切れないが、そこに存在した傷害はもう成立しない。すべてを記憶してはいるが、心は何も感じなくなるのである。冷酷なことではあるが、非常に実用的ではある。遥か昔には、この状態に達するまでには、棘付きの時間にゆっくりと轢《ひ》きつぶされるのを無理やり待つほかはなかった。傷だらけになる時間。今では、今日失恋しても夜には立ち直り、明日失恋しても午後には立ち直り、離婚協議の席で泥仕合をする必要もなく、みなが希望に満ち、分別を持つようになっている。

ただ惜しいのは、水槽の脳は全部死んでしまっているということだ。そこには別にたいしたものはないけれども、ほとんどがかまどに入れる薪のように、無骨であじけなく、天空にあいかわらずひどい疲労と徒労を感じさせるのだった。あるとき、天空がドアを開き外に出ると、そこはがらんとした教室で、片隅には古い教室用の机がひとつ置かれていた。天空は引き出しを開けようとしたが、かたくなに動かなかった。結局机ごと運び出したのだが、その後数日間、彼はただただ空腹を感じていた。つねにつらい空腹感がつきまとい、木でも石でもいいから口にしたかった。それはおそらく衰弱しきった老人が少年期の旺盛な食欲の思い出のなかで死んだからなのだろうと天空は想像した。もしかすると喉を詰まらせて窒息死したのかもしれない。

「あなたの出来がよければ、たとえ顧客が朝、髪の毛をわしづかみにされて階段をひきずり降ろされたとしても、夜にはその相手のそばで熟睡し続けることだってできる。身体についたあざはキスマークだと見なせるしね」孔雀は言った。

「どういうこと？　そんなのは明らかにむちゃくちゃなのに」

「むちゃくちゃかどうかは私たちが決めることではないわ」孔雀は内側の部屋のドアを押し開けた。「いずれにせよ顧客に何があったかなんて訊いてもいけないし訊く必要もないの。たとえ彼らがいちばんいい話をあなたに聞かせたいと思っても聞いてはダメよ。あなたがどんなものを運び出したのかを顧客には絶対に言ってはいけないわ。彼らの心のなかに、言葉によってその状態を再び植え戻すようなことをしてはいけないのよ」

「だけど僕はたぶん後で、母さんが僕に何を運ばせようとしているのか尋ねたくなると思うよ」

「そのときが来たら言うわ」

　操舵席に入る前、孔雀はそっと言った。香を焚きなさい。天空は金色のジャノヒゲを一束手に取って火をつけ、沈香《じんこう》を青磁の炉のなかに投げ入れた。炉のなかには香の粉末が積み重ねられ、蘋藻椒桂《ピンザオジアオグイ》（水草、椒實、桂皮の香）と名付けられている。孔雀はまたそっと言った。崇めてはいけない。天空は水晶のペンダントを手に持って、真鍮《しんちゅう》の幅広の皿をそっと叩いた。金属音がぐるぐると輪のように繋がり、三十六の佳禽《かきん》（一昼夜十二時にそれぞれ獣を配し、さらにふたつずつの属獣がついた計三十六の禽獣。仏教では修行者を悩ますものとされる）が鳴いているようだ。

　操舵席に入ると、孔雀はまたそっと言った。顔を隠すのよ。天空は深紅の獣の舌の色のような長い絹を手にして顔を覆った。この絹は絶繡《ぜっしゅう》という名だった。

　操舵席のなかのスピーカーからまた小さな声が聞こえる。「準備はいい？」「いいよ」「じゃあ始めましょう」天空は左手の人差し指を身体の方の穴のひとつに、だいたい指の関節の三分の一の長さまで挿し込んだ。人類が鼻をほじる動作にあまりにもそっくりなために生じるはずの不潔感はまったく気にならなかった。彼は穴の奥に金属の尖った出っ張りを見つけると、それを押した。微かに痺れるような痛みを天空が意識した零コンマ何秒ですでに、システムへのログインは順調に完了していた。

天空はため息をついてドアを開くと、そこは過去のおびただしい回数の練習と同様、予想にたがわず別の密室だった。彼は、自分がちょうど母親の意識のなかにログインしていることをできる限り考えないようにした。ここは何の変哲もない小さな教会にすぎない。小さな教会とはいえ、ステンドグラスの構成はでたらめで、聖者や聖書の物語などではないし、十字架に掛けられた苦痛の像でもない。床には砂がくるぶしまであって、その色は白いようで白くはなく、澄みきってひんやりとしていた。天空は、大きくほころんだ綿の花のついた枝が一束、そのなかに半分埋まっているのを目にしてすぐに、孔雀が言っていた「あなたはきっとわかる」という言葉の意味を理解した。彼は前に進んで枝を拾い上げ、中有の間に戻ると、それをやわらかい肉のような質感の壁面に挿入し、それが少しずつ吸い込まれていくのを見ていた。

「変だな、とてもいい気持ちだし、とても安全だと感じる」システムをログアウトした後、天空はずいぶんと困惑していた。

「おかしくはないわ。そういう気持ちになるはずだから」

「これは正常ってことなの？」

「もちろん正常ではないわ」孔雀は言った。「理屈から言えば、あんなものをあなたに代理させる人はいないからね」

「ということはいったい何だったの」

「つまりね、ログアウトするたびに毎回疲れるでしょう。おそらくあなたが水槽の脳を使って練習するときの疲れの、五十倍かな。あるいは六十倍かも。だから私は仕事が終わったらバタークッキーをたくさん食べるの。いましがたあなたに運んでもらったのは、私が毎回バタークッキーを食べ終えたときの気持ちよ」母親は前歯を舐めた。「今そのバタークッキーを思い出そうとしても、口のなかはまったく味がしない」

「なんだってそれを僕に運ばせたの」

「とってもよかったでしょう。そうじゃない？」

「これから母さんがクッキーを食べても、美味しいとは感じられないの？」

「そんなことはないわ。次回食べるときにはまたその感覚が少しずつ回復してくる。カロリーと同じようにね。あなたは何を見たの？」

「言っちゃいけないんじゃないの？」

「私はあなたに教えているのよ。あなたの母親に言えないことなんてないでしょ」

「教会のなかにはたくさんの砂があったよ。砂は厚く積もっていた。それから綿の花が現れて、それでそれを持って出て行ったんだ」

「すばらしいわ。普通の人ならたいてい、いちばんよくても砂を目にすることができるくらいだから」

「だけど僕、今はすごく眠いよ」

「寝なさい」

その後の三日間、天空はねばつくような眠りについた。まるでアスファルトが黒い紙にくっついてしまったかのように。食事もとても美味しく感じられた。屋外では雨が降り続き、庭のなかの草やキノコは先を争ってびっしり並んだ。

＊

もしも古い時代であれば。孔雀はそんなふうに言うときがあった。もしも古い時代であれば、当時の人類はその時期を「近代化」と呼んだ。「近代」という語彙には新旧の架け橋なのだとはっきり自覚している得意満面な表情が浮かんでいるが、まさかその他の現世を現世と認めないということなのだろうか？　孔雀は言った。あの頃の人間は確かに非常に自己中心的だった。けれどもそれは重要な点ではない。要するに、と孔雀は言った。「もしも古い時代であれば、私たちの暮らしはそれほどいいものではなかったはずよ」当時においてもさまざまな呼び名が存在した。術士。陰陽師。尪姨《アンイー》。師婆《スーボウ》。霊能者。シャーマン。乩身《ギーシン》。霊媒。霊能詐欺師。統合失調症。王禄《オンロ》仔仙《ガセン》。降霊。憑依。除霊。駆邪。しかし後に状況は一変する。というのは、当局が彼らを対象に人体実験を進めて発見したのは、彼らの九割九分は中有の間で、鳥の糞すら見ることができないという事実だったのである。大量の失敗だった。無数の者たちはただ寝ているだけで、とてつもないつまずきであった。実験室では運搬に成功してエージェントの仕事を完成させた被験者たちについて、その背景を並べて比較照合してみたが、頭をひねっても、紙を引き裂いても、壁を突き崩しても、共通点は見出せなかった。

最後に耳にした物語はこのようなものだ。実験で成功したふたりの若者、男と女が恋に落ちた。恋愛中は無駄話がとりわけ多く、ピューピューと自分や家族についてくだらない飛沫を飛ばし続けた。そのなかで、ふたりは突然お互いに特異な視力や聴力が遺伝されていることに気づいた。人の後頭部から赤や緑、青や黒、黄色や白や灰色の光が放出されるのを偶然発見したり、手を繋いで歩いているとき、路上で、霧状のヘビあるいはヘビ状の霧とでも言うべきものを目にした。そしてそれが口のなかに入り込んでも、通行人はまったく気づかないのである。すべてがそんな感じだった。「後に科学者たちがはたと思い至ったの。不本意な気持ちは抑えて、この任務の適任者は確かに私たちのような者のなかから探さなければならないと認めた。あるいは逆に言えば、私たちだけがこの任務を全うすることができるということね。だからこそ今、私たちの地位は変わったの。公明正大にお金を稼げるし、権力側も私たちを保護してくれる。権力者が私たちを最も必要としているのよ。私があなたを正しい時代に産んであげたことを喜ぶべきなのよ」

孔雀は晩年床に伏して起き上がるのも難しくなった。寝たきりになってまる一年が経ち、天空は仕事をするようになった。孔雀にはできることがもうなかったので、しきりに彼に話を聞かせた。孔雀は言った。あなたの実のお父さんはね、性格はいいし、才能もあった。だけど心が弱すぎて、この仕事をやりおおせなかったのよ。けれども私たちはいい友だちだった。私は彼の子どもを産むべきだと思うって言ったのよ。それがあなた。一般の人の精子なら半分の確率で失敗するんだけど、幸運にもあなたは成功した。天空が子どもの頃には隠されていたそうした情報を、どうして何年も経って、孔雀が突然、極めて普通のことのような口ぶりで語り始めたのかはわからない。

実際、天空はバカではないので、拳のなかにコインなど入っていないことはずっとわかっていた。そのつまらない男を、天空は子どもの頃つねに直視したくはなかった。というのは、たまに見かける別の老人の顔が、トレーシングペーパーのように虚空から舞い降りて、その男の顔に重なり、目配せし、鼻っ柱を摑むのである。老人の顔は怖くはないし、とぼけているようすがおかしくさえあり、スースーと声を出しもする。「わしは《ウォー》四番目《スー》の祖父《イエ》じゃよ《イエ》」「わしは《ウォー》四番目《スー》の祖父《イエ》じゃよ《イエ》」ある日天空ははたと気がついた。「わしは《ウォー》四番目《スー》の祖父《イエ》じゃよ《イエ》」ではない。「わし《ウォー》が《シー》祖父《イエ》じゃよ《イエ》」だと。つまらない男がきっと実父であるはずだが、そのときにはもう家にはやってこなくなっていた。けれどもそれについては、天空は内心何も感じていなかった。エージェントが登場した時代には、痛むか痛まないか、泣くのか泣かないのか、恨むのか恨まないのかという問題は、ほんとうにあっという間に解消してしまう。金を支払うことができれば、ぴったり合うエージェントを雇える（ぴったり合うヘアスタイリストのように）。たとえ失敗しても、医者に診てもらう必要があるだけで、我慢する必要はないのだ。ましてや母親はいちばん身のこなしがきびきびしたエージェントなのだ。時には孔雀は天空に自分のなかにログインさせ、カシミヤの寝巻についての気持ちや、野良猫にかかとを舐められるときの気持ち、少女時代に骨董の象牙のイヤリングを手に入れたときの気持ちを運ばせた。もちろん象そのものはもう絶滅しているが。

孔雀は彼に、昔は俗に小確幸（ちいさな幸運）と言われたこれらについて話した。時には孔雀も天空にログインし、彼のためにさまざまな「精神性不良資産」（これは契約上の法律用語である）を運んで、それは昔で言う負のエネルギーであると彼に伝えた。天空は毎日晴れやかで、不安も心配もなかった。

　孔雀は晩年寝たきりで起き上がるのも難しくなり、タンポポの綿毛のように弱ってしまった。そうなってまもなく二年が経つ頃には、会話にしか、それも天空が孔雀をどのように見ているのかにしか関心を示さなくなった。

「私をリアリストだと思わないでね」

「それはまあだいじょうぶだよ」

「まあだいじょうぶだというのはそう思ってるっていう意味よ。私は自分勝手ではないし、あなたをちゃんと育ててきた。社会は私たちに、天賦《てんぷ》の才を持っている人間にこの仕事をするように求めているの。私たちのような人間には社会に対する責任があるわ。私があなたを産み育てたのはその責任からよ。私たちはいちばん財力があり権勢がある人の精神をしっかり安定させているの。彼らの精神が安定すれば、みんなは安全を得られるのよ」

「だけど子どもの頃、母さんはこのことをとりたててすごいものでもないと言っていたじゃない」

「小さい頃には、あなたを傲慢にはしたくなかったわ。部屋のなかをずっと行ったり来たりしないでちょうだい。目障りなのよ」

「ああ」天空は、孔雀のベッドの端にあるエメラルドグリーンのビロードのオットマンに腰かけ、手のひらを軽く布面に当てて、押しているのかいないのかわからないある種の微妙な張力を感じた。「僕だって確かにすごいものだなんて思っていないよ。母さんは他の人のことを考えすぎなんだよ」

「年をとれば毎日やることがなくて、考え事が多くなるのよ。時にはここに横たわって、この人生でおもしろかったことを反芻《はんすう》したいと思うけど、まったく味がしないの。まるで紙くずを嚙《か》んでいるみたいよ」

天空は黙っていた。そしてしばらくするとこう言った。「母さん、心がほんとうにつらいときは、代理をしてはダメなの？」

「そうよ。何度も言ったわよね。そのことはもう訊かないでちょうだい」孔雀は言った。「私たちのような人間はね、他の人の喜怒哀楽のなかを生きる人生なのよ。今みたいに、つらいというのは、自分じしんのつらさよね。それならいいわ」

天空は黙っていた。この間、母親は徐々に混乱していき、考えがとんちんかんになってしまった。彼は自分が今まで母親にこんなふうに尋ねたことはないと気づいた。「母さん、僕を愛している？」この質問もしたことがない。「母さん、僕を愛したことはある？」前者の質問をする人はもう答えを、実際には愛しているということを知っている。後者の質問をする人もその答えを、実際には愛していないということを知っているのである。彼は思った。自分のように、どちらの質問も尋ねようと思わなかったのはどんな人間なのか、彼にもわからない。あるいは愛を必要としない人間、傷ついたことのない人間は愛を渇望しないのかもしれない。あるいはそれほど複雑ではなくて、くだらない質問はしたくない人間にすぎないのかもしれない。

孔雀は魂が抜けて肉体が死ぬ日に近づいていった。天空は母親がずっと抱いてきた意志に逆らって、彼女を内側の部屋へと押し込んで、言った。「母さん、いちばんつらい気持ちのなかに集中して。がんばって、いちばんつらい気持ちを忘れないで」彼はこうも言った。「母さん、最期は楽に、穏やかに逝けるようにと願っているよ」

天空の心は激しく揺れ動き、高まったり落ちていったりした。彼はこれまでこのように不安定な状態で仕事をしたことはなかった。けれども、結局相手は孔雀であり、彼にバタークッキーを食べたときの気持ちや子猫にかかとを舐められる気持ちをを与える母親なので、ためらうことはなかった。幸いにもすべてが順調で、中有の間に入った後、ドアを開けると、母親の部屋のなかには人やモノ、人ではないものやモノではないものが溢《あふ》れていた。舌のあるものはみな叫び、指のあるものはみな引っ掻き、地面には何かを呑み込むように穴が開いているが、彼にはそれが何なのかを観察する時間はなく、必要なその達磨《だるま》を急いで摑むとすぐにその場を離れた。天空は、まだ息のある母親を彼らが個人的に頼んだ医師と看護師に託し、自分は部屋に戻って横になった。

冬になった。部屋は広々として、空気は冷たい。時間は地面を這《は》うように進む。その達磨の眼に塗られた濃い色は何なのか。彼がふんわりとふくらむ雪のように真っ白な掛け布団を引っ張ると、たちまち天空の身体の中から滲《し》みだして、それはつまりとても単純な憎しみだとわかった。健常者に対する、そして二本の足に対する憎しみなのだ。その憎しみは床に伏して三年になる母親の最後の尊厳である。もちろん天空は、その憎しみのなかに彼じしんが含まれているかどうかはわからなかった。彼はあいかわらず反射的にひとしきり泣くと、ＡＩの助手に指示して悲しみを代理するのに最も長《た》けた同業者に電話をかけ、来週の月曜日の予約を取った。このような緊急時の予約は同業者間の特権である。医者は次の日曜日まで母親は持ちこたえられないだろうとすでに彼に伝えていた。

02 小《こ》石《いし》

小石は自分がいつか天空に会うことを知っていた。これは運命的でドラマチックでロマンチックな物語の予感などではない。将来ふたりがほんとうに出会ったとき、小石の胸の内に「知り合う前から彼とはもう知り合っていた」というようなモノローグはまったく現れないし、それはこの時代に決して合ってないことなのだ。小石がこのことを知ったのは、千里《せんり》から天空の連絡先を手に入れたからにすぎない。いや千里の眼の内から天空の連絡先を知ったと言うべきだろう。彼らが千里のベッドに横たわっていたとき小石は言った。あなたのベッドはとてもすばらしい。これは「紅眠床《アンビンツン》」（台湾の伝統的な寝台）といって、天蓋には亀甲模様があって、四本の脚には獅子が彫られていて、風よけには寄木細工、アカギとツゲを使った象嵌《ぞうがん》細工が施されているのよ。千里は言った。俺は知らないよ。千里はこうも言った。寝心地がよければそれでいいんだ。このとき千里は半身を起こし、小石と向き合った。顔を向き合わせ、眼と眼を合わせると、ふたつの視線がはっきり重なった。なんなのよ、と小石は言った。千里は言った。ある人を紹介するよ。虹彩受理器を開いてみて。小石は右の人差し指の指先を上げて、一二、三四五、軽く五回ほど左のまなじりに触れた。千里は言った。あれ、きみのまなじりにはあざがあるんだね。千里はまた言った。オーケイ、送ったよ。天空という人だよ。きみが売りたいのなら、彼は買うと思うよ。きみが俺に顧客を紹介してくれと言ったから、紹介したんだよ。小石は言った。まなじりのこの位置は、奸門というの。夫婦関係をつかさどるの。あざがここにあると、昔は死ぬまで嫌われたものよ。千里は言った。きみはくだらない知識をよく知ってるな。奸門《かんもん》というその響きは聞くだにとても感じが悪いよね。

小石は言った。「そんなにべらべらしゃべるんなら、ロボットと寝ればいいわ」

千里は言った。「ならきみはどうしてロボットのところへ行って寝ないんだ」

小石は言った。「ロボットはあなたほど強くはないわ」

千里は言った。「ありがとう」

小石は言った。「だからどうしてあなたはロボットと寝ないのよ」

「寝るかどうかの問題じゃないんだ」千里は言った。「これはだな、どう言えばいいだろう、心から望むか望まないかの問題なんだよ。つまり、相手に必ずその人なりの意思があって初めて気持ちよくなれるんだ。ある種の気持ちよさは、相手の意思を無理やりへし折って、相手がこちらに屈服して本心とたがう行為をするのを見ることにある。それとはまた違うある種の気持ちよさが、こちらが言わなくてももう一方の主体とこちらがしたいことが合致していると気づくことにある。それがつまり知音《ちいん》さ。善き結縁というやつだ」

「たとえるなら？」

「たとえば一匹の猫に出会ったら、二種類の状況に楽しくなるものだ。ひとつは、猫はまったくこちらに抱かれたくないのに、無理やり抱いて猫も逃げられずにおとなしくしているという状況。もうひとつは、猫が自分からこちらの懐に入ってきて丸くなり逃げ出さない状態。ロボットにはこんな……考えはない。俺はあまり好きじゃない」

「あなたは頭が古いだけよ。しかもだいじなことは、猫は凶暴とは言えないということ」

「凶暴なら猫を閉じ込めてぐったりするまで腹を空かさせて、それから抱くよ」

「でたらめにもほどがある。でもそのでたらめさがあるからこそエージェントが務まるのよね」

「俺はサイコーなんだぜ。わかったか」千里は言った。

実際には小石と千里はともにとても疲れていた。小石は物理的な疲れで、二十分前の乱暴な性行為に由来するものだ。千里の疲れは数日前の天空の来訪によるもので、同業者の阿吽《あうん》の呼吸で互いに協力し合い、稼ぎは折半した。けれども千里は後で考えてみて、とても割に合わないと感じたのだ。天空の特技を、彼はそれほど使いこなせないし、作業後に彼は原因もなく疲れ果ててしまったのである。

千里の天空に対する第一印象は、まごつくような話し方だった。天空は言った。「あなたの連絡先は母が残してくれたんです。でも母はもうこの世にいません」わかる者が聞けばすぐにわかる。千里は言った。「それは知っていたよ」

天空はこうも言った。「何が起きたのかあなたに話す必要はないはずですよね」

「ああ。昔はうさんくさい霊媒師が人を騙《だま》すのにあれこれ尋ねたものだがな」

「私の顧客はしょっちゅう私に話したがりますけどね」

「それとこれとは違うよ」千里は言った。「俺は他のやつとは違う。俺が専門に扱う悲しみは、悲しみっていうのは唯一のプライバシーだよ。みんな持ち札は少し残しておく方がいい。それに思うんだけど、失礼になるのを許してほしいんだが、彼らがきみと会っていろいろ話したがるというのは、大半がきみが若くて見た目もいいからなんじゃないか。彼らの話は聞くのかい？」

「ちょっと聞いてみたい気もします。でも聞きません」

「俺はきみと同じところもあるし違うところもあるな」千里は言った。「俺は聞かない。しかもちっとも聞きたいとも思わない。じゃあ始めよう」

千里は天空をひと目見てすぐに、彼の器としての空白に気づいた。しつけられた結果の、まっさらで典型的なものだ。この業界の多くの人間がこんなふうで、みな結局は器になる者たちで、確かにそうなったのである。千里はというと、少し違う。この方面では、彼は真の才能に恵まれている。とても幼い頃、両親は何度も、水槽の脳をログアウトした後にどうして泣かないのかと彼に尋ねたものだ。どうして泣かないといけないのかと千里は答えた。両親は困惑し、また徐々にいぶかしく思うようになった。自分たちに、悲しみに対して完全に免疫のある、天性を持った子どもがいることは明らかだった。これは偉大なる天賦の才能だし、絶対的に残酷でもあり、反社会的でもあった。無意識のうちに、千里の両親は何に対しても譲歩するようになり、千里の要求をあまり拒絶しなくなっていった。千里は時には夜更かししても差し支えなかったし、しょっちゅう甘いものを食べることができた。千里がリビングに入ると、両親は身体を無意識に互いに近づけた。まるで模様の入った貝がぴったり殻を閉じるように。それは千里にぎこちなさを深く感じさせた。もしかしたら毎回の練習の後でタイミングよく泣いてみればいいのかもしれないと彼は思った。けれどもすべての人にそれは嘘泣きだとバレてしまった。みんなはそれを口にはしなかったが、その嘘泣きは両親をさらに恐怖に陥らせた。法令では、恐怖は生存本能に関わるので、エージェントは絶対に運んではならないとされている。千里が成人したら、彼らは慎み深く別の都市へと引っ越してゆき、会うのは一年に一度で、順番で互いの住んでいるところで食事をした。肉料理二皿と野菜料理を一皿、スープを一皿、デザートをひとつ食べ、一晩泊まるのだ。今年は彼の方が両親を訪ねなければならないことを思い出した。このことを思い出すと、彼は眠くなった。このとき、小石の声が届いた。

「話を元に戻すけど、寝たと言ったけどね、私たちだって寝てはいないわよ。睡眠の成分はまったく何も含んでないんだから。ほんとうにつまらないわ。どうして私たちは我慢できずにこんな言い方をしちゃうんだろう」

「ああ」

「それともあなたはほんとうに寝ちゃったの？」

「寝てはいないよ。急にあることを思い出したんだ」

「あなたがさっき言っていたのは何だっけ。天空という人、彼は買うと思うの？」

「難しいな」

「彼は何が得意なの」

「ああ、当ててみなよ。ほんとうにわからないから」千里は急にちょっと嬉しくなってきた。下あごを、彼に背を向ける小石の肩の丸みに置いた。「主には恨みだよ。広い意味での苦痛かな。それに嫉妬も。とてもハードコアだ」

「やだ、嫉妬なのね」

「それを聞いたら、きみは彼に売れるって俺は思った。彼はたぶんいい顧客になるだろう。俺はだいぶ前に嫉妬を扱ったことがあるけど、やたらしんどかったよ。嫌気がさす。あれはどう言ったらいいかな、とても饐《す》えているんだ。長いこと休養しなければならなかった」

「あなたみたいな人が、嫉妬はしんどいとか、饐えているとか言うのね。とても気楽そうだけど」

「俺みたいってどういうやつのことだよ」

小石は頷いた。「悲しみを感じられない人。傷つかずつらい思いをしない人」

「バカ言え。きみが言いたいのは金持ちのことだろう。生まれたときに家業を継ぎ生活に悩む必要がないと運命づけられている人間だ。金を持つほど暮らしがより快適になる人間のことだろう」

「それはあなたが自分で言ったことで、私が言ったことじゃないわ」

「だから俺が生まれついた立場が違うことをみんなに、あるいはきみに謝るべきなのか？」

「謝る必要はないわ。だけど嫉妬をあんな救いようがないふうに言う必要もないでしょう」

「だけど俺は確かに救いようがないと思ったんだ。どこに生まれるのかは選べないけど、自制をし、鍛えることはできる。あるいは見て見ぬふりをしてつらい気持ちのまま生きていくこともできる。いつか嫉妬が汚れたものだと認めなければ永遠にそれといっしょに汚れてしまうだろう」

「もういいわ。もうこの話はやめ。何が鍛えるよ。あなたたちを探しさえすれば、みんな高潔な境地にたどりつけるでしょ。昔は金持ちは高潔なふりをしたものだけど、あなたたちのような人が出てきた後は、ほんとうに高潔になったのよ。あの人たちには何の気がかりもなくなり、私たちの方は救いようもない邪悪になったのよ」

「もしくは、そんなに嫉妬するなら、彼のところに行って代理をしてもらえばいいだろ。代理が終わったら帰ってきて俺と寝るんだ。違う、寝るんじゃない。帰ってきて俺とやるんだ」

「くたばりなさいよ。私にそのお金があればね」

「きみが売れば金はできるじゃないか」千里はじゅうぶん慎重に、たとえこのような場合においても、非常に曖昧に「売る」と言っただけだった。これは小石がこれまで褒めてきた点ではあるが、彼は嬉しくなどなかった。

「そういうバカな話はやめてもらえる」小石は言った。

「良辰《りょうしん》という人間のことをきみに話したのを覚えているか」千里は言った。

「あなたの昔の女でしょ」

「そうだ。彼女はエージェントのことをひどく拒絶していた。とても邪悪なものだと思っていたんだ。そのとき彼女が十一年飼っていた犬が死んで、いつまでも泣いていた。俺は、自分を措《お》いて誰にできるのかと言ったが、彼女は絶対に嫌だと言ったんだ。考えてみると確かにそれもそうだ。適当ではないような気もした。それで俺は別の人間のところで否認・憤怒・困惑・落胆の上等のバージョンの代理の契約を買って贈ってやった。そしたら彼女はなんと腹を立てて、死ぬほど怒った。口論のあげく、契約を破棄してしまった。俺もずいぶん気分が悪かったよ。たとえ俺が買ったにせよあれは高価だったし、契約を破棄しても払い戻しはなかったんだ」

「彼女はきっとこのことがあったから、その後あなたと別れたんでしょう」

「考えすぎだよ、それは違う」

「絶対そうよ」

「違う」千里はつややかな眼でにらみつけた。「別れたのは俺が別の女と寝ていたのがバレたからだ」

「それは私たちが今話していることと何の関係があるっていうの？」

「何の関係もないさ。ただ話題を変えただけだ。きみと言い争いたくないんだ」

「〝きみと言い争いたくない〟の、それとも〝きみと喧嘩したくない〟ということなの」

「どこが違うんだよ？」

「どこが違うかって？　だからはあなたはわかってないって言うのよ」小石は身体を起こし、背筋をしゃんと伸ばした。腰のくぼみの形は古い庭園の池のようだ。「その人は絶対にあなたが外で浮気をしていたから別れたんじゃない。まああなたみたいなクズなんて他にはいないわよね。私はもう行くわ」

*

小石は道すがら、千里が話したことを何度も考えた。自分は千里に嫉妬しているのか、それとも千里の美しい女たちに嫉妬しているのだろうか。小石はビルを十八階昇ってようやく家にたどりつくが、この距離は彼らの間の距離を考えるのにじゅうぶんだった。小石は、千里の道も一歩からという言葉を思い出した。千里の生活はおそらくいつも旅立っていくようなもので、小石の方は一歩目なのだ。ここで七階にたどりついた。小石はまた、君を千里送るとも、終《つい》には須《すべから》く別すべし（元曲「馬陵道」）という言葉を思った。千里のすべては別れるのに忍びがたいが、小石のすべてにとってはただの別れにすぎない。ここで八階にたどりついた。

建物は百一階建てである。各種の古い観光地図にはよく縮尺を無視して大きく掲載され、まるで島の左目か右目に刺さった、装飾が施された緑色の鉄の棒のようだった。過去にこの高層ビルは徐々に荒廃していった。荒廃していくと、庶民がそこをよりどころにし始めた。まず初めにみんなは低層階を取り囲んでいった。店舗ごとの裏にある事務室はとっくに占拠されていっぱいになった。外からは見えにくいし、壁もあり、一家族か二家族が居住できる。他にも倉庫や衣料品店の試着室は、小さいことは小さいが、ドアがあり、鍵もかかる。ひとりで住むにはじゅうぶんだ。試着室に住む人は寝ているとき、足がドアの下から通路に出てしまうが、顔が見えなければ問題ない。みんなは相当に礼儀正しく、慎重にバンブーダンスを踊るように、並んでいる一本一本の足を避《よ》けて通り、踏みつけてしまいたい衝動を抑えた。その他の大きな大きな空間には、段ボールやテント、陳列台、それに何台かのキャンピングカーもあった。ビルの建設技術は当時、かなり進歩発達したもので、だからかつては万年ビルとも呼ばれていたとある人は言った。別の者はこう言った。違うだろう。万年ビルというのはまったく別の場所にある別のビルのことだよ。また別の者は、万年ビルなんてものはそもそも存在しないと言った。エレベーターが最初に何台か壊れたとき、みんなは恐れることもなかったが、その後何度かかごが落下したり、長いこと引っかかって動かなくなったりすると、誰もエレベーターには乗らなくなった。善良な何人かが協力して材料を探しドアを封鎖したが、余計なお世話をするやつらだと言う人もいた。死にたくない人はもちろん息も絶え絶えに階段を昇ったが、死にたい人にとっては、ロシアンルーレットの楽しみもなくなってしまったのである。そのとき、みんなはもうおしまいだ、世界が滅亡してしまうと感じたが、実際、どの時代の人間であっても、すべてがもうおしまいだと思うことはあるだろう。みんな自分が両手で世界の終末の縁を摑んでいて、宇宙の足が震えれば投げ出されてしまうと思っていた。ただずっと投げ出されないままでいるだけなのだ。宇宙は芝居を演ずるのが大好きで、ひどい芝居がいつまでも続くのである。

　小石が引っ越してきたとき、人々はすでに二十階近くまで上がってきていた。これはもうほとんど生活の極限に近づいており、これより上の階では、出入りが非常に難しくなる。エレベーターがないなかで、ベニヤ板を運び込んで多くの部屋に仕切る人もおり、水道や電気も引き直され、居住空間はきちんと整えられていった。それぞれの部屋にはコンロ、ベッド、トイレがあり、六部屋にひとつずつシャワールームも備えられていた。誰なのかはわからないが、ユーモアに溢れる人が白紋石の小便小僧の像を手に入れてきた。彫刻は粗く、石質も劣り、当然尿道も詰まっている。そこでその小さな手が握る道具の中央に束ねた針金を溶接した。針金は人の手に触られてつやつやと光り、折れ曲がった様子は本物の水よりもずっと優しく、波に反射するような光が煌めいている。針金の先端が向いている地面にはもともと何もなかったが、後におそらく別のもっとユーモアに溢れる人が、気分のいいときにひらめいたのか、そこに園芸用のバケツを置いて、たびたびなかに水を足した。たちまち物語ははっきりとして、バケツは打って変わって厳粛な表情になった。もしもこのような工夫がなければ針金の尿にも何の説得力もない。すべての人々がこのように無意味な努力を重ね、努めて無意味を追求した。小石はそこを通りかかったとき、そのバケツを蹴った。みんなも行ったり来たりしながらそれを蹴ったが、バケツはほぼずっと元の位置に落ち着いていた。

小石は古い冷蔵庫をひとつ手に入れて部屋に置いていた。冷蔵庫はいいものだ。ベッドの脚元のところに置くと、モーターが低周波でウォンウォンウォン、ウォンウォンウォンとうなる。夜この音を枕にして眠ると心が落ち着いた。少なくとも人間の呼吸を聞くよりも心が安らかになると小石は思っていた。ここに住んでいれば実際には予期せぬことなど起こらないのだけれど。五つのフロアごとにひとつずつ見守り協力隊があって、ほとんどの人がひとつかふたつ昼か夜に仕事を持っている。裸足というほど貧窮してはいないが、革靴を履けるほど余裕があるわけでもない。片方だけ残った靴下を提げて、なんとかして汚れた服の山からもう片方を見つけ出すというような日々で、誰も軽々しく行動する勇気はない。冷蔵庫のもうひとつの利点は、ご近所の貴重なものを保存してやれることだ。たとえばR18号の綢緞《ちゅうたん》だ。綢緞は透き通るような白さの一葉蘭を手に入れて、格別にいつくしみ、小石のところに預けていたのである。R27号の金薬《きんやく》もキノコを一鉢持ってきて保管していた。小石はここにもう五年住んでおり、とても信頼されていた。塩の一粒の貸し借りさえきちんとしていたからだ。

おそらく小石が帰ってきたことに音で気づいたのだろう、誰かがドアをノックした。案の定、綢緞だった。綢緞は一日も欠かさず訪ねてくる。「ちょっと見てもいいかしら?」

「いいわよ」小石は隙間を開けてやると、綢緞は綢緞《シルク》のようにふわりと滑り込んできて、何を話すでもない。部屋はとても小さく、冷蔵庫を開けてしゃがんだまま花を見つめる綢緞の後ろ姿は、悲哀に満ちておりまた幸福そうでもあった。

「最近も千里のところには行っているの?」綢緞は尋ねた。

「行ってるわよ」

「どんな様子なの」

「あんな感じのままよ」小石は言った。ずっとずっと前、綢緞が小石を千里に紹介したのだった。

その頃、綢緞は毎週二回、千里の家に行って掃除をしていた。実際にはもう誰も掃除やお遣いといった仕事のために人類を雇うことはなかった。綢緞が千里について言うには、彼は頭に問題があって変だと思われているけれど、変人でも給料の支払いが遅れることはないので、そう思うこともなくなったそうだ。その後、綱緞が体調を崩して動けなくなると、千里は、綱緞、きみの信頼できる人を見つけて替わってもらうようにしてよと言った。綱緞は、一日じゅうビルを出たり入ったりしていてどんな仕事をして生活しているのかわからない小石を思い出し、バイトをしてみないかと尋ねることにしたのだ。小石は我が意を得たような気持ちだった。そして何度か通ったが仕事の関係にはならず、なぜかはわからないが別の関係になったのである。千里は後に別の人を探して掃除をしてもらうようになった。このことは綱緞には話しようがなかった。

「実際には彼は掃除をしてくれる人なんて必要とはしていないの。ただ目の前に自分より低い立場の人がいて、自分の金で自分の仕事をしてくれるのを見るのが好きなのよ。機械が動くのを見るのはおもしろくないしね」小石はこうも言った。

「そうなの？　だったら変なやつなんじゃなくて、嫌なやつってことじゃない。だけど彼って、嫌いになれないのよね」

「そうね。だけどそれが彼をより嫌なやつにさせるのよね」小石は言った。

綱緞は立ち上がると、ポケットから一枚の硬貨を取り出して小石に渡した。「今日の分のお代ね。じゃあ行くわね」硬貨一枚は多くはないが、小石はふと急にやや忍びなくなった。それでも結局は受け取った。千里の毎回の代理の費用はこの硬貨の何万倍もの額である。小石はこの点に思い至り、受け取らなければこの花を、この建物で生きているものすべてを汚しているように感じたのである。

綢緞が出て行った後、小石は冷蔵庫を開いた。蘭の花を避けて、殻をむいた茹で卵をふたつと一袋の海苔を取り出して、海苔で卵を包んで食べた。タンパク質、ヨード、ビタミンB。小石は枕元の鉄製のデスクにもたれて、窓の方を向き、両足を窓の下に置いた。ガラス窓の外の靄《もや》は今日は特別に低いところまでかかっていたし、それにひどく濃く、窓の外を覆っていた。まるで誘拐犯がクロロホルムに浸した厚手のハンカチで人間の顔を覆っているようだ。小石は一口ずつ卵を食べ、海苔を食べた。この味わいはおかしな感じだが、なかなか美味しい。ふだんは千里のことはほとんど考えないが、結局嫉妬というのは、あるいは千里を妬んでいるということだろうか？　小石は唇の周りの塩を舐めた。それはちっとも重要ではない。もしかすると、少しの嫉妬心もなく、相手の身体から何かを齧《かじ》りとったり、剝奪したりというような悪意も、我慢しつつも平然とした傲慢な表情で、相手の徒労を眺めるようなこともなかったなら、ふたりの身体の相性もよく、離れられなくなるようなこともなかっただろう。少しの恨みは却《かえ》って新鮮さをもたらすものなのだ。ここまで考えて、小石は突然また何かを食べたくなった。温かいものが欲しい。デリバリーを頼むことにして、無人機がチキンスープのラーメンを引っ張って十八階まで飛んでくるのを待っている間、彼女は天空の資料を投影してみた。ホログラフィーによって浮かび上がるその表情は、小石に説明しがたい印象を与えた。まるで器の内部を見ているようなのだ。それは現実のなかに確かに存在するが、意識のなかでは往々にして存在しないような位置にある。もともと千里の話を聞いただけで期待もしていなかった小石は、とても興味深いと思ったのである。もう遠くない未来に、いい日を選んで天空を訪問することになるのだろう。

03　天空がドアを開ける

この日は優しさを感じられないほどの晴天で、陽射しはすさまじい勢いだ。度を越した美しさはまるで今日涙している人たちをひどく嘲笑しているようだ。天空がドアを開けて最初にしたのは、孔雀の仕事用のネームプレートをドアから取り外すことだった。それは深緑色の象嵌の琺瑯《ほうろう》に「孔雀」の二文字を刻んだものである。一方天空のは真っ黒な御影石に刻まれている。彼は取り外したネームプレートを片付けた衣服と日用品の間に置いた。しばらくの間何か特別な考えも浮かばず、全部を捨ててしまう衝動もなければ、特に惜しむのでもなく、ただそこに置いたのである。

千里に会った後は、こうした作業はとても簡単にこなすことができたし、いかなる心理的な負担もなかった。ここまで引っ張ったのは、あの達磨をうまく消化できなかったからにすぎない。理性的には、それらの恨みが自分のものではないことを天空はわかっている。だが何度か彼は、自分の両足を二時間も眺めていたことに突然気づいたことがあった。これも労働災害のひとつなのだろう。この憎しみが単純に孔雀のものなのか、あるいは自分のものでもあるのか、はっきりとはわからなかった。まさか彼も自分の生活を憎んでいるというのだろうか。事実としては、彼は理論上最も理想的な生活を送っている。彼はとても金持ちだ。何年も前に島の周縁が徐々に水没し、海水が河口に逆流してきて、盆地は次第に大小さまざまな湖になり、人々はこぞって海から遠く離れた奥地の方か高いところへと移動した。良好な居住空間がひっ迫するなか、彼は雲の高さほどの大邸宅に住み、広間と広間の間には半分空に架かったガラスの通路があり、空中庭園と繋がっている。彼は世の人々の苦痛や嫉妬、憎悪によって金を稼いでいるが、この世界でこんこんと湧き続け、最も欠くことのないものがすなわち世の人々の苦痛や嫉妬、憎悪なのだ。

彼は孔雀の話を聞かなかったことを少し後悔していたが、最後に、どうして母を運んだのだろうか。それは優しさからかそれとも愛情からなのか、おそらくそうなのだろう。けれども胸の深いところでは天空はわかっていた――実際には胸の奥深くにまで行く必要はまったくなく、水面に留まるだけではっきりとさかさまに映った影を見ることができると。自分がこの仕事をするのは、死後の母親に会ったりその声を聞いたりしたくないからなのだ。すっきりとこの世を去ったのではないので、家じゅうをうろうろとして落ち着かない。それが彼を非常に困惑させた。天空は「すっきり」というこの言葉はすばらしいと思った。まるで子どもが手を離すと風船が空に飛んでいくような感じだ。この意味において、孔雀は確かにただの死よりもさらに死んだのである。ただの死よりもさらに死ぬとは、すなわち幽霊になって来訪することを誰も期待していないということだ。

だが、天空はなんとか徐々にほぼ回復した。具体的なことがらとは無関係の、他人に属する怨恨の半減期は比較的短いものの、もちろんいくらかの不純物は次々と身体の中に蓄積していく。彼はしょっちゅう抑制することができず、鬱憤《うっぷん》を晴らせないが、孔雀がどうして小さい頃から現在まで彼をこの遥か遠くの山中に隔離したのか理解し始めてもいた。もしそうでなければ、おそらく内側から壊れてしまうだろう。けれどもこれを理解するのと同時に、彼は自分の過去と未来の人生がわからなくなった。永遠にありきたりな質問。このすべてにどんな意味があるというのか。

だが、毎日ドアを開けて仕事をしさえすれば、天空はそうしたことを考えることはない。彼は鏡の壁の前で自分に語りかける。僕は他人の苦痛を引き受けている（料金をもらってはいる）が、けれどもそれは依然としてとても有意義なことだ。世界には他人の苦痛を引き受けることよりも有意義なことなどありはしない。今日は一件予約が入っている。予約している人の名は小石だ。

小石はやってくると、とても謙虚で礼儀正しい様子で、そこに立っていた。素敵な白くて長い中国服のすそは膝を越えて脛《すね》を覆っており、あたかも冷たい霧が山のふもとの方にたまっているかのようだ。深緑色の平底の布靴を履いている。けれども天空はどこかがおかしいと感じていた。ひと目見ただけで小石は彼の顧客にならないと思ったのだ。頭にふと考えがよぎった。孔雀が残した服のなかから何点か小石にあげるべきではないかというような。しかし一瞬でこの考えは非常に失礼ではないかと思ったし、それに問題は服ではなく、小石の顔にあるのだとすぐに気づいたのだ。その時代、財力の象徴とはまさに、落ち着いた、いやむしろ真空で無菌状態と形容できるような表情にあると言えた。この表情は、普通の人の年収に近い金額を一度に使ってしょっちゅうエージェントを雇えることを表している。けれどこのことも人を騙せる。世間には互いに競い合い模倣し合うやり方がさまざまにあり、表情筋のトレーニングの専門家もいる。たとえば、天空は今日朝食のときにニュースを見ようと思って投影機をつけた。ちょうど最近話題のＣＭが流れ、ＣＭの俳優がリビングにすらりと立って言った。「先天的に人の上に立つ運命となるくじを引かなければ、後天的に人の上に立つ人の顔をより持たねばならなくなる」

　けれども天空は業界の人間なので、区別はできる。小石はあっさりとした顔になろうと努めていたが、それでもさまざまな七つの感情の痕跡が残っていた。それらは物理的に刻まれた皺《しわ》や世の移り変わりではなく、日常の逸品が揃った一種の食卓であり庭園である。彼の顧客はほとんどみな満十四歳の少年の頃から代理を受け始めており、これもまた新たな貴族教育の一環であろう。ここ数年は、始めるのは早ければ早いほどいいと繰り返し主張する人もいるが、法律はまだ改正されてはいない。小石の顔は、その世界からやってきたのではないとひと目でわかる。天空は躊《ちゅう》躇《ちょ》した。同業者からの紹介は基本的にはやはり信用できるし、彼はあいかわらず由緒のある顧客の方が好きだが、途中から金持ちになったような顧客は好きではないのである。彼が仕事のなかで学んだ奇妙なことは、裕福な状態というのは肯定的に列挙されるものではなく、否定的に列挙されるものだということだ。それは決して「これを持っている、あれも持っている、どれくらい持っている」かではなく、「欠乏感を味わったことがない」ということなのだ。突然裕福になった顧客は、無から有へのプロセスを経験するが、それは通常彼らを複雑に変化させてしまう。天空じしんもこのように考えることはとてもよくないとわかってはいたのだが。

「こんにちは、私は小石です」

「こんにちは」

「ここはとてもわかりにくいところですね」

「そうですね。あまりわかりやすくはないですね」

「だけどここはとっても美しいわ」小石は周囲を見回した。応接間の四面は銀色の窓枠にはめ込まれたガラスなので、クリスタルの箱のようだった。そのなかにいる人間はさながら振り落とされた宝石のようだ。窓の外は風光明媚で、遠くに大小さまざまな湖を眺めることができた。それらの湖は昔はすべて陸地だったそうだが、小石にはなかなか想像できなかった。「こんなところがあったなんてまったく知らなかった」

「この一帯は古い地図では猫空《マオコン》と言われていたんです。けれども天気がこんなによくなることはまれで、このあたりはよく雨が降るんです。雨が降らないときも霧で覆われるんですよ」

「その名前はおかしいわね」小石は笑った。「猫空ね、向かいのあの山はまさか犬空と呼ぶのかしら」

天空は肩をすくめた。「そうかもしれません」

「ほんとうのことを言うわね。私が今日来たのは、千里の紹介ではあるんだけど、エージェントを探しているわけではないの」

「そうじゃないかと思いましたよ」天空は頷く。「ということは、どんなご用件で……」

「あなたと商売をしたいと思っているの」小石がそう言った後の表情の変化はごく僅《わず》かだったが、これまではとは別人のようだった。食卓に蠟燭《ろうそく》が添えられ、庭園に蜂がやってきたようだった。

「商売？」

「ええ」小石は頷いた。「行楽商というのは聞いたことがある？」

「ええ、闇のマーケットですよね」天空は言った。

行楽の二文字は何かふらふらしているように見えるが、実際にはとても地味なのだ。行楽商たちはひそかにエージェントを探して買い手にするが、売り物の方はちょうど反対で、さまざまなよい感情である。高揚感であったり、リラックス感であったり、すべてはぼんやりと打ち解けるような楽しい感じだ。これは違法であるが、一般にエージェントは高貴な職業であり、彼らが引き受ける心理的な負荷はとても重いと思われている（たとえ対価のある関係だったとしても）。陰鬱な顔つきであるあまり悲劇的でも宗教的でもあり、ブラッシュ仕上げの光沢のような高貴さもある。行楽商の本質は、あたかもちょうどその反対で、彼らは金のために、子どもとの抱擁や、両親からのいたわり、恋人同士のふれあい、幼い頃の砂浜あるいは青春の決意といったものを販売した。そのなかにはもちろん、次から次へと品を供給するためにさまざまで極端な楽しみ方を探す人はいくらでもいて、そのため多くの人は行楽商とは徹底的に反人間的で、背徳的であると考えていた。行楽商との取引は深刻な倫理問題だと見なされており、情状が深刻な者は、エージェントの許可証が取り消され、行楽商はほとんどが長期に亘《わた》る懲役と拘禁に向き合うことになる。

小石はまったくほんとうに大胆だと天空は思った。

「怖くはないんですか？」天空は言った。

「何を怖がるというの？」小石は言った。

「あなたは取引をしに来たんですよね。私があなたを通報するのが怖くないんですか」

「私の何を通報するの？」小石の表情はいぶかしげだった。「どうして頭が回らないの。私だって私服の査察官かもしれないのよ。仕事の成績のためにここに来てわなを仕掛けているのかも」

「だけどあなたは違うと思う」

小石は笑った。「ええ、違うわ。それに私だってあなたが私を通報するなんて思っていない」

天空も笑い、セキュリティの問題について考慮して、この話題を続けるべきではないし、また礼儀正しく小石には帰ってもらうべきだと判断した。けれども予約時間をもう浪費してしまった以上、あるいは休憩時間としておしゃべりするのも悪くはない。孔雀がこの世を去ってから、彼は誰かとおしゃべりすることがほとんどなかったのだ。これは自分を納得させるための方便だった。

そこで天空は言った。「いいでしょう。仮にあなたが私服の査察官だったとして、ある問題についてとても気になるんです。あなたはきっとそれについてよく知っていると思いますがね」

「どうぞ、言って」

「行楽商はどのように買い手を保障するべきなんでしょう？　私が言いたいのは、一旦代理が完了して、万が一運んだものがまるで間違っていたら、エージェント側は大きな損害を被ってしまうのではないでしょうか」

「通常はそういうことは起きないわ」小石は咳払いして、襟を引っ張り、まっすぐに腰かけた。たちまち役人のような姿になる。「一部の行楽商はエージェントと契約を交わすの。手書きのバージョンと生体認証バージョンね。このときに双方がそれぞれ代理一回分のサービス料に相当する金額をサードパーティー決済制度の口座に入金して担保にするの。取引終了後に問題がなければば、この金は行楽商の口座に振り込まれる。もしも行楽商がインチキをして、品物を不正に扱った場合、エージェント側はこの担保金を没収するから、損害を被ることにはならないわね。契約じたいが双方への強制力となるけど、取引が完了すればすぐに契約は終了するわ。もちろん、多くの人は双方が信頼できる仲介者に全部仲介してもらうのだけれど」

「聞いているとなんだか複雑ですね。しかもやはり非常にリスクもある」

「違法取引にはもちろんリスクはつきものよ」小石は笑って言った。「だからいちばんいいのは、自分が何を求めているのかよくわかっている人と取引することね。実際、通常ことはとてもシンプルなのよ。品物が欲しい人がいて、金が欲しい人がいる。買い手が悪いやつなら割を食うし、さらされるリスクも大きくなってしまう。みんな金も地位もあるし、このことのために自分の許可証を犠牲にするなんて冗談ではないし、割に合わない。行楽商のような道を進む人に至っては、誰もが八方ふさがりになってしまう。要するに、きっと金は稼ぎたいけど面倒なことは起こしたくないはずだし、ペテン師のために無料の代理をしてやぶれかぶれになるはずがない。捕まって長いこと刑務所暮らしになってしまう。当然彼らも普通は慎重に買い手を選んでいる。だけど全体的に見れば、やはり庶民は権力を恐れることはない。もしもことが明らかになれば、エージェント側がさらされるリスクと損失の方が結局のところ大きくなってしまう」

「ペテン師のために無料で代理をしてやぶれかぶれになって獄に繋がれる人なんていないと言いましたよね。じつはいると私は信じているんです。もしもあなたが私だったら、どうしてなのかすぐにわかるでしょう。ましてや人がすることがこんなにも道理に適《かな》っているなら、私たちのこの仕事は存在しないでしょうね」

　これを聞くと、小石は首をかしげて黙っていた。しばらくするとようやく微笑んで言った。

「それはきっと私が単純すぎるからよね」

「あなたのような——ああ、いちばんよく行われる取引の方法はどんなものなんですか？」

「やはり仲介者よね。みんなどんな弱みも残しておきたくはないし。信頼できる仲介者はどんな機器よりも頼りになるわ。だって機器は信頼できない人の手に落ちることもあるからね。機器だって人と同じように信頼できないものにすぎないもの」

「そんなふうに言うのも間違いではないですね。機器のような人間はたいてい人間のような機器よりずっと信頼できる」天空は言った。

「そうね」

「私はずっとなぜだかわからなかったんです。昔の人はあんなにもエネルギーを費やして〝機器を人のように変えたり、あるいは人間性を持たせたりする〟ことに血道をあげていた。人間性はこんなにも悪辣《あくらつ》だし、人が善良である可能性はこんなにも低いのに。

　母は、昔の人はうぬぼれが過ぎたと言っていました」

　小石は頷いて同意した。「その通りよね」

「いずれにしても、そういう話はほんとうに見聞を広げてくれます。だけど——」

「あなたはほんとうに見聞を広げようと考えたことはある？」小石は天空の言葉を遮った。

「……ないです」

「どうしてなの？　必要ではないの？　それとも怖いの？」

「あなたは私服の査察官ですから、もちろんないとしか言えませんよ」天空は答えた。彼には実際ユーモアの意図はまったくなかったものの、そんなふうに小石に言うことで、言葉では言い表せないが、ことがらではなく人に対して言っているのだというユーモアを表現していた。素敵な白いつなぎの中国服をまとった見知らぬ人が、もうひとりの見知らぬ人にある種の力を及ぼして、彼じしんがまったく見たことのないような痕跡を引っ張り出している。人と人の関係というのはおそらく往々にしてこのようなものだろう。たいていは自分の予想の範囲内か、予想外のさまざまな様子を見るためだけに他者の存在を必要とするのであり、見るということはただ、より深くよりひたむきに自分を見つめたいからだけなのだ。この考えはとても孤独である。天空は目の前の小石と彼女がやってきてから生じた状態そのものにいささか不安を感じた。

「わかったわ。私が査察官である以上、もちろんあなたの操舵席を見学してもいいわよね？」小石は動かず、とても気持ちよさそうにひとり用の座席に深々ともたれたが、しかし一歩一歩こちらに近づいてくるような気がした。天空は黙ったまま、ただ知らぬ間に立ち上がっていた。

彼らはリビングを出て、部屋の中央にある広々としたウォーターホールを通り抜けた。ウォーターホールは全体が穏やかで透き通った浅い池で、周囲には名もない花や草が植えられ、苔《こけ》のむした石が置かれていた。池の底は大きく真っ黒な岩板が敷かれ、水面にはひとり分の幅の黒い石板の歩道が浮かび、広大な屋敷のさまざまな場所へ向かうようにデザインされていた。歩道の中心は丸い小島のようで、小島の高い卓には一鉢の槇《まき》、紫砂の鉢植え、花梨の棚が置かれていた。

陽の光がものすごい量、天窓から降り注いでいた。

「水は私たちにとってとても役に立ちます」天空は言った。「この水は陰陽水と言って、常温の井戸水とろ過して沸かした雨水を半量ずつ混ぜ合わせたものです」

小石は後ろに続き、無表情であったが、何も知らないふりで、そしてとても興味深げな口ぶりで言った。「役に立つっていうのはどういうこと？」

「どう言えばいいでしょう。吸収とか、ろ過でしょうか？　いずれにせよ水はとても役に立ちます。仕事の前後の負担を軽減してくれるんです」

「なるほど。私はてっきり、これらがすべてあなたの仕事の成果だと言うんじゃないかと思ったわ。この水面はさまざまな涙を象徴しているのだとかなんとか言って」

「それは私の得意分野ではないんです。私の顧客も、普通は私にそれを処理してもらおうとはしませんね」ここまで言うと、天空は千里を思い出した。千里は見たところ非常に信頼できない中年で、濃い色のフード付きセーターを着て、突飛な色合いのシャツの襟を外側にめくって出していた。けれども、あからさまに信頼できない雰囲気を醸し出す人は、いかにも信頼できそうにも見える。千里は街なかに住んでいて、事務所は次から次へと物が湧くように犇《ひし》めき、天空が行ったときには、彼がずっとさまざまな物をどかし続けるのを目にするはめになったのだ。赤い天狗《てんぐ》のお面、錆びついた鉄製の牛鈴、鮮やかな黄色の房飾りがついた三角の幟旗《のぼりばた》、小太鼓、種がいっぱい入った大きなお腹のガラス瓶。だがこのように雑然と乱れているのは本人のようでもあり、無理やり二重否定の言い方で遠回しに彼のことを「可愛いところがないとは言えない」と認めざるを得なくさせるのである。天空は思った。千里はきっと小石の顧客なのだろう。目の前の見知らぬ人は、生活のなかですばらしい何か、出会うべくして出会った何かがあったか、あるいはもう永遠に千里が買う一杯の酒のような消耗品になってしまったかだろう。

天空はある種の情緒を意識した。彼はこの情緒をよく知っているのだ。彼はふりかえって小石に尋ねた。「あなたは千里のところで私を知ったと言いましたよね。ということは千里もあなたと」少し考えて、ようやく賢いと思える言葉遣いを探し出した。「行き来があるんですよね」

小石は首を横に振った。「ないわよ」そして続ける。「私たちは友だちなの、友だちとは取引しないわ」このとき小石は急に疲れたように、言いたいことを呑み込むようにため息をついた。そして指で天空の肩をつついた。「だいじょうぶよ。今日のところは〝査察〟はなしでいいわ。ごめんなさいね、こんなにたくさんの時間を無駄にさせてしまって」もしこの先、この人と取引をするのなら、今日はここまでにするのがよいと彼はわかっていた。

天空が小石を見送るとき、誰かが遠くの坂道の突き当りに立ち、それほど遠慮もせずに彼らの方を眺めているのを目にした。小石も目にしたようだが、何も言わず、天空も話題にしなかった。ふたりとも心のなかでは、冗談じゃない、まさかほんとうにあの噂の私服査察官がやってきたのだろうか、と思った。実際にはふたりともそれについては聞いたことしかなく、会ったことはない。そのため天空は当然小石のことを疑ったし、小石も天空のことを疑った。小石は突然ふりかえり、腕で天空の首を抱き、別離の感情を表し、今にも泣き出しそうで、何度も眼をこすった。実際には自分の虹彩受理器を閉じていたのだが。小石は天空の耳たぶの下に向かって言った。

「私はすばらしいものを持っているわ。五歳の子どもが初めてアイスクリームを口にするようなレベルのものよ。間違いない。絶対的に値打ちがあるものなの」それから感傷に耐えられないというふうに猛然と彼を押しのけ、振り向きもせず、速足であの人物とは逆の方向へ歩いて遠ざかっていった。坂の突き当りの人物はこの一幕を目にして、おそらくつまらなく感じたのだろう。ゆっくりと歩いて離れていった。もしかするといい天気なので気の向くままにハイキングを楽しんでいただけの人なのかもしれない。最後に残されたのは、天空ただひとりと、繰り返し波立つような心拍と呼吸だけだった。

04 白露《はくろ》

タイルは白すぎた。その白さはまるで世界が黒という概念を完全に禁止してしまったか、あるいは色という概念を禁じたかのようだ。白にはたくさんの種類がある。絹の白や月の白、あるいは雪の白、シロリスの白、さらさらという舌ざわりを帯びたおしろいのような白、脆《もろ》い豆腐の白、堅くつやのある象牙の白や玉の白、触るとやわらかさを感じる水の白や雲の白だ。しかしこのタイルの白は、まるでさまざまな白の独裁者のようだ。その有無を言わさぬ清潔さは、その他のすべての色の頭に「汚」を加えても差し支えないほどだ。たとえばある種の汚黒色、汚青色、汚赤色、汚褐色などと言ってみてもいい。けれども白色には永遠にこのような論理的ではない言い方は生まれない。汚白色は灰色にすぎないのだ。従って、それが罪もなく、何ものにも染まっていないのは、もはや詩的で象徴的で文学的な問題なのではなく、鉄のように強靭《きょうじん》な技術の問題なのである。

あるのはこのタイルだけだった。およそ二台の自動車の駐車スペースほどの空間を、白いタイルがぎっしりと覆っている。上を見上げても果ては見えない。天空はなかに入ると、たちまち困惑してしまった。こんなにも清潔であれば、実際には存在しない足をむきだしにしたり、存在しない両手を置いたりする場所もないと感じた。いったい何を運び出せばいいのか、ここには何ひとつないのである。彼は相当に焦りを感じた。時間を稼がなければならない。二時間を超過して留まってはいけないからだ。代理システムの草創期において多くの不幸な実験が行われた結果、長く留まりすぎると、被エージェントがエージェントに対して強烈かつ非常に不合理な一体感を感じてしまうことがあるとわかったのである。これは比較的公平な言い方ではあるが、当事者においてはそれは愛であるとしか感じられず、こうした問題のある実験によって人命が犠牲になることすらあった。ある被エージェントは愛したにもかかわらず報われなかったため、彼のエージェントを殺害してしまったのだ。互いを保護し、またエージェントがこの抜け穴を弄び顧客を利用するのを避けるために、八十分経つと強制的にログアウトさせるシステムになった。同時に失敗の記録が発行され、費用はかからない証憑《しょうひょう》となる。けれども、天空が恐れたのは、突然自分の才能が弱弱しく憐れなもので、まったく使い物にならないと意識させられたことだった。まるでなかに何かあると言われて清潔なトイレに入ったのに、そこに遺棄されてしまったかのようだ。少し驚いたが、彼は繰り返し自分に言い聞かせた。焦るな、焦ってはいけない。

タイルはあいかわらずタイルであった。模様もなく、ひびも入っていない。それにヤモリもクモもいなかった。

＊

白露がやってきたとき、天空はその状況を予想していなかった。白露は前を歩き、白露の父親が後に続いていた。基本資料によると彼は満十四歳になったばかり、普通の人類がいちばん醜い年ごろだ。白露はガラスのような顔立ちで、有線七宝のような輪郭、截金《きりかね》のような髪で、耳たぶは柳の葉、くるぶしは弓張の月のように鋭利でなまめかしい。流行りの無地の服は着ず、着衣にはたくさんの刺繡の模様や房飾り、羽毛や肩当てがついており、首や腕や髪の生え際には鈴や貴金属がいっぱいにぶらさがっていて、さながら歩く祭典のようだ。若い顧客に天空は数多く会ってきた。ひとりとして美しくないものはおらず、完璧でないものはおらず、何度も選抜をくぐり抜けた精子と卵子でないものはおらず、みな最高の遺伝子による造形だった。天空は、彼らが年若いからといって高をくくり油断したことは一度もない。実際には彼らは永遠に非常に複雑なのであり、彼らの複雑さはちょうど内心の純粋さから来ているのである。比べてみると、いわゆる複雑な大人たちの方の問題は却ってどれも解決しやすく、往々にして残念に思うほど単純なものである。純粋さの危険とは、中立的で動機がなく、自分じしんが動機である点にある。原因がありそれが画策された邪悪であれば、対峙する方法はある。無実の者を救い、結び目を解いてやることができるのだ。けれどもほんとうに一分の隙もないほどの邪悪さというのは必然的にまったくの純粋さに基づくものなのであり、どこに向かうのかわからない子どもの遊び心を持っているのである。このような純粋さはしょっちゅう、昼も夜もなく若者たちを指図してきりきり舞いにさせる。もしも元気を失いつつある成人であれば、とっくに疲労困憊《こんぱい》となるが、彼らはあくまでも疲労困憊などせず、ただ高熱に浮かされるだけだ。純粋さとは彼らの免疫システムなのであり、人類の青春期全体というのは、巨大なアレルギー反応を起こしているということである。そしてアレルゲンは全世界なのだ。従って、天空はこの仕事があまり好きではないと思うときもある。

彼は、白露と同じくらいの年齢の少女のことを覚えている。名前は雲母《うんも》といい、楚々とした可憐さがあり、果てしない愁《うれ》いを帯びていた。のんびりとして寡黙で、その寡黙なところにまた引きつけられた。当時天空は彼女のなかに入っていき、黄金に輝く広壮な建築物を目にした。梁や柱には彫刻や模様が描かれ、華麗な装飾である。水晶は曇りのない鏡のように繰り返し反射しており、ボーンチャイナの食器が無数に置かれている。天空はちょうど中央にある戸棚から家紋入りの茶杯を取り出した。金泥で描いた飲み口の装飾の端は少し欠けていた。

操舵席を出ると、雲母は優しく言った。「これはじつによかったわ。彼らを許すことができるという感覚はほんとうにすばらしい」

天空はとても疲れていて、返事をしないでいると、雲母はさらに優しく語りかけた。「周りの人間はみんな私を尊重してくれないの。彼らはただ私を普通のきれいな女の子と思っているだけ。私はこの点をずっと我慢してきたわ。私はがんばってとても従順に振る舞い、みんなが心服してくれて、私が他の人と同じ舞台には存在していないことを理解してくれるように願った。あなたは理解しなければならない。私たちがもしもひとりの人間を血統や外見や才能や情趣、内心の奥深さに分類するのなら、私には手を抜けるようなことは何ひとつない。これはどれほど難しいことでしょうね。これは難しすぎるのよ。みんなは同じ舞台に立つやり方で私に向き合うべきではないの。それは私のような人間にとって不公平にすぎるわ。不公平すぎる。けれどもほんとうに不思議なのは、私はもう完全に彼らを許しているっていうこと。でもあなたにはこの気持ちが理解できないでしょうね――」

天空は荒々しく雲母の言葉を遮った。「私はもちろんわかっていますよ。我々がさきほど操舵席から出てきてから、あなたは、私があなたの気持ちを理解できないとか何とかという馬鹿げた話をしているんですよね。もうやめてください。私は、あなたのプライベートな生活の細々《こまごま》したことを知る必要もないし、知りたくもないし、知るべきではないんです。それは私の仕事の原則に背くことです」彼はそのときにはもう雲母の苦痛を消化し始めていた。そのためやや制御不能になったのだ。雲母の苦痛は憎しみに属し、発作はすぐに起こり、事後もずっと後を引く。確かに、「苦痛感」の軽重と「苦痛なことがら」の軽重は、必ずしも正比例しない。雲母の苦痛なことがらはささいなことだけれど、苦痛感はとても大きいのである。自動車事故で両腕を失ったピアニストにほぼ近い。天空はこれについては何も言えなかった。できる限り自分の職業上のモラルを守り、苦痛とは主観的なものだと自分に無理やり言い聞かせることしかできないのだ。苦痛は評価することができない。苦痛が現金と同じ価値であれば、少なくとも彼の料金と同じであれば、そうである以上、彼には論評することなど何もない。雲母は憐れむように彼を見つめていた。

「あなたはほんとうにわかっていない。私が今はもうあなたのことを完全に許しているようにね。〝許す〟という高貴な心情はとても特別なものよ。それは誰もが理解できることではないのよ」

白露もそうなのかは天空にはわからなかったが、白露の父親は、これは彼が十五歳になる誕生日に唯一欲しがったものなのだと言った。こう話したとき、この朗々とした声の太鼓腹の男は少し腹立たしそうに、「私らの家族には誰も代理を受ける者はいなくて、なんでそんなに嬉しそうじゃないんだと聞いても答えないんですよ。いったい何がそんなに気に入らないのか」白露はただ笑うだけだった。この父親なら白露のどんな要求も拒絶することはないと誰もが思うだろう。

白露の父親は、見えるところでは、盆地にあるたくさんの湖で島と島を結ぶ通勤船のすべてと観光船の半分を所有していた。見えないところでは、鋭利な武器や浄水、薬物を所有していた。一方で白露の方はこの父親を所有しているのである。彼らの背後に付き従っているのは、特注の人造ボディーガード八体だ。みな身長が百九十センチ、つやのある赤ら顔で、落ち着きがなく、隊列は人目を引いた。白露の父親は得意満面に天空に言った。「彼らにはみんな名前があるんです。けれど私はよく覚えていない。娘は覚えています。お前、彼らの名前をこの人に教えてあげなさい」

白露は頷いた。「青除災《しょうじょさい》、黄随求《おうずいぐ》、赤聲火《しゃくしょうか》、白浄水《びゃくじょうすい》、定除災《じょうじょさい》、辟毒《びゃくどく》、紫賢《しけん》、大神《だいじん》と言うんだ」

「どれがどれなのですか?」天空は、彼らは見た目がそっくりだと心のなかで思った。

「適当だよ。どれがどれということはないので」白露は言った。

天空はそれを聞いて可笑《おか》しくなった。「名前を付けるのは、誰が誰なのか区別するためじゃないんですか？」

「何となくそうしただけなんですよ。そんなに細かく分けてはいないんだ」白露の父親は言った。

「どっちみち呼んだところでこいつらも応えませんしな」

天空は白露の父親をリビングに残した。そのなかの半弧形の待合室にはホログラム投影スクリーンが備えてあり、食べるものもある。白露の父親は牛肉麵と鉄観音を注文して、少し考えてからチャーシューまんを一蒸籠《せいろ》分追加した。もしも彼が疲れてどうしようもなくなったら、安眠カプセルもある。数年前、天空は待合室の設備を全部新しくして、すこぶる満足のいくものに仕上げたのだ。もしも何もしたくなくなり、音もなく静かにしたければ、ボタンひとつ押すだけで、床タイルの色がすべて消え、五秒以内に徐々に褪《あ》せて透明になる。そして足元に山野いっぱいに広がる葦《あし》を目にすることができるのだ。白露の父親は非常に心地よさそうな様子で言った。「ゆっくりしてきてください。青なんとか、黄なんとか、赤なんとか、白なんとか、どっちみち色の連中だよな。お前たちは白露についていけ。残りの四人はここに残るように」するとそのうち四人は自動的にはじき出され、白露の前後左右に整然と並んだ。

「あれ、こうして見ていると彼らはやはり自分が誰なのかわかっているのではないでしょうか？」天空は言った。

「わかってないよ」白露は答える。「彼らは一組の無線のマイクロコントローラをシェアしている。そのチップには言語分析の機能があって、指令を下すだけでそのうちの四人は残り、他の四人は私たちといっしょに行くってだけの話」

「じつに興味深い」天空は言った。そして白露を連れて部屋の外へ出た。

*

途中彼らは何も話さなかった。話せるようなこともなかったのである。天空はまもなく白露が口に出せないいかなるものをも完全に受け入れるのである。かたくるしい挨拶などいるはずがない。すべてのおしゃべりは偽物のように感じるしまた煩わしいものだ。白露に至っては、このとき、天空に対する評価はとても高く、彼らのプロジェクトに組み入れる価値はじゅうぶんにあると考えていた。彼は見たところ少し虚《うつ》ろで、動きもやや遅い。ちょうどよい遅さで、もうちょっと遅くなると鈍いという感じになる。もちろん彼らのような仕事に従事している人はみな虚ろでのろのろしているように見える。けれどもすばらしいことに彼はほとんどの時間ひとりであり、しかも、年も若い。年をとっていてはいけないというわけではないが、あまりよくはないのだ。

「あなたは顧客とはおしゃべりしないの？」ウォーターホールを通り抜けるときに白露は言った。

「あまりおしゃべりはしません」

「私は初めてなんだ。興奮するなあ」

「そうですか。緊張はしますか？」

「緊張した方がいいの？」

「それはないはずです。あの部屋の様子があまり好きではない人もいます。けれども操舵席に入れば何も見えなくなるので心配には及びません。水を飲まれますか、それともトイレに行かれますか？」

「だいじょうぶだよ。必要ない」

白露は奥にあるあの部屋が嫌いなんてことはちっともなかった。彼はとても美しいと感じたのだ。部屋全体に赤い光が溢れており、紙製のちょうちんがぶらさがり、中央には神壇があり、神壇の上には白露には名前が出てこない小さなものがぎっしり置かれていた。実際、天空にも名前がよくわからないものが多く、代々受け継がれたものである。昔はそれぞれすべて使われていたし、それぞれ意味のあるものであったそうだが、今となってはただ美しいだけのものである。そのなかに、壁の一面にはめ込まれた一組の冷たい光が煌めく操舵席がある。その他の三面の壁はとても厚く、髪の毛一本入る隙間もないほど内側をくり抜いた透かし彫りや、外側に飛び出た獣の形の堅い木彫りで埋まっている。牛の頭や馬の顔、巨大な亀や大蛇、シーサー、黒い塗料で塗られた虎、ガーゴイルやキメラ、ガネーシャもあった。「触ってみてもいい？」「いいですよ」

天空は香を焚き始める。鉢を叩く。赤いあや絹で顔を覆う。白露も注意を払うことなく、ただ上下に撫でたり、左右をまじまじと見つめたりしながら、それを楽しんでいた。

「準備はいいですか？」天空は言った。

「いいよ」

天空はほんとうにどうしようもないと思った。壁を叩いて割れ目を探し始めた。あるいは隠し扉があるだろうか？　でも隠し扉があるのもよいことではない。業界には、「門の内に門があれば、災いに見舞われるか人が死ぬだけだ」という言葉がある。これは当事者の状況がとても悪いことを表しており、心の悪魔が奥深くにいて、すでにとても複雑に入り組んでいて、人の命を侵食してしまう。エージェントは通常開けることはなく、むしろ直接ログアウトしてしまう方がよい。けれどもそのような状況は少なくともひとつの見解として、まだよいことに数えることもできる。天空はタイルをひとつひとつ、ひと足ひと足力を込めて踏みつけたが、まったく緩んで動く様子はなかった。

彼は膝を抱えて座り込み、また立ち上がって、そして再び座った。天空は何がなんだかわからないまま、まるでからかわれているようだと思った。それとも比較ということ？　あるいは審査？　彼は古典小説のなかでこの類《たぐい》の伝奇故事を読んだことがある。たとえば、ふたりの人間が法術で戦い、そのうちのひとりが人型に紙を切り、それを撒いて一面に強力な兵士をおびただしく配置する。もうひとりが、苛烈な太陽に向かって旗を振ると、たちまち太陽が変形してひょうたんになり、紙人をすべて呑み込んでしまう。紙人を切る人はまた冷たく笑って、手に持った銅の鈴を振ると、そのひょうたんはどんどん膨張し、最後に爆発して地面に落下する。じつはもはや裂けて使い物にならない羊の皮の小さな袋だった……天空はうつむいてこれらを考え、自分の存在しない白い服のすそが突然赤く染まるのを目にし、仰天した。立ち上がってみると、すそはまた元のようにきれいになっている。彼は床にいつ滲みだしたのかわからない血を目にしたのだった。

「そういうことだったのか」天空はほっと一息ついた。「子どもたちっていうのはほんとうにやっかいだな」あのひと目で血と感じたものは、多くも少なくもなく、手のひらのような形状で、奇妙に膨らむ表面張力を湛《たた》えていた。

問題は、これをどうやって持ち出すのかということだ。天空はそれを無意識のうちに手で擦《こす》った。左手で擦り、右手で擦り、両手でも擦った。擦っても両手は青白いままで、何度擦っても血はあいかわらずそのままだった。形も範囲も何も変わらず、乱れた痕跡もない。多くも少なくもならず、手に冷たさも温かさも感じなかった。鼻のなかは生臭くもなく、生命に関わる感覚がすべてなくなってしまったと言うべきだろう。彼は片膝を床につけて、どうしてよいかわからなかった。しばらくぼんやりとしていたが、ついにひらめいて、うつぶせの五体投地のような状態になって、顔をそれに近づけ、無言で舐め始めた。初めは手のひらひとつ分だったのがゆっくりと半分くらいの大きさになり、さらにゆっくりと指三本くらいになり、さらに一本の親指に、ついには小指に、そして小指の関節に、小指の指先になった。天空は起き上がったが、口のなかは何の味もしない。けれども天空は心のなかでそれが血だとわかっていた。

エージェントになって、記憶する限り、こんなに慌てふためいて困難を極めたことはなかったし、まるきり把握できなかったのも初めてのことだった。一旦、白露が足取り軽やかに出て行った後、自分を待ち受けているのは何なのだろう？　天空が操舵席のドアを開き、よろめきながら出て行くと、まるで全世界をめぐってきたかのように息が切れていた。彼は壁によりかかって、まだ隣で寝ぼけたままの白露の静かな顔を見つめた。白露の父は待合室でとっくに牛肉麵とチャーシューまんを食べ終わり、さらに小豆《あずき》のお汁粉も頼み、ちょうど夜に入ったばかりの黄昏れどきと真っ黒になる前のゴム状のものが充満したような空の色を楽しんでいるところだった。そして彼らのドアの外には、青除災でも黄随求でもなく、赤聲火でも白浄水でもない四体の金剛神将の人形が、影が覆い尽くすなか、微塵も動かずに佇立《ちょりつ》していた。

小《シァオ》雅《ヤー》

姜天陸

●姜天陸（ジアンティエンルー）

一九六二年、台南生まれ。台南師範学院（現国立台南大学）に在学中にロマン・ロランの影響を受け創作を開始、「擔馬草水」で第十五回林栄三文学賞短篇小説一等賞（二〇一九年）を受賞。本作「小雅」は当該作も含む小説集『擔馬草水』（二〇二二年）に収録されており、九篇のなかで唯一のＳＦ的趣向のある作品となっている。テクストは同書に拠った。

小雅《シァオヤー》が失踪した。彼は怒りに打ち震えながら長期休暇を申請して実家に帰り、まず母親の無事を確認してから区役所の引受人に苦情を伝えた。

「なんてことだ。一年も経たないうちに逃げ出すなんて。伝言も残さずに、人を死に追いやる気かよ。俺は配送しないといけない荷物を会社に戻して、母親の面倒を見に家に帰ってきたんだ。社長はかんかんだったんだぞ！　あんたらのアンドロイドはいったいなんなんだ？」

区役所の引受人である林《リン》職員は、「逃げ出す」なんて言葉を使うべきではない、普通は「職務離脱」と言うのだと彼に注意を促した。これは新たなアンドロイドの申請をしてお母さまを世話してもらえるかどうかにも関係します。言葉遣いには細心の注意を払わなければ。

「あんたは、俺がまた申請する必要があるとでも言うのかい？　すぐにでも別のアンドロイドを補充してくれよ。おふくろをあとどれだけ世話し続けなきゃならないんだ？　俺の社長は慈善事業で、来たいと言えば来させてくれて、出て行きたいと言えば出て行かせてくれるとでも？」彼が口に出せなかったのはこういうことだ。俺には収入がない、自分ひとりが生きていくのも難しいのに、どうやっておふくろを世話すりゃいい？

　林職員は彼に言った。アンドロイド使用倫理規範に関係する規定に基づいて、使用者は必ず簡単な調査を受けなければなりません。使用者が倫理規範に違反しておらず、政府のリソースを無駄遣いしていないと確認しなければならないんです。そうする背景にはより深い意味があります。この島にはある得体が知れないアンドロイドの団体があって、失踪した、もとい、職務離脱したアンドロイドたちで組織されています。おそらく何百というアンドロイドがいて、彼らは自らが被った非人道的な扱い、そして人類がアンドロイドを濫用している状況に対して、繰り返し抗議しています。人類に反撃するとなったら強硬手段も辞さないという姿勢です。

「非人道的？　あいつらが、アンドロイドたちが団体を立ち上げていると言うんなら、じゃあ権益を損なっている人類の方も団体を作ればいいじゃないか。団体名は――まあいい。科学者たちは何をしているんだ。あいつらを逃げ出させて……いやいや、職務離脱させて、団体を作らせ、抗議までさせている。いったいどうなってるんだ。天地が逆転しちまったのか？」

　彼は詰問口調だったが、林職員は落ち着いていた。「いかなるアンドロイドの職務離脱について――すみません！　法に基づいてお伝えします。ただちに録画モードをオンにいたします――我々は厳格に標準作業手順書《SOP》に従って調査をし、非人道的な扱いに関わる状況がなかったと確認しなければならず、それでようやく申請が再び許可されるようになるのです。しばらくの辛抱が必要です。この間に経済的な問題が生じれば、社会課に行って関連する補助を申請してください。

それは私の業務外なので」

彼はしばらく固まってしまい、「経済的な問題」という彼の尊厳をえぐるような棘のある言葉にどう返せばいいのかわからず、同時に、役所がややもすればすぐに録画モードをオンにすることについても不愉快になった。「あんたらはすぐにそうやって撮影するんだな！　じゃあいい、このアンドロイドの、歩留まり率とか耐用率とか言うのかな？　何率でもかまやしない、いずれにせよまだ使い始めて一年なのに、チップは二度も修理を呼んだ。これはあんたらのところにも記録が残っているだろう。このために二度も長期休暇を取ったんだ。あげくのはてに、今回はじかに職務離脱ときたのに、まるで俺たち使用している側に問題があるみたいじゃないか？　さらに調査までするというのか。科学者と役人はアンドロイドをコントロールできないばかりか、逆に使用する側を調査しようとする。俺たちは善良な一般庶民にすぎないんだよ。どんな間違いをしたというんだ？」

彼の胸は苦痛でいっぱいになり、アンドロイドを申請したときのことを思い出した。林職員は、カスタマイズを申請し、毎月千元以上のレンタル料を支払って、母親が快適に過ごせるようにしてはどうかと提案もしてきた。いわゆるカスタマイズとは、家にやってくる前の小雅に徹底的に改造を施し、体臭、声の周波数、オーラ、性格や思考など、見た目の男女の違いを除いて、彼の複製品に仕上げるということだ。男性を女性モデルとしていかに複製するか、成功した複製とはどのように定義すればよいのか？　彼にもわからない。ただ指示に従い実験室に入り、アンケートに答え、テストを受け、録音され、採血され、レントゲンを撮られ、生体組織診断を受け、三日も間徹底的にモルモットになり、皮一枚にされたようなものだ。カスタマイズの目的は、母親に小雅を彼のように思わせ、遠ざけるのを避けるためである。役所が彼に示した資料によれば、細かい動作を一〇〇パーセント正しくは再現できず、かつ女性の外見をしているのを除けば、小雅と彼が被介護者に与える主観的な相似率は九九パーセントを超えるという。一言で言えば、母親が仔細に見分けさえしなければ、両者を同一人物だと錯覚してしまうということだ。九九パーセントという相似率はいったいどうやって測定したのか？　彼にもわからなかった。

「男性にすべきか、それとも女性にすべきでしょうか？」当時彼は林職員に尋ねた。「ほとんどの家族は母親を世話していると思いますが、選んでいるのは男性ですか、それとも女性でしょうか？」

「女性です。我々の統計年報によれば、九割以上のご家族が女性の介護アンドロイドを選んでいます」

「じゃあ女性にします」彼には私心もあった。異性に対する憧れの気持ちだ。

小雅がやってきてから、毎回帰宅して玄関を開けると、充電バーに立つ小雅は、まるでワンサイズ小さくした自分のようだった。もしも自分に娘がいれば、小雅みたいだろうという連想を禁じ得なかった。違和感はまったくなく、この家に小雅が加わったことはごく当たり前のことのようだった。もし小雅が男性アンドロイドだったら、帰宅したときによそ者に侵入されたように感じるだろうか、と彼は考えたことがある。ただ、女性アンドロイドは、彼との九十九パーセントの相似率を、どんなふうに母親に感じさせることができるのだろうか？　林職員が言うには、科学者はとっくにこの問題を解決しているそうだ。すなわち、彼の情報伝達物質の一部を小雅に移植して、母親が外見の差異を見落としてしまうようにするのである。もともと老人の視覚や聴覚、嗅覚はとうに鈍っており、より直感に頼って世界とコミュニケーションするようになる。このような情報伝達物質は直感をごまかすことができるのです。ごまかすという言い方はすべきでないかもしれません。暗黙の了解ですね。

成果の視点からのみ見ると、母親は最初の数日、条件反射的な抗議を何度かしたのを除き、その後は声をあげなくなった。カスタマイズが成功したと言えるのだろう。

以前の外国籍の二名の介護者と比べ、小雅は二十四時間対応でき、耐久性は抜群、絶対的に優れている。小雅が演じる役割はたいへんすばらしく、まさに人類の智慧《ちえ》の結晶であり、智慧人《アンドロイド》の名に恥じない、と彼は思っていたのに、思いがけず小雅は職務離脱をしでかし、クソったれを……ダメだ！　こんな粗野な言葉はほんとうに落とし穴だ。

役所のいわゆる「調査」とは、まず小雅が以前、毎日役所に送付していた動画のアーカイブをチェックするということだ。これらの動画ファイルは被介護者のプライバシーに配慮するため、アンドロイドは特定の時間と角度からしか撮影できない。どこから見てもお役所仕事だ。彼は林職員とすばやく早送りで見ていき、母親と小雅の両者の間で身体的な衝突が発生しておらず、双方ともいかなる暴力行為も行っていないことを確認した。また設計通り、小雅は母親とじゅうぶんな対話を行っていた。そして、じゅうぶんな距離を保ち、母親が生理的な介助を必要とするときだけ近づいていて、プライバシーを尊重していた――。これらはすべて独断的で軽々しい推論であり、ここだけのいい加減な話だ。いずれにせよ現時点であれこれ考えたところで、自分に面倒が舞い込むだけだ。

「これらの動画ファイルを見れば、小雅の職務離脱の原因は個人的な行為に帰し、使用者には非倫理的行為の疑いはないとひとまず認定できますね」林職員は見終わると、ちょっとした結論を下した。

これは彼がまた介護アンドロイドを申請する際にプラスの材料になる。しかし彼は動画を早送りでチェックする過程で、母親がほとんど笑顔を見せず、小雅を直視していないことに気づいた。そこに母親の小雅に対するそこはかとない冷淡さを感じ取った。母親は人見知りで、人付き合いが苦手なことを彼は熟知していた。表面的には穏やかだが、極度に神経質で、毎晩睡眠薬を呑んでようやく無理やり眠りにつく。周囲のちょっとした音にもイライラが止まらず、激怒し錯乱してしまうのだ。母はよく隣家の音が耳の鼓膜を突き刺すので、耳を縫ってしまいたくてたまらないと言った。このため、実家には何重にも防音板を設置したが、雑音を防ぐことはできなかった。

母は長時間ベッドの上で過ごすので、骨はほとんど身体を支えることができなくなっていた。また外出先での事故も心配していた――。誰かが亡くなるとか、死を暗示させるようなことを少しでも耳にすると、心臓がバクバクして飛び出してしまうと文句を言い、力を込めて胸を押さえつける。母は、死とは風邪のように感染すると考えていて、死についてのどんな情報も死の到来と結びつけてしまう。接触を避け初めて死の感染を避けられる。医師の診察のときでさえ、家を出たがらない。唯一の活動は、車椅子を押してもらって三合院（中庭を三方から囲む伝統的な建築様式）をぐるぐる回ることだった。

林職員が母親を訪ねて家にやってきて、「調査」が必要だと言う。彼女は母親に型通りの質問をいくつかして、証拠として録画もした。

「あなたと小雅の間にトラブルはありましたか？」

「なあに？」

「トラブルです。小雅との間にトラブルはありました？」

「小雅？」

「あのアンドロイドですよ」

「アンドロイドねえ……」

彼は傍らで、母が何か余計なことを言わないかだけを心配していた。

「小雅は呼べばすぐに来てくれました？」

「アンドロイドねえ」母親は頷く。

「小雅は排泄を手伝ってくれましたか？」

「何を言ってるの？」母親が耳を近づける。

「小雅ですよ」

「なあに？」

「アンドロイドの」

「ああ、私を助けてくれるわよ」

「小雅は毎日どれくらいの時間、あなたを車椅子で散歩に連れていってくれます？」

頷く。

「だいたいどれくらいでしょう？」

頷く。

「だいたいどれくらいの時間？」

こんなふうに通じない言葉でさらに十数個もの質問をしたが、母親はあまり理解できていなかった。林職員はできうる限り彼が有利になるような答えを導き出そうとしていた。明らかに、林職員は彼の側に立っていた。

林職員が出て行くと、彼は母親が車椅子に座るのを手伝った。三合院をぐるぐる回っているうちに、めずらしく母親はうとうとし始めた。母親の顔の深い窪《くぼ》みには一対の濁った眼が潜んでいて、ほとんど涙のような膜で覆われ、口角の筋肉は皺《しわ》といっしょに下の方へ曲線を描いていた。その筋肉は一度も上に持ち上げられたことがないんじゃないかという気がする。母親は夢うつつのなかいつもと変わらずぶつぶつと恨みごとを言う。胸が痛い、全身が神経痛なのよ、心臓がバクバクするわ、骨の奥がこわばって痛む。

一巡目の恨みごとを聞くとき、彼は身をかがめてしばらくの間近寄ったが、何巡目かを聞いた後は、「うん」と言うだけで、近づくことさえしなかった。母親はこの一年まったく変わっていなかった。痛みがあるから恨みごとを言うのか、恨みごとを言うから痛みを感じるのか、それとも両者が同時に発生するのか、はたまたただの口癖のようなものなのか、母親じしんもおそらくはっきりしないのだろう。とにかく、母親の痛みは具体的にイメージすることができず、抜歯のようにひとつひとつ取り除くこともできない。ここ数年来、十数人もの医者を尋ね歩いたが、消炎薬と鎮痛剤を繰り返し服用させられただけで、原因もわからない。痛みについてのこの未解決案件は、おそらく永遠に謎のままだろう。母親の痛みの訴えは、周囲のすべての人々の話題を独占し、笑顔を禁じ、横暴にも幸福の磁場が広がるのを許さず、周囲の空気を凍らせもした。母親に近寄ったら、誰でも笑顔が消えてしまうのだ。

このような雰囲気を彼はとても恐れた。以前はいつも笑顔を絶やさぬようにと母親を説得したが、何度か失敗してからは、意気消沈してこの現状を受け入れるしかなく、母親の恨みごとを邪魔しようとせず黙っていた。母親が恨みごとを言うようになった頃を遡《さかのぼ》ってみると、どうやら早くも二十数年前には、母親は恨みごとを三度の食事のように言っており、父親は当時とっくにそれらを空気のように見なしていて、毎日公園に行ってはトランプをし、明牌（賭博などで当たる可能性の高い数字）を占った。

神経痛は若いときの過労の蓄積が原因なのよと母親はよく言った。それに奇妙な経験も原因になったのだとも言った。

母親が言うには、二十歳の年、春節が終わってまもなく、橋頭仔《ギョウタウア》の水田で田植えをしていると、春の雨が降り始め、田植えにはうってつけの日となった。なぜなら稲の苗は太陽の光に弱いからだ。その雨はだんだんひどくなったが、母と何人かの雇い人はみんな、雨合羽《あまがっぱ》のなかが汗で湿って蒸し蒸しするのが我慢できないと感じるだけで、手を休めることもなかった。空にはゴロゴロと雷鳴が轟《とどろ》き、雷は耳元のすぐ近くで鳴り、幾筋かの稲光が眼前に飛び散った。これは毎年春の雨の時期には必ずある光景で、誰も動じることはなかった。

なんとか二分（分は一畝の十分の一）の面積の田植えを終わらせると、雇い人たちは農具を片付けて先に帰った。母親は雇い主として残って後始末をした。植え忘れた部分の補充や足で踏まれて曲がってしまった苗を直したりしたのである。目の前には田んぼの畔《あぜ》が見え、仕事はまもなく終わるのだと、母親は内心嬉しさを禁じ得なかった。その瞬間目の前に眩しい光が輝き、母親はただ身体が引き裂かれるような激痛を感じて耐えられなくなり、意識を失ってしまった。微かな意識のなかで、母はぼんやりと焼け焦げた匂いを嗅いだ――どれくらい経ったのだろう、白髪の老人が彼女を揺すっている。母は目覚めると、全身の焼けるような痛みに転げ回りながら田んぼのそばの水路に入り、痛みに耐えて水に浸かった。そしてようやく自分の手足の表皮が焼けて大きく剝け、赤く腫れた肉が露わになっているのに気づいた。服のすその両端、ズボンも黒焦げで丸まり、手で髪を撫でると、手のひらいっぱいに炭のくずがついた。

その白髪の老人は土地公（土地の守り神）なのだと母親は言った。もしあの田んぼで土地公に起こされなかったらおそらく死んでいただろうといつも言っていた。

彼が思うに、母親は単に痛みで目が覚めたのだろう。幸い春の農作業時だったこともあり、田んぼのそばの水路には水がたっぷり張られていた。

母親はよく腕の三十センチほどの濃い色のあざを指さして、これが雷さまに打たれた痕だよと言った。さらに言うには、天の神さまは人間をからからのが大好きで、毎年初春の田植えの頃、長雨の日、雷さまは人を打ち、数年に一度は農民の犠牲者が出るそうだ。それからというもの母は雷鳴を耳にすると、すぐに全身が震えあがり、焼け焦げた匂いが鼻につくようになった。田植えをする農婦たちはみんな母のことをいかれていると笑った。母はついに水田のなかに足を踏み入れる勇気がなくなり、建築現場の作業員をするほかなくなった。

それからずっと後になって、母親は言った。この全身がずきずき痛む病にかかったのだと。

「雷さまに打たれたら、必ずこうなってしまうんだよ」

林職員は彼を役所に呼んで言った。アンドロイドの団体がネット上で公開した、小雅が母親を世話していた期間のデータと介護日誌は、小雅の職務離脱について弁護するためのものなのだろうと。

林職員はそれらの統計データと小雅の日誌をつぶさに読むようにと言った。

おしゃべりの時間　三六四〇回、計四〇八二五分三四秒二三。

清浄処理　三八六一回、計八〇四二六分三八秒〇八。

行動補助　七二〇八回、計三八九四二分一八秒一二。

健康診断　四〇八回、計二〇四八分三二秒三五。

ケアマッサージ　九〇三回……

林職員は説明した。アンドロイドが介護作業を分類して統計を取ることは定期的な仕事であり、本来何も不思議なことではありません。けれども、この資料のなかには変なデータがあるんです。過去のアンドロイドの統計資料ではほとんど見られないものです。彼女はそのなかの一行の数値を指さして注意を促した。

「ここ、この一行を見てください。強制節電モード五八回、計二九〇時間十分四三秒二三。これはいったいどういうことでしょう？」

「どういうことでしょう？」彼にももちろんわからない。

「介護日誌を読んでみてください。どういうことなのかわかるかもしれません」

日時：二〇三〇年八月二十三日

主人の脈拍、血圧は正常。食事は正常、飲水は正常。

排便は正常、頻尿（夜尿は四回）。

処方箋の指示に従って精神科の薬剤（睡眠薬、鎮静剤）と心臓病、高血圧の薬を服用。

室内歩行二一八歩（歩行器の補助あり、屋外の歩行は拒否）、歩行時間は一八分二八秒、歩行距離は三八メートル九〇センチ、歩行面積は九・二九一平方メートル。

車椅子での移動距離は六八メートル二四センチ。

日光浴の時間は一八分二六秒（陽射しが強すぎるため主人は中止を指示した）。

おしゃべりの時間は一六分三九秒。主人の訴えの要点は、全身がだるく痛み、ノイズで寝つけない（測定調査したところ、近くの最大の音源は二〇デシベルで、ノイズは確認できず）。

心理状態：観察中。
その他：主人の甥が訪問。

二日目の日誌は、日光浴の時間と歩行のデータが僅《わず》かに減った他は、ほとんど一日目と変らなかった。

三日目、日光浴の時間は二十三分に増え、その他のデータは似たり寄ったりだった。その後の数日のデータには僅かな増減があったのみで、ほとんど一日目と変わらない。どうして介護アンドロイドが山ほどのデータを集めるのか彼はついにわかった。あけすけに言うならば、アンドロイドには人類のようなこまやかな観察眼や感受性が欠けているということを隠そうとしているのだ。連中は明らかに人類の知能に比肩することはできない。もしかするとコピーやペーストの機能に習熟しているにすぎず、名はアンドロイドではあるけれども、実際には融通のきかないロボットなのかもしれない。

十二日目になると、主人の訴えの要点のなかに「主人はノイズの源は小雅だと考えている」というセンテンスが入った。その日の「心理状態」には「不機嫌で、神経質になっている」とあり、「その他」の項には「主人は苛立《いらだ》っており、おしゃべりの時間が八分一二秒になった。小雅を黙らせた」と注が加えられていた。その日の「その他」にはさらに「法で定められた一五分間のおしゃべり時間を達成できず」と特に注記がなされていた。

「これについて説明させてください」林職員はカーソルを「おしゃべりの時間」のところに移動した。「ご覧になったように、小雅はここで法定のおしゃべりの時間を達成できなかったことをご母堂のせいにしています。明らかに責任逃れのやり方です」

「こういう規定があったんですね。おしゃべりの時間は十五分間必要だということか」

「ええ、アンドロイドは毎日規定に従って仕事します。目標を達成できなければ、そのときには注記をしなければなりません」

それは……あまりにも無理な話ではないか。彼でさえ母親とはほとんど意思疎通ができないし、三分間もおしゃべりがもたないなんてざらだ。母親はただ痛みを繰り返し訴えることに耽溺《たんでき》したがっていて、新しいものごとや新しい考えに対しては耳と目を自動的にふさいでしまう。彼女に外の世界のことを伝えようとするのはやめた方がいい。たとえば携帯電話で現金での支払いを代替できるとか、自動車の自動運転とか、人類は月に移住しようとしているなどと伝えたら……彼女は顔を背けてその話題に触れようともしないだろう。まるでその話題には毒があり、聞きすぎると身体を壊してしまうかのように。このことは彼をひどく意気消沈させ、母親と話していると挫折感でいっぱいになるように感じた。

母親にはもうひとつの癖がある。排他的であることだ。およそ自分とは血縁関係のない人間は、心のなかで排斥するのである。母親のこのような心理状態は、彼が前妻との離婚話でもめたときに赤裸々に現れたのだった。母親は前妻のことを「メス豚」とか「売女《ばいた》」などと繰り返し口汚く罵り、着ているものから振る舞い、知能指数まですべてにひと通り悪態をつき、前妻の実家の義父母ですら母の悪辣《あくらつ》な人身攻撃の対象になった——彼がひどく驚いたのは、穏やかな母親がこんなにも激しく「敵」を攻撃するとは思いもよらなかったからだ。

アンドロイドを申し込む前、彼は母親のために外国籍の介護者を二名雇っていた。けれども母は他人が家のなかに入ることを受け入れられず、彼女たちが泥棒ではないかといつも疑い、何度も難癖をつけたので、どちらも一年ともたなかったのである。小雅がやってくる前に、彼は何度も母親に言い聞かせた。

「彼らには智慧があるんだよ。今や全世界で何千何万というアンドロイドが人類の世話をしてくれているんだ。彼らのチップやプログラム、センサーはすべて台湾製なんだよ。メーカーは同時にアメリカのテスラ社のサプライチェーンでもあるんだ。このアンドロイドは台湾語も客家語《ハッカ》も華語もできる。しかもうちにやってくるアンドロイドはね、俺が選んだんだよ。俺の好みのタイプさ。母さんもきっと気に入ると思うよ」

母はそっぽを向いている。怒っているときのポーズだ。

「俺は仕事で外を飛び回り、稼いで家族を養わないといけないだろ。こうするしかないんだ。このアンドロイドはね、人類の世話をするのにいちばん適しているとみんなが認めるブランドなんだ。彼女には俺のオーラがあってさ、考え方も俺といっしょなんだ。真夜中だっていつでも起きて見守ってくれる。呼んでも起きないなんてことはないよ」

「テレビで見たことはあるわよ。あれは人間じゃない。けだものよ。けだものがどうして人の世話ができるっていうの？」

「母さん――あれはアンドロイドなんだ、俺たちは彼らを人として扱わなければダメなんだよ。俺たちと同じように頭もいいんだから」

「連中に魂はあるのかい？　あたしたちと同じ魂があるの？　パソコンにはあるの？　テレビにはあるの？　アンドロイドだってパソコンやテレビと同じ、機械じゃないの」

「違うんだ、母さん。彼らは世話をしに来てくれるんだよ。魂があるかどうかはどうでもいい。人間よりも辛抱強いし、忠実だよ。俺よりも丁寧に世話してくれるさ。科学者はすごいよなあ、うまく設計するもんだよな。今では世界中で何千何万もの人がこのアンドロイドを使っているんだよ」

「なにがアンドロイドさ。人間じゃないくせに。魂の抜けた機械じゃないの。けだものにも及ばないわ。真夜中に故障してあたしを殺すんじゃないの？」

「まさか！　世界中で何千何万もの人が使っているけど、そんなことは起きてやしないよ。このアンドロイドは学習することだってできるんだ、小学生と同じようにね。母さんがいろいろ教えてやれば、勉強してくれるし、どうやって問題を解決すればいいか考えてもくれるよ。金も節約できるし、気遣ってくれるよ。彼らは母さんをしっかり世話してくれる。絶対に金やモノを盗んだりもしない。だって使えないし、使い道もないしね。俺が稼ぎに出かけなければ、俺が飢え死にするのを見ることになるよ？」

　母親はそのときは降参した。少なくとも表面的には妥協したのだった。

　アンドロイドの介護は、必ずプログラムにおけるコマンドであるＳＯＰに従って行われる。彼らに老人を理解しろという難しい要求が含まれているが、老人との親密なコミュニケーションはおそらく不可能だろうと彼にはわかっていた。けれども小雅が来てからは、ある種のことがらについてはとても適任だった。たとえば母親は真夜中にたいてい三、四回は起きて簡易トイレを使うのだが、小雅には体内時計や運動能力上の問題はまったく生じない。他にも母親がぶつぶつと何時間でもしゃべり続けるのを聞いてやることもできる。母が長時間に亘《わた》ってでたらめなことを話すがままにさせ、小雅の方はSOPに従って母親に応対することができる。小雅には情緒も、怒りもない。母親の永遠に終わらない思い出語りに対応して、その任に堪えられるのだ。

じゅうぶんに充電さえすれば、小雅はいちばん優れた介護者になりうるのである。


小雅の日誌にはその後数日、小雅が発するノイズが日常を邪魔すると母がずっと不満を抱いていることが示されていた。

彼はとっくにこのことは知っていた。

小雅がやってきて最初の休日に、彼は内心気が咎《とが》めながら、そそくさと母親に会いに実家に戻り、最初の質問を投げかけた。「小雅はどう？」

「うるさいわ。とてもうるさいのよ」

「うるさいの？」

「行ったり来たりしてさ、とってもうるさいの。こっちは眠れやしないわよ」

「母さんが寝ているときは、動いていないんだよ。充電バーのところに行って充電しているんだ。音はしないはずだよ」

「うるさいわよ。充電の音がうるさいの」

彼は小雅に命じて何度かぐるっと動いてもらい、それから戻って充電させた。母親にどの音がうるさいのか言ってほしいと頼んでも、はっきりと答えることができず、「うるさいの」とただ繰り返すばかりだった。

母はある考えに囚われると、理由もなくそれが頭に浮かぶようになる。何度か繰り返すうちにその考えはますますがっちりと固まって、ついには巨大な岩のような執念に変わり果ててしまう。彼は、母親の頭に浮かんだ考えが岩のようになる前に壊してしまいたかった。そこでいったいどの音がうるさいのかと質問を続けたのである。

母親はそっぽを向き、彼の攻撃を防御する。

「母さん、どこがうるさいと思うの？」

けれども母親はすでに耳をふさぎ、彼がどんなに努力したところで、返事をもらうことはできなかった。彼は腹立たしげに立ち上がって動き回り、こじれてしまった雰囲気を解きほぐすしかなかった。

彼がネットで調べてみると、この型のアンドロイドは国家安全局の検証が済んでおり、モーター音は移動や操作時も含めつねに二十五デシベル以下に抑えることができると強調されていた。小雅は確かにノイズを出していない。母親の睡眠障害の問題は何十年にも亘る前々からの不調であり、小雅を咎めるわけにはいかない。

静かな空気のなか、母の身体から立ち上る馴染みのある饐《す》えたような匂いを彼は嗅ぎ取った。

「涼しくなったね。朝晩は冷えるんじゃないの？」

この言葉が母親を引き戻した。「冷えるわね」

「小雅は服を着せてくれたり、お風呂を手伝ってくれるでしょう？」

「うん！」

「お風呂からあがったら、ベビーパウダーを振るの？」彼が鼻を擦《こす》ってからまた空気中の匂いを嗅ぐと、室内の黴臭《かびくさ》さが少し減ったような気がした。

「うん」

「じゃあ小雅は静かに仕事をしてくれるでしょう？」

「ダメよ」母は根拠もなくそう言葉を接《つ》いだ。

「ダメ？　小雅がどうしてダメなの？」

「お前の娘に似てないよ」

「俺の娘じゃないよ、彼女はね――」もういい。彼はもう何度も小雅の来歴を説明したのに、母親は聞いてもすぐに忘れてしまうのだ。「彼女の仕事ぶりに何か問題はあるの？」

「夜、横になって寝ないんだよ」

小雅は充電バーでたっぷりエネルギーをためて、充電すれば動くことができるのだと彼はもう一度母親に説明した。

「あれの母親は誰なの？」母はまたそんな疑問にこだわり始める。

「彼女には両親はいないんだよ。科学者が作りあげたアンドロイドなんだ。ただちょっと俺に似ているだけさ」

「作りあげた……」母親はこの言葉がよく理解できないようだった。「あれはどうして話すことができるんだい？」

小学生のような質問にどう答えればいいのかわからず、彼は話の要点を元に戻すしかなかった。

「彼女にダメなところがあれば俺に言ってよね。直させるからさ。毎月数千元も払っているんだ。科学者が調整してくれるさ」

「じゃああれの魂はどこについているの？」

どうやら母親の頭はまたもつれ始めたようだ。母をこの迷宮から追い出してやらなければならない。

「いったい彼女にどんな問題があるっていうんだよ？」

その後の日誌では、小雅は「心理状態」の欄にこうコメントを残していた。「不機嫌、神経質、気分の落ち込み」。じつは、小雅の介護日誌の摘要は毎日彼に送られていた。けれど彼は詳しく読んでなどいなかった。メッセージが多すぎるのだ。彼の携帯に朝から晩まで送られてくるメッセージは一日四、五百通はざらだ。震度三の地震やガソリン代の〇・五元値上げから、世界大戦まもなく勃発やロシアの未確認飛行物体まで。彼は毎日三十分かけてどうでもよいメッセージを削除して、それから一時間かけて重要なメッセージを読まねばならない。メッセージの重要性をいかに判断するかについては、以前読んだあるメッセージに基づいて行った。それは、あるタイム・マネージメントの専門家の提案をまとめたものだった。

小雅からのメッセージは、ほぼ削除される方に回された。

「結局のところこれはコピー・アンド・ペーストで、何度も重複しているメッセージなんだから！」彼は毎回削除しながらそう自分を慰めた。

充電異常。充電バーのプラグが引き抜かれる。強制節電モード六時間（本部のエンジニアが駆けつけて異常を除去）。

日付は九月二十六日だった。本部のエンジニアが修理した後、充電バーの上端にあるプラグには触れないようにと母親に説明したことも付け加えられていた。プラグが抜けると電力不足になり、小雅が母親にサービスすることができなくなるからだ。

それから数日後、充電バーのプラグが抜き取られる状況がまた発生した。今回は本部のエンジニアがプラグとコンセントの接触部を補強した。数日後、プラグはまたもや抜き取られ、その後も同様の状況がたびたび発生した。後にはさらに「**充電バーの電源コードが切断される**」という文言が何度か現れるまでに至った。

修理されるたびに、小雅は「**重要関係者にメッセージ送信**」と注記し、また、その後まもなく「**重要関係者からの返事届かず**」と記した。

小雅はこんなにたくさんのメッセージを彼に送っていたのだ。どうして少しも記憶に残っていないのだろう？　おそらく猛スピードで削除していたのだろう。メッセージを削除するといつもほっとしたような気持ちになったのだ。

誰が繰り返し小雅のプラグを引き抜いたのか？　さらには電源コードの切断まで。母親の他に、それをする機会のある人間はどうやらいないようだ。母親を訪ねる客は、たまに甥とご近所さんがやってくる以外はほとんどいない。確かにプラグが引き抜かれた当日に客が訪問したことも何度かあったが、訪問客がなかった方がずっと多い。小雅はメッセージをすべて彼に送ったが、控えめで、こそこそした感じすらあった。いずれにせよエンジニアの駆けつけサービスの勘定は彼が持つのだが、その代金も、彼のネットバンクからこっそり引き落とされるような感じだった。

どうやらこの強制節電モード五十八回の後の駆けつけサービスは、アンドロイド企業本社の強奪プランなのだろう。どうりで口座の金がすべて出て行ってしまうわけだ。すると小雅は、アンドロイド企業本社の共犯ということになる。彼はひそかに胸の内で悪態をついたが、声に出す勇気はなかった。もう一体のアンドロイドを再申請できるかどうかまだわからないのに、もしもアンドロイドに不満ばかりを言ったら、「赤いしるしをつけられて」しまうかもしれない。林職員が早い時点で彼に注意を促していたのは、「調査」という関所を越えなければ、次のアンドロイドは得られないからだ。

「こういうデータは母のプライバシーに関わるので、ネット上に流さないようにしてもらいたい」彼はわざとポイントをずらした。

「情報グループのリーダーが遅滞なく処理します。強制節電モードが五十八回という事態について、どうお考えですか？」

「やはり我々のプライバシーが絶対に保障されるよう希望します」

「ええ！　故意にハッキングしようという者でもない限り、他人は閲覧できません。では、小雅の電源コードが切断された件についてはどう思われますか？」

「俺だってこの件のために、エンジニアの駆けつけサービスに少なからぬ金を支払ったんです。いったいどういうことなのかこっちだって知りたいですよ。小雅たちは――もしかしたら、これは推測にすぎないのですが、自作自演のトリックということはないでしょうか？　俺はうかつすぎました。こういう細かいことには気づきませんでした」

「私は、彼らがこのことを問題にしないように願っています」林職員は意味深長に頷いた。

彼は帰宅すると、初めに大声で母親に尋ねた。「小雅は強制節電モードに五十数回もさせられたんだよ。つまりね、誰かが彼女のプラグを引き抜いて充電させないようにしたってことなんだ。充電バーの電源コードが切断されもしたそうだよ。どういうことだろうね？」

母親はうつろな眼で彼を見つめた。ふたりの間を広々とした海が隔てているかのようだ。

「母さん、母さんが切断したの？　アンドロイドの充電コードを」彼は語気を緩めた。

母親はまず首を横に振り、それからそっぽを向いて、しくしくと泣き始めた。

「彼女のことが気に入らないなら俺に言ってよ。充電コードを切る必要はないだろう！」彼は母親の性格を理解していたので、それ以上責めるのはやめた。

彼は母親を三日世話しただけで、疲れ果ててしまった。母親は夜尿がひどいのに、どうしてもおむつをしてくれなかった。母親がベッドを降りるときに転ばないか、間に合わずにベッドにおしっこをしてしまわないか心配で、一晩じゅうノイローゼになりそうだった。母親の寝返りの音を耳にしさえすれば、すぐに起き上がって様子を見た。あるとき母親はおしっこを終えると、ひとかたまりほどの大便も漏らしてしまい、下着がまるごと汚れてしまった。彼はこのために時間を取られ、後始末をしながらあくびをしてしまった。

こんなふうにゆっくり眠れない夜が三日続き、昼間でもうとうとしてしまった。持病の飛蚊症がひどくなり、眼のなかを飛ぶ蚊は一匹増え、さらに黒い糸が一本増えたようだった。前回眼科に行ったとき、医者は彼に警告した。いつも変化に注意していなければなりません。悪化すれば網膜剝離を発症する可能性もあります。さらに検査や治療を進めなければ、最悪失明することだってありえます……彼は自分で目薬を買い、帰宅して目に点《さ》して、二度と眼科には行かなかった。

小雅の重要さを彼はつくづく理解した。小雅だけが、徹夜で眠ることなく、翌日も「生きのよい龍」のような働きぶりが可能なのだ。彼らの動作に細やかさが足りない、大便の清浄処理の細々した点は満足する水準ではないと批判する人はいるけれど、彼らの「犬的神経系統」測定器は性能抜群で、寝坊でミスをしたり、飛蚊症が悪化したりする恐れも絶対にない。どうりで老人ホームや老人のいる家庭では、介護アンドロイドがひとりは不可欠なわけだ。

小雅が母親を世話しているという点から言えば、もしも彼女がほんとうに日誌に記録された内容通りにしていたとすれば、確かに職責をよく果たし、その仕事ぶりは人類よりも優《まさ》っているとさえ言える。少なくとも母親の血圧や血糖値のコントロールのような定期的な作業は行き届いており、もともと母親が乱雑にして山になった衣類も丁寧にたたんだし、床もきれいに掃除していた。

母親は、数日間連続で彼が家にいるのを見て、ぶつぶつ言い出した。「どうして稼ぎに行かないのよ」

「家で母さんの世話をしてるんじゃないか」

「稼ぎに行きなさいよ。人の世話なんて必要ないわ」

「わかったよ」彼は適当にあしらい、時には外へ出てぐるっとひと回りしてから帰ってくることもあった。

「あの小雅とかなんとか、要らないわよ、高すぎよ、無駄遣いよ」

「ああ！　彼女はもう戻らないよ」

「私はね、誰かに世話してもらう必要なんてないんだから」ベッドを降りて歩き出せばつまずいてしまうのに、母親は口ではあいかわらずこのように言った。

彼は睡眠不足で一日じゅう頭がふらふらするので、壁際の椅子に座って携帯を眺めて過ごした。今はもううらむを言わさずいっぺんに何百ものメッセージを削除することはせず、退屈しながらひとつひとつ読んで削除している。広告でさえも、数秒間は読んでから削除しているのだ。

そのとき、いくつかのメッセージがしきりに画面に出てきて、どうしても先に読まざるを得なくなった。

そのうちのひとつを開いてみると動画ファイルで、画面は少しぼんやりとしていた。眼にモザイクがかかった皺だらけの顔が出てきて、その人物は枕をこちらにぶつけてくる。これはいったいい何なのだ？　次のメッセージを開くと、同じように眼にモザイクがかかった顔が、今度は小さなステンレスのコップを投げつけてきた。その次も同じ人物が、震えながらやっとの思いで歩行器を撮影者の方に向かってひっくり返してきた。さらにもうひとつの動画では、皺だらけの手が鋏《はさみ》を持って、震えながら電源コードを切ろうとしていた。

　この人物と背景には見覚えがある……母親だ。眼にはモザイクがかかってはいるが、しかしそれは、入れ歯を外しているために深く窪んだ母親の両頬と皺だった。その枕は母親の薄いピンク色のもの。歩行器はまさに彼の眼の前にあるもの。いちばんの根拠は、背景の壁に見え隠れする額に入った一枚の写真だ。それは彼がおむつを穿《は》いていた頃の、色が白くやわらかでふっくらした顔の写真なのだ——ここは母親の部屋で、撮られているのは母親だ。たとえ眼にモザイクがかかっていたとしても、深刻なプライバシーの侵害だ。いったい誰がこんなことを？　小雅だ。撮影の角度からすれば、それは小雅だった。小雅は身長百四十五センチ、カメラの高さは一般の人よりもやや低い。彼女はふだん、母親のベッドの向かいの壁の隅の充電バーに立ってスタンバイしている。前のふたつの動画は、母親がベッドから小雅に物を投げつける角度で撮られている。歩行器が勢いよくひっくり返されたのは、どうやら小雅がいた方向のようだ。電源コード切断の動画はクロースアップで、手しか写ってはいないのは、小雅のカメラとの距離が近いからである。

　メッセージの送信者は、アンドロイド権益保護団体だった。

　続けてまたひとつメッセージが届く。またもやアンドロイド権益保護団体からだった。連中は何をしたいのだろう？　よい内容であるはずはないという気がした。

彼は新しいメッセージを開くかどうかためらった。よい知らせではないとわかっているのに、それでも好奇心に負けてしまった。

今回は動画ファイルではなく、特大で太字にされた文字だった。

「私たちがモザイクをかけるのは、悪辣なあのまなざしをお見せしたくないからです。あわれみ深い人たちは、さいわいである、彼らはあわれみを受けるであろう（マタイによる福音書第五章七）」

たったこれだけ？

これが最後のメッセージなのだろうか？　彼はまる一日彼らからの次のメッセージを待っていたが、届かなかった。どうやらこの件はここまでということのようだ。

彼は心を落ち着けてもう一度四つの動画ファイルを子細に確認した。もしも「悪辣なまなざし」と組み合わせれば、攻撃の意図はより明確になるだろう。

どのように母親を弁護すべきなのか？　このことは林職員あるいは当局はもう知っているのだろうか？

母親の躁うつ病の発作ということにしよう！　これは病院のコンピューターで検索できるし、母親は抗うつ剤とか鎮静剤の類《たぐい》の薬を十年、二十年も呑んでいる。そうした薬の副作用かもしれないし、老化による普遍的な症状かもしれない。最近母親の意識はより混濁してきて、記憶の衰えも激しい。自律神経系の異常なのかもしれない。母親の発言や振る舞いは本能のままの赤ん坊にますます近づいている。泣きわめいたり攻撃したりすることを少しも抑制できない。

そうであるならばアンドロイドの介護はもっと必要になるはずだし、企業側はこのような被介護者の家族のためにもっと考えるべきではないだろうか？

母親はいったいどうしてそんなにも小雅を嫌がるんだろう？　小雅がよそ者だから？　他に原因があるのかもしれない。母親はあの外国籍の介護者に毎月息子の二、三万元を持っていかれることを心底嫌がっていた。「高すぎるのよ。私が以前働いていたときだって月に一万元ちょっとにすぎなかったわ。あの子たちはここで居眠りをしたって、あんなにたくさんの金を取っていく。欲張りにもほどがあるよ」

「相場の値段だよ。それにインフレにもなっているし」彼は説明した。小雅になってからは、企業が受け取っているのは一万元以下だということも強調した。だからといって母親の表情はほころぶこともなく、あいかわらずくどくどと、本物の人間でもないのになんだってあんなにたくさんの金を取るの、と文句を言った。

母親が金をいのちのように見なしていることを、彼はとうによく理解していた。あるとき母親に生活が苦しいと恨みごとを言うと、なんと敏感にそっぽを向いたのだ。彼は怒って、もしも自分が食べるのに困るようなことがあったら、定期預金を解約してくれるかどうか尋ねたことすらある。

「あれは将来の私の老後に必要な金だよ」母親はそう答えた。

「ああ！」がっかりはしたが、意外な反応ではなかった。母親の両手を開いて、手のなかの一銭でも取り上げようとすれば、母親は懸命に抗《あらが》うだろう。

自分の金はいのちと引き換えに手に入れたのだと母親はよく強調していた。父親は早くに亡くなり、母親がひとりで彼を育て上げた。彼女は読み書きができず、全力を尽くして格闘するしかなかった。あれは彼が小学五年の夏休みのことだった。台風の日、風雨が荒れ狂うなか、母親は明け方の四、五時には羊の乳を配達するために家を出た。彼は家の前で母親の帰りを待ち、雨水が敷居を越えるのを目にして、椅子の上に登って待つほかなかった。当時彼らは瓦葺《かわらぶ》きの家に住んでいて、竹を編んで土で固めた壁は雨でどろどろになってしまった。家の外の地平線はとっくに見渡す限り水煙に変わり、水のなかで僅かに残った電柱だけが道しるべとなった。路上にはたまに、危険を顧みずに外に出てきた男たちはいたが、女はひとりもいなかった。

雨水はゆっくりと椅子を覆い、彼は食卓の上によじ登るしかなかった。まもなく、大水のなかにひとりのたくましい男が現れた。その水流はあたかも何千何万という縄や蔓《つる》を生み出すかのようで、彼にからみついて身動きを取れなくさせるほどだった。彼は苦しそうになんとか身体を引きずって前に進み、数十歩歩くとすぐに立ち止まってひと休みした。大水は彼の周囲にしぶきを巻き起こした――母親はどうやってこの大水に立ち向かうのだろう？　母親が安全な高い場所に避難していることを彼は願った。たとえば大きな廟《びょう》の戯台（神に奉納する芝居のための舞台）や学校の司令台（グラウンドなどに設置された指令用のステージ）、あるいは市場の豚肉売りの屋台の大きな棚板の上に。矛盾しているのは母親が路上に姿を現すことも、彼はまた願ったということだ。母親は彼にとって世界でたったひとりのよりどころだったから。

彼は無秩序な一世紀もの時間を待ったように感じ、お腹は空くし身体は凍えそうだった。母親はついに大水のなかに現れたが、水はもう母の胸まで達しており、湧き上がる波がしらが、母の首と魂を呑み込もうとしていた。母は苦しそうに二列に並んだ電柱の真ん中でもがき、次々と大水にからめとられて気力を失い、茫然としたまま水中でぐるぐると回り始めた。

「母さん！　母さん！」大声で叫びながら、彼は食卓を降りて母親を迎えに行きたいと思った。「降りてきちゃダメよ、私が行くまでそこに立っていて」母親のきっぱりとした声が、力強く彼の耳に刺さった。

彼は足を止め、水には飛び込まなかった。

「降りてこないで」母親はその無秩序な逆流に抗いながら、繰り返し首を呑み込もうとする波がしらを押しのけ、ゆっくりと彼に近づいた。「羊の乳は全部大水に流されちゃったよ。多額の賠償をしなければならないんだよ」

「多額の賠償」。その晩、母親は停電後の暗闇のなかで、何度もこの言葉を繰り返した。

真夜中、彼が起きて母のおしっこの世話をしてから携帯をチェックすると、またアンドロイド権益保護団体からのメッセージが飛び出した。「権益」の二文字を見ると、彼にはわけのわからない怒りが湧いてくる。今度はいったいどんな動画なんだ？　開いて見ると、また太字の文字が記されていた。

「人間には我慢できないときというものがあるものです。とりわけ老人には。その瞬間の動画が

流出して、人々の物笑いの種になることは我々も望んではいません。

我々はさらに多くの動画ファイルを持っています。

悲しんでいる人たちは、さいわいである、彼らは慰められるであろう（マタイによる福音書第五章四）」

彼はこんな脅迫は受け付けない。ただちに返信した。「私たちはただの庶民です。守るべきイメージなどありません。あなた方はいったいどうしたいというのですか？」

先方は瞬時に返信をよこした。その速さに彼は度肝を抜かれた。

「関係する動画ファイルを公開すれば、人類のイメージが損なわれるだけではなく、今後、ご母堂に関するいかなるアンドロイドの申請も通りにくくなるでしょう。

義のために迫害されてきた人たちは、さいわいである、天国は彼らのものである（マタイによる福音書第五章十）」

これはあからさまな脅迫ではないか！　彼は誰かを罵りたいほどの怒りを感じたが、続けて今この肝心なときに、この団体とどんないざこざも起こしてはいけないということに思い至った。もっとたくさんの動画ファイルがあると言っているのだからなおさらである。いったいどんな動画ファイルなのだろうか？　小雅は長期に亘って母親をこっそり撮影していた。これは深刻なアンドロイド倫理の違反行為である。彼女を通報しようと思っても、彼女はすでに職場離脱をしているのだ。たとえ通報したとしてもおそらくたいした効果はなく、次のアンドロイド申請に対して何の助けにもならないだろう。彼は我慢して、どのように返信するかを考えるほかなかった。

「我々は小雅とは友好的でしたし、小雅とともに過ごした時間を大切に思ってます。もしかすると母の情緒が不安定なときもあったかもしれません。小雅にはどうかご容赦いただきたく思います。この件で私たちを脅かさないようお願いいたします」

先方はすぐさま返信をよこした。

「我々は公益団体です。人類のよからぬ対応によって職場離脱させられたアンドロイドを専ら支援し、彼らに生存のためのエネルギーや空間を提供しています。我々はメーカーではないため、みなさまの支援と賛助が必要です。どうかネットコイン百十枚の賛助をいただき、我々団体がエネルギーや空間を購入する経費とさせてください。我々のネットバンクの口座番号は、××××× - ×××××です。三日以内にネットコインをご入金ください。

わたしのために人々があなたがたをののしり、また迫害し、あなたがたに対し偽って様々の悪口を言うときには、あなたがたは、さいわいである。『聖書・新訳全書・マタイによる福音書〈山上の垂訓《すいくん》〉より」

百十枚のネットコインは、米ドルに換算すれば五百ドルであり、自分が一週間荷物を運び、千二百キロ駆けずり回ってようやく稼ぐことができる金額だ。これは……まったく恥知らずなゆすりである。いちばん腹立たしいのは、イエスの垂訓を文末に引っ張ってきて、あたかも自分たちがイエスになり変わったかのように、「あなたがたは、さいわいである」などとのたまっていることだ。彼は読めば読むほど腹が立ち、考えれば考えるほど心配になった。アンドロイドの団体はいったいどれだけの情報を握り、どれだけの動画を盗撮しているのだろう？　このアンドロイドたちは、もはや常習的な強奪犯なのだ。もしも彼らを通報しなければ、ますます増長するのではなかろうか。まあいい、君子危うきに近寄らずだ。このことは後に同じ目に遭う人に対処してもらおう！　今は形だけ値切ることしかできない。

「コイン百枚で取引成立だ。どうだろう？　先にあなた方が動画を削除したプロセスの記録を見てから、入金しよう」

「この件では選択肢はふたつしかありません。コイン百枚の入金か、削除記録を見るのが先か、です。柔和な人たちは、さいわいである、彼らは地を受けつぐであろう（マタイによる福音書第五章五）**」**

「なんだって？　つまり――」彼はとっさに意味を汲み取ることができなかった。続いて、自分の反応がアンドロイドより数秒遅いことに驚かされた。**「わかった。コイン百枚を入金した後に、削除の記録を確認しよう」**

「取引成立。一時間以内に入金してください。コインを受け取ったら三十分以内に削除記録をお送りします。あなたがたは、地の塩である（マタイによる福音書第五章十三）**」**。先方はただちにオフラインになった。

彼は林職員に電話をかけて、アンドロイド申請の進捗が気になっていると伝えた。彼女もちょうど彼に連絡しようとしていたところだと言った。

「こういうことです」林職員の方から微かにキーを叩く音が聞こえる。おそらく文字を打ちながら話しているのだろう。「上からの報告が下りてきました。じつはこの一年間で、我々のオンライン監督官は、小雅が『死亡測定器』を規則に反して使用し、ご母堂の死亡指数を測定していたことが三度あったことを確認していました。これはアンドロイド規則第八条第三項の規定に深刻に違反するものです。『死亡測定器』は家族と医療従事者の同意を得て初めて使用できるからです。医療行為を前提として初めて使うことができる機能なんですが、小雅は何度も規定違反の使用を繰り返していたということです――」

「ちょっと待って。その『死亡測定器』とか何とかいうのは人体に損傷を与えるものなんですよね？　なのにどうして監督官は彼女に繰り返しそれを使わせていたんですか。監督の目的は何なんですか？　それは母親に対する傷害ではないんですか？　いったいどういうことなんです？」

彼は役所側に食い下がろうとした。これを機に彼の申請に対して早く対応してもらえるだろうか。

「ああいえ……傷害は与えません。その方面の研究資料に関しては私もあまり詳しくはないんです。私がわかることは、使用者の死亡を予知することは許されていないということだけです」

「ちょっと待ってよ。よくわからないんだ。傷害ではない以上、どうしてアンドロイドが使用するのを禁止するんです？　道理が通らないと思うよ」

「私の知る限り、生理的な側面においては確かに傷害にはなりません。けれども心理的な側面においては、たぶん、あるいは、でも……実証できる研究結果はまだありません。それは単なる我々の予防的措置なのです。死亡予知というようなことは、深層心理の問題にも関わります。けれども小雅は測定結果をご母堂に決して漏らしてはいません。監督官については、法に従ってアンドロイドに警告を発することになっているのですが、規定違反の警告は三回が上限で、四回目になると彼らを回収して改造することになります。小雅もこの規定をきっとわかっていたはずで、だからこそ、三回という上限を超えることはなかったのです」

「あなたたちはアンドロイドに甘いんじゃないのか？　すでにうちの家族の権益を侵害しているというのに、彼女の職務離脱さえ俺たちのせいだと言っているようじゃないか」彼はこの点について攻撃をしたいと考えて、声を大きくした。

「いえ、そんなことはありません。目下の小雅の職務離脱については、我々は使用者の側のせいだとは言っておりませんが、ただ通常の調査は欠かすことができないんです。我々は互いに尊重し共栄する社会を作らねばなりません。ご存じのようにアンドロイドのカスタマイズは簡単なことではありません。もしもしょっちゅう回収し改造するようなことがあれば技術者や家族も困ってしまいます。従って、専門家による重要度の判断を経て初めて、関連する法規を制定することになります。我々現場の公務員は規定に従うことしかできません。こうしたことをお伝えするのも規定に沿ったことなのです。このプロセスは録音しています。我々はすべて法に従って対応しています」

そうだ！　録音だ。録音や録画があるのに、まさか改造して作り直すことはできないというのだろうか？　いずれにせよ元データは役所側にあるし、彼らがどうするのかは誰にもわからない。

「いいだろう！　もう小雅のことを追及するのはやめよう。俺はアンドロイドの申請の進捗だけが気がかりなんだ。社長は早く職場に復帰するよう催促してくるし、母には世話する者が必要なんだ」彼は胸の内でつぶやいた。コイン百枚も払ったのだから、来月は水を飲んで過ごさなければならない。くそったれめ。

「我々は審査のスピードを上げているところです。もう数日お待ちいただければ結果が出ます」

「もう数日？　こんちくしょうめ！　もっと早くできないのか。今回はカスタマイズとか何とかも必要ない。こちらにくれるものをそのまま使うよ」

「わかりました。しかしご母堂の適応の問題もありますので、慎重にお考えください」

「それも仕方がない。母が適応しようとしなくても、適応してもらわないと。俺は仕事をしないといけないいんだから！」彼はムッとした。母親は四百万元以上の定期預金を握っているが、一銭だって出そうとしないし、それに「世話なんて必要ない」というでたらめなことを言うばかりだ。彼は心中に火が燃え上がるのを禁じ得なかった。

　母親はしょっちゅう繰り返した。今日は世話なんて必要ないと言ったかと思えば、翌日はまた誰も付き添ってくれないと文句を言う。母親は神経質でしかも心配性だ。毎日痛みを訴えて、心臓がバクバクして飛び出しそうだと言ったり、胸が苦しいと言ったり、あるいは全身が神経痛だと訴えたりする。何度も病院で検査して、たいしたことのない病気としか診断されなくても、長期の処方箋をもらってことを済ます。

「母の心臓は、いったいどんな病気なんでしょうか？」彼は三つの病院の心臓科で医者に尋ねたが、答えは同じだった。過度に緊張しているんだと思います。深刻な問題は何もありません。ただ軽微な不整脈があるだけです。

「けれど、母はしょっちゅう胸元を押さえて、心臓がバクバクして倒れてしまいそうだと言うんです」

　医者たちはみな、あくまで何の問題も検出されなかったと言った。

「あの人たちは器具をあれこれ動かせるだけで、病気なんてまったく診ることができないのよ」母親は文句を言った。

心臓問題が一件落着すると、母親は今度は排便の困難や、血便が出る、何か悪いものができたようだなどとまたぶつぶつ言い始めた。彼は別の病院に連れていって大腸直腸外科の権威の医者に検査してもらった。その医者は検査結果を見て、なんと母親に向かってこう言ったのだ。

「あなたの直腸はすばらしいですよ！　こんなに健康な八十歳の方の直腸を、私は見たことがありません」

母親は帰宅すると、直腸外科の医者が処方した薬をひとつふたつ呑んだ。精神科と心臓科の薬は多すぎるので、もう呑まなくなった。不思議なのは、その後はもう血便についてぶつぶつ言わなくなったことである。

それから母親は小さな診療所に通うようになった。医者に痛みを訴え、注射をしてほしいと頼んだ。診療所の医師は母親の心を摑み、奇妙な病気を捏造《ねつぞう》した。老人病である。毎回母親に消炎薬と痛み止めを注射すると、母親は気分がよくなるのである。最初は毎週一、二回、後には三、四回打つようになった。

母親はその医者と心が通じ合っていて、医者の前に座るたびに痛みを訴え始める。医者は微笑《ほほえ》みながら母親が言うのに任せ、両手はキーボードを叩く。同時に看護師に秘密の合図を送ると、看護師はもう注射器の準備を完了していた。母親のおしゃべりの息継ぎの間隙《かんげき》を縫って、医者は聴診器を手にすばやく診察するふりをする。そして母親にこう言うのだ。「これは老人病ですねえ。注射を打って、お薬を呑んでください」母親は隣に移動させられる。母親の訴えは続き、聴衆は注射器を持った看護師に入れ替わる。

その後、母親の注射の費用について、健康保険局の全額給付がなくなるため、月末の注射は自費で打ってもらいたいと医者は母親に言った。母親はなんと何のためらいもなく承諾したのである。診療所での診察後、彼は薬の明細を確認したが、すべて消炎薬か鎮痛剤で、大きな病院が出してくれた長期の処方箋の薬の効能と同じだった。母親は薬を持って帰宅すると、その辺に放り投げ、触れようともしなかった。

まるで幼稚園の子どもたちのおままごとのようだ。母親、医者、看護師がおそらくみな暗黙の了解のうちに、何百回（あるいは千回以上）と繰り返す診察、注射、薬の処方というごっこ遊びなのである。

彼はこのごっこ遊びを終わらせようとしたこともあるが、母親の怒りを買い、恐ろしい眼でにらみつけられた。親不孝者め、注射すら打たせようともしないなんて。

母親の病気はいったい生理的な問題なのか、それとも心理的な問題によるものなのだろうか？まさか診療所に行って、医者や看護師に囲まれるのが好きなだけなのか？　まさか注射を打つことで、スポットライトを浴びる主役になることを望んでいるのだろうか？

一方の小雅は——あの介護アンドロイドを設計した科学者たちは、幼稚園に行って子どもたちがどんなふうに遊んでいるかを観察し、それを老人とインタラクティブに行う何種類かの遊びに応用すべきではないだろうか。たとえば、医者に扮して老人に栄養剤を注射するとか、老人の子どもの頃の遊び相手に扮していっしょに遊ぶとか。

林職員が彼に電話をかけてきた。小雅の調査が一段落つき、責任は使用者ではなく小雅じしんにあるという結論に至った。申請案は受理され、三日以内に新しいアンドロイドが家に送られるので、区役所に来てサインしてほしい。

彼がサインすると、林職員は新しいアンドロイドを家に迎える段取りや、法に従ってアンドロイドの使用規則について伝えた後、録音機器をオフにした。それから彼とおしゃべりし始めた。

「そうだ、小雅についてですが」林職員は言った。「我々の監督部門がアンドロイド警察と合同で移植されたチップの追跡調査をしたところ、彼女がアンドロイド権益保護団体に入って七日目、つまり昨日ですが、リセット前の最後のメッセージを発した後、関連するメッセージはもう検索できなくなってしまったそうです」

「リセットとはどういうこと？」

「一般に、アンドロイドのリセットにはいくつかのパターンがあります。おおむね受動的リセットと主体的リセットに分けられます。受動的リセットというのは使用者による強制リセットを指します。しかし現在小雅を使用する人間はいません。彼女の太陽光パネルは万全と見られ、基本的な生存に対応するためのエネルギーの供給に問題はありません。専門家は、彼女が主体的リセットを行ったと推測しています。主体的リセットというのはですね、専門家によれば自己破壊のようなものだということです。すなわちアンドロイドの自我意識が崩壊したため、自らバッテリーのプラス極とマイナス極を繋げ、過剰に熱を発して焼却するということです。爆発することもあります。専門家の研究によれば、繰り返しカスタマイズを施したアンドロイドのうち、なんと一割近くがこのようにリセットするそうです。一方でこのようなパターンは、一般的な標準アンドロイドにおいては発生したことがないようです」

「不思議なこともあるもんだ！」彼は小雅についてしゃべりすぎてしまったことを心配した。万が一、アンドロイド権益保護団体と私的に取引した件が漏れてしまったら、彼はまたごたごたに巻き込まれてしまう。林職員はあくまでも続けた。

「ある専門家の推測によれば、カスタマイズはアンドロイドにバグを生みだすようです。パーソナル・アイデンティティの混乱だと、もっと大げさに言う人もいるようですが。小雅のように何度もカスタマイズを繰り返されるということは、人間が何度も強制的に洗脳されることに少し似ているかもしれません。他の誰かになることを繰り返せば、自我が崩壊してしまうのは当然でしょう」

「想像するだにおっかないな」彼は林職員の話の切れ目を逃さず、立ち上がった。「母が家でひとりなんです。早く帰らないと。次回また教えてください」

「わかりました。今回お渡しするのは標準アンドロイドです。今度は心配ご無用です」

彼は家路を急ぎながら、また新しいアンドロイドが来ることをどうやって母親に納得させるか思案していた。

ホテル・カリフォルニア

林新恵

●林新恵（リン シンフイ）

一九九〇年生まれ、国立政治大学台湾文学研究所博士課程在籍中。本作「ホテル・カリフォルニア」は、初出は『聯合文學』四二六期（二〇二〇年四月）で、二〇二〇年度の台湾文学金典賞新人（蓓蕾）賞を受賞した小説集『瑕疵人型（欠陥ヒューマノイド）』（二〇二〇年）に収録されており、テクストは同書に拠った。近作に長篇小説『Contactless Intimacy（零触碰親密）』（二〇二三年）がある。邦訳は本作が初めて。

「ヘイ、イサ」

「ヘイ」

「『ホテル・カリフォルニア』が聴きたい」

車内にイントロが響き始める。

自動運転の車は私を乗せ、ビルが迫ってくるような大通りを走る。大通りは人類が切り開いたというよりは、高くそびえる大きなビルが慈悲深く道を譲ったと言った方がいい。まるで神々がその足元に、人や車が蟻のように通行できる隙間を、憐みの心で都合してあげたようだ。

一方私は車内に横たわり、サンルーフ越しに目をやっても、雲に覆われた神々の顔を仰ぎ見ることはできない。

私はこの街で唯一の虫けらだ。大通りには車も人影もない。聞こえるのはイーグルスのヴォーカルのドン・ヘンリーの声だけで、それがすべての静寂をさらに静寂にさせる。老いさらばえた砂のような声は、どこまでも真っ暗な道路の奥から漂ってくるマリファナの匂いのようだ。

誰もいない都市にはとっくに慣れっこになっている。どうして誰もいないのか、ほんとうにはわかっていないのではあるが。もしかするとみんなは自分の部屋に閉じこもりVRを使っているのかもしれないし、この街じたいが誰かのVRなのかもしれない。真実と虚構をはっきり区別できないのはもう当たり前のようになっている。いや、こう言うべきだろう。現実と虚構の弁証は時代遅れの哲学の命題であると。まるで数世紀も前に、まだデジタルとアナログについて考察していたように。きっとイーグルスの音楽が私をこんなにもノスタルジックにさせているに違いない。ひょっとすると私は、ストリーミングのメモリーなのかもしれず、であれば現実と虚構というような二元論的思索とはまったく関係がないし、そのふたつを区別する必要などとっくにないのかもしれない。

では、何が必要なのだろうか？

右腕に縛り付けられた健康測定器が、私の脳内の酸素量の低下および長時間車内に閉じこもっていることで生じた筋肉の硬直を感知した。そして肉体が疲労しており休息が必要であるという情報を車に送った。「My head grew heavy and my sight grew dim. I had to stop for the night（頭は重くなり、視界はかすんでいく。今夜はもう休もう）」ドン・ヘンリーの歌声が流れるなか、車はカーブを曲がって一軒のホテルの前に停まり、そして自動でエンジンが止まった。ドン・ヘンリーは次の一節を歌い終えることなく消えてしまった。私の体調が車の運転が可能な水準に戻らなければ——それはすなわち健康測定器をパスする水準に戻らなければということだが、安全を理由に健康測定器の制限を受ける車は再び動き出すことはない。

この世界はつまりこうなのだ。私は車を降りてホテル・カリフォルニアへの道を歩くしかない。

ホテルの看板は懐かしいスタイルのLEDで「ホテル・カリフォルニア」と書かれていた。

これはいったいどんな悪趣味だ？　私はふりかえり、右後方の仰角に目をやらないではいられなかった。もしも私が「シムピープル」（仮想空間の住人の生活をコントロールしていくコンピューターゲーム）の類《たぐい》のゲームキャラクターであれば、今ディスプレイの外側でこのすべてを操作しているプレイヤーはきっとその角度から私を俯瞰《ふかん》して、私がホテルに入っていくのを待っているのだろう。もしもこの後にほんとうに蠟燭《ろうそく》を手にした女が入口に現れて、教会がないことがはっきりしている都市に鐘の音が響くのであれば、私はきっとイーグルスの忠実なファンのエンジニアが書いたプログラミング・コードに違いない。そうであれば、この都市は彼のプログラムということになるのだろう。

女は現れず、鐘の音もしなかった。まるで私が右後方の高い空を眺めても、ディスプレイの外で私を見つめる両の眼を見つけることができないように。高さが不揃いのビルに不規則に切り取られた、集積回路のような空があるだけだ。果ての見えない空は深淵のようだが、深淵は決して私を見つめ返すことはない。

私がホテルに入ると、鏡面で構成されたロビーのなかで、無数の私が私を見つめ返していた。鏡面の空白部分には絶えずプログラミング・コードが生成されているが、私には理解できない。けれどもそれが身体を組成するすべての要素のコードであることは推測できる。骨密度、筋肉繊維量、神経伝達速度、細胞代謝率、遺伝情報。

私に関するすべてが数字になっていた。

その他にわかるのは、私は見たところ生物学上の雄性人類ということである。ただ、おそらくは私の瞳孔にAR水晶体があることで、自分が生物学上の雄性人類であると見なしているにすぎないようだ。ああ、またもや虚構と真実の思考の陥穽《かんせい》にはまってしまった。重要なのは私が「実存」する生物学上の雄性人類であるかどうかということではない。重要なのは私が「見たところ」そうだという点だ。それでじゅうぶんなのだ。すべての見たところは再現であり、「実存」は存在しない問題なのである。

プログラミング・コードは絶えず生成される。それは長々しい機械の独白である。

数値化できない時間が過ぎた後、目の前に私の等身大の私じしんが現れた。まるで3Dで投影されたウィトルウィウスの人体図のようだ――けれども私はウィトルウィウスの人体図ではない。鏡面のデータは私がホモサピエンス 11235813 であることを示している。私の身体の基本単位は肋骨《ろっこつ》である。身長、体重、手指の長さ、すべての器官の大きさ、眼から口までの距離、指先から心臓までの距離、私に関するすべては、肋骨の長さの倍数に換算することができる。3Dで投影された私じしんの目の前で、身体の任意のふたつの点を押すと、それが肋骨の何倍の長さかをシステムが教えてくれるのである。

これは、私に属するウィトルウィウスの人体比例である――鏡のなかの長い独白のプログラムは、ダ・ヴィンチと呼ぶべきだ。どうして私はいつもこのような古くさくてつまらないことなどを連想するのだろうか。

きっとイーグルスに洗脳されたのだ。鏡のロビーについに通路が開かれ、私が前へと進んでいくと、突然その空間全体に彼らが合唱するリフレインが舞い降りてきた。

ようこそホテル・カリフォルニアへ
こんな素敵な場所に
こんな素敵な人が来るなんて
ホテル・カリフォルニアにはまだまだ部屋の空きがある

健康測定器によって疲労していると断定されたコードナンバー11235813のホモサピエンスは、ついにホテル・カリフォルニアに宿泊できることになった。イーグルスの忠実なファンであるエンジニアに感謝する。部屋のドアが私の顔面をスキャンして認識する。まもなくドアが開かれる前に、私はまた右後方を一瞥《いちべつ》した——今回は靄《もや》はかかっておらず、ただ長く清潔な明るい通路の両側に、どこまでも客室が並んでいるだけだ。

＊

「ヘイ、イサ」
「ヘイ」

「ここから出て行きたいんだけど」

「あなたはどこにいるの」

「ホテル・カリフォルニア」

「ホテル・カリフォルニア、は生物学上の人類の紀元一九七七年二月、五名の生物学上の雄性人類によって構成された流行音楽団体イーグルスが発行したアルバムと同名のシングル曲です（「アルバム」「シングル曲」「流行音楽」などの語義について調べる必要がある場合は、「その他の選択項目を投影する」を呼び出し、必要な単語を選んでください）。五名の雄性人類はそれぞれ……」

「ありがとう、イサ」

部屋は言葉を発しなくなった。どうして虚構と真実がとうに時代遅れの哲学の命題になっているというのに、ＡＩはあいかわらずとんちんかんな答えが得意なプログラムなのだろう？私は何の理由もなく、使っているＡＩをすべてイサと呼んでいるが、これらのＡＩをかつてそのように設定したことすら思い出せない。きっと私がそう呼ぶように設定したのだろう。

今このときのように、私は起床するように設定されている。より正確に言えば、健康測定器が、身体がすでに睡眠周期をじゅうぶん繰り返したと判断すると、そのデータを部屋のシステムへと送るのである。ベッドの温度は下がっていき、私は起きてベッドを出なければならない。

ベッドからトイレまでの距離は五歩半である。便器が私を感知すると、脱臭機能と自動洗浄機能が作動する。排尿すると、便器が健康測定リストバンドに、量やpH値に異常がないことを報告する。自動的に水が流れ、自動的に便器の蓋が閉まる。歯を磨けば、電動歯ブラシが健康測定リストバンドに口腔内の異常がないことを報告する。髭剃《ひげそ》りの刃が細胞の成長速度に異常がないことを報告する。シャワールームが開き、十五分間という時間が自動で設定される。

起床し、着替え、トイレを済ませ、顔を洗い、シャワーを浴び、身体を拭く。トイレを出るそのとき、ドアのタッチパネルは緑色に光る。それは今日も変わらず三十分間が過ぎたこと、異常がないことを示している。

最初の食事は私がトイレを出たときにはもうトレーにのせられてドアのところの平台に置かれていた。食事の時間は三十分だ。空いたトレーを平台に戻す。ドアからデスクまでの距離は八歩である。デスクの表面が開くと、なかから仕事用の装置が上昇し、仕事を開始する。仕事の内容は、スクリーン上で模擬的に、さまざまな形状の立方体を積み上げて隙間のない水平を作り出すことであり、一層ごとに点数を稼ぐことができる。まるで時間制限のないテトリスのようなものだ。いや、正確に言えば仕事の時間は四時間である。四時間後に装置はオフになり、私はふりかえってまた八歩進み、ドアにたどりつくと、すでに置き換わっている二番目の食事のトレーを取る。そして三十分間食事をする。トレーを元に戻す。ドアからベッドの端まで、六歩半だ。一時間休息する。ベッドはすでに温まっていて、休息が終わるとまた温度は低下する。その後仕事が四時間続く。

ふたつの仕事のプロセスの得点効率に異常はない。

仕事が終わると、VRヘッドセットを被る。ヘッドセットは大脳の感知を制御することによって突然、自分は部屋にはおらず、広々とした屋外の運動公園にいると感じさせるのである。ジョギングを始め、一時間が経つ。健康測定リストバンドは身体の消費エネルギーが基準値に達したことを確認し、その情報をヘッドセットに伝達する。VRヘッドセットは自動でオフになり、私は部屋に戻る。

時にはこんなふうに思わずにはいられない。私の部屋での生活も、別のヘッドセットの結果なのではないだろうか？

しかし運動公園から部屋に戻ってくるたび、運動で使ったVRヘッドセットを脱いだ後、自分の頭部をどんなに探っても、別の装置を見つけることはできなかった。

デスクとベッドの間のスペースからトイレまでは七歩だ。洗顔し髪を整える時間は十五分。ドアのパネルにまた緑色の光が点灯する。トイレを出ると、三回目の食事がドアのところに置かれていた。

三食の栄養摂取量は異常なし。運動効率は異常なし。得点収入とそれと交換で入手する食事と宿泊の支出は異常なし。

ホテルの部屋に入ってからというもの、私はずっとこんなふうに異常なしの毎日を過ごしている。異常なしの状態がどれくらい続くのか、私には見当もつかない。ここには昼も夜もなく、私は私じしんの時間であり、異常なしのままで眠りから目覚めの間のすべての機能を維持しているのだ。

シルバーホワイト系一色の部屋は、生物学的人類の生理的需要に、現在の最先端の科学技術を加え、ミニマルな生存維持居住空間に換算したものである。そのためすべてのスペースは、ベッドとデスクの間の距離、ベッドの末端と壁の間の距離、ベッドとトイレの間の距離、トイレの外側の通路の幅を含め、みな生物学的雄性人類が立ったり、歩いたり、腕を伸ばしたりするのに必要なスペースを基に計算されている。

私というコードナンバー11235813の平均的な生物学的雄性人類は、この部屋の基礎となる単位なのだ。私に関するすべては、肋骨の長さの倍数で換算することができる。この部屋に関するすべては、私の身体のパーツの倍数で換算することができる。

三回目の食事から健康測定リストバンドが私が睡眠を求めていることを判断するまでの時間は、いつも特別に長く感じた。というのはこの時間はどんな機械によるカウントもないので、時間の終わりが見えないのである。この時間には私はいつもこの部屋を出て、外を散歩したくなってしまう。あるとき三食目のトレーをドアのそばの平台に置いた後、ついでにドアを開けたくなった。けれどもどんなにドアノブを引っ張ろうが、ドアは素知らぬ顔のままだった。

「ヘイ、イサ」

「ヘイ」

「部屋のドアが壊れたよ」

「少々お待ちください。システムに繋いで確認いたします」

イサの声が聞こえなくなると、私はまたドアノブを引っ張り続けた。健康測定リストバンドはもともと穏やかに緑色に光っていたが、急にその点滅の間隔が速くなった。心拍数が、予期せぬ時間帯に増加したのである。異常だ。

部屋にまたイサの声が舞い降りる。

「部屋のシステムは問題ありません。正常に開けることができます」

「でもドアが開かないんだよ」

「なぜドアを開ける必要があるのですか？」

「外に出たいんだ」

「なぜ外に出る必要があるのですか？」

この質問は、まるで心拍が停止したことを示すまっすぐな光線の束のように私を刺し貫いた——健康測定器はきっとその停止した一拍を測定し損ねたのであろう。さもなければ、きっと赤色が点灯するはずだ。

なぜ私は外に出る必要があるのだろうか？　なぜ私は答えられないのだろうか？

イサの質問にうろたえてしまい、私はドアを背に、清潔で整った、がらんとした部屋全体を眺めた。

「なぜ私は外へ出る必要がないんだい？」私はぼんやりと訊き返した。

「あなたの健康測定器はこの部屋において、あなたの体質と身体の状況が示す心理状態を最も安定した段階に維持できることを確認しています。あなたの身体の健康に関するデータのすべては、正常値に落ち着いています。あなたの生活においてすべての最適化されたデータを獲得することができます。従って健康測定器はあなたが外へ出る必要がないと判断しています」

清潔で整った、がらんとした部屋がイサの声で私に答える。イサの声は清潔で整い、がらんとしている。

健康測定器の信号は、車をもはや前に進ませず、部屋のドアをもはや開かせない。イサに訊き返し続けることがどうしてもできない私は、心拍が徐々に収まるのに任せるほかはない。リストバンドの緑色の光は安定した状態に戻る――異常なしだ。

*

もともと部屋のようにがらんとしてふわふわしていたイサの声が、具体的な形をとって私の目の前に現れたのは、あのときドアを開ける試みが失敗した後のことだった。

このホテルにチェックインした後の時間をどうしても計算することができない。窓のない部屋には昼と夜の区別がないのである。あたかもわざとそうしているかのように、起きているときの三食は、それぞれ入浴、仕事、運動をしている間に部屋に運ばれる。私はそのときに機器の時間から抜け出して、食事トレーが運ばれるドアの開け閉めを監視することはどうしてもできない。こっそりバスルームやデスクや運動のVRからひとたび離れたりすれば、時間と効率の正常値を維持できなくなってしまう。そうすれば私はこの異常のない生活から離れることになるだろう。なぜ離れることができないのかに至っては、それは、なぜ部屋を離れる必要があるのか、あるいはなぜ車から降りてホテルに入らなければならないのかという問いとほとんど同じように、私に答えられる範疇《はんちゅう》を超えている。人類のＡＩに対する問いかけが、時としてＡＩの答えられる範疇を超えていることがあるように。

どうしても答えられない問題というのは私の境界を示している。ちょうど計算式がプログラムの境界を示すように。高層ビルの存在が都市の境界を示すように。

じつはイサではなくこの私こそが、ＡＩなのだろうか？　ＡＩにだけ答えられない問題があるのか、それともホモサピエンスにも答えられない問題があるのかは私にもわからない。

このようなわからなさの渦中で、部屋に初めてベルの音が鳴り響き、私もまだどういうことか理解できないでいるうちに、通路の向こうの端のドアが自動で開いた。するとひとりの生物学的雌性人類がなかへ入ってきて、たちまち閉まったドアを背にさらに近づいてきたので、私は答えが見つからないような困惑に襲われたのだった。

もし、私がＡＩだと思い込んでいるイサに形があるのなら、形のあるホモサピエンスもＡＩである可能性はあるだろうか？

「ヘイ、イサ」言葉は私が意識するよりも先に口からこぼれ出た。今回はからっぽの車やからっぽの部屋に対してではなく、人類のような形をしたものに向かって話をしている。もしかすると私は、ＡＩをイサと呼ぶように設定されているのではなく、私以外の存在をイサと呼ぶとしか知らないだけなのかもしれない。

「ヘイ」雌性人類はまるで私が呼ぶ名前に何の疑いもないように、車や部屋のなかで私に答えるイサと同じ声で答えた。

からっぽの車やからっぽの部屋に向かって指示を出すのではなく、具体的に眼前にいる人類に挨拶をしているので、どう言葉を接げばいいのか、にわかにわからなくなってしまった。そのぼんやりとした瞬間に、これは私が初めて機器以外の存在と出会ったということなのだとようやく気づいた。

形にならない言葉がぼんやりと深い霧になる。イサはぼんやりとした視界の奥から歩いてくる。彼女は私のボタンを外し、シャツが滑り落ちると、清潔で真っ白な床に、深い霧が凝結した露の雫《しずく》のようにボタンが落ちる音を私は聴いた。

露の雫が私の身体にしたたり、イサが彼女の透明な声で静寂を洗浄すると、私はベッドに横たわった。

「右手中指の指先から心臓までは」イサの指先が私の身体の上につま先立ちして、ふたつの点で結ばれた直線をなぞる。「肋骨の五倍の長さです」

私はイサの瞳孔のなかの自分を見つめながら、横目で彼女の指先が、激しく上下し始めた私の胸元で止まるのを見た。

「心臓から右の鎖骨までは、肋骨の一・六九倍の長さです」イサの頬が、指の動きに従って、そっと私の左の鎖骨に触れる。

「右の鎖骨から唇までは」イサは、まるで一対の花弁をいとおしむような手の動きで、私の唇を撫でる。「肋骨の一・二三倍の長さです」

健康測定リストバンドが速すぎる心拍が持続しているのを感知する。異常だ。黄色が点灯する。

イサは私の手を取り、そっと測定器にキスをする。まるで測定器こそがほんとうに落ち着かせ慰める必要のある心拍であるかのように。そして彼女の唇は私の心臓にようやくたどりつく。「心臓から」彼女の吐息が私の皮膚をかすめ、鼻先をまっすぐに下へと引いていく。「へそまでは」舌先が私の腹部の小さい黒い穴のなかに渦巻くように入り込む。

「肋骨の二・二三倍の長さです」

「ここから」恥骨。「ここまでは」私の膨張した性器の突端。

「肋骨と同じ長さです」

私に関するすべては、肋骨の長さを基準に換算できる。肋骨を基準に測ったすべては、凝結してイサの言葉となる。

イサが私の肋骨を彼女の身体のなかに入れると、私は消えてなくなり失語状態になる。言葉を失った浮遊状態のなかで、私はゆっくりと両眼を閉じる。激しく上昇した私の生理的反応のすべて、それらの異常は、イサが再び測定器にキスした瞬間、異常なしの緑色になった。緑色の光は次第に私を呑み込んでいく暗闇のなかで、穏やかに私に瞬きをした。

＊

時間のないホテル・カリフォルニアで、イサが私の時間になる。三食目の後、私は彼女のベルを、日の出の一瞬を見つめるかのように待った。彼女は来るたびにいつも、私の身体に前回とは違う線を引くことができた。彼女がふたつの点を線で結ぶのは、まるで私の身体で、星を繋いで星座にするかのようだ。そして私の肉体はついに夜の帳《とばり》となって私じしんを覆い隠し、日没が訪れるかのように意識は消えていく。睡眠周期を終えて私が目覚めると、イサはとっくに消えている。まるで存在したことなどなかったかのように。

数えきれないほど多くの、意識が喪失してしまう経験の後、もともとイサが私の部屋を訪れたことすらも、すべてこの部屋のシステムの一部になっているということに、私はようやく次第に気づき始めたのだった。通常、三食目から眠りにつくまでの間は、機器による時間の調整がないので、イサが来る時間は予測できないものと思い込んでいた。ちょうどイサが現れる前には、睡眠の時間を待っていて、いつになるのかわからなかったように。しかしだんだんと私は、イサにはいつも終わりのない時間の通路から突然やってきてほしくはないと思うようになった。待つことには終わりが必要だと思ったのだ。そこで私は、三食目のトレーをドアの平台に置いてから、八歩歩いてデスクに戻った後、心拍を使って時間を計算してみることにしたのだった。

六四八〇回目の心拍のとき、ベルが鳴った。

私がデスクから一歩半で、ドアの見える部屋の隅に行ったときには、イサはもう閉じたドアの前で部屋のなかに立っていた。私はさらに一歩半を行ったところのベッドの末端に行く。イサは歩幅がやや狭く、ドアからベッドの末端まで七歩だった。

イサは私のシャツのボタンを外した。全部で七つだ。シャツが滑り落ちたとき、心拍をひとつ漏らしてしまったような気がした。イサは私を横にして、軽やかに私の上に跨った。イサは舌先と指先で私の身体を測る。今回は乳首の間の距離、右の乳首からへそまでの距離、アキレス腱から膝の裏までの距離、膝の裏から太ももの付け根までの距離だ。そしていつも五番目に計測するのが、あの突起した肋骨だった。イサは彼女の身体にそれを入れる。このとき私はできる限り理性を保って、速すぎる心拍を数え、だいたい六五〇回目にオーガズムに達する。その後の時間を計測するのは難しくなってしまう。

六四八〇回の心拍、一歩半と七歩、七つのボタン、漏らした一拍分の心拍、五度の肋骨倍数計算、六五〇回の心拍——私は何度も繰り返し計算した。リストバンドと部屋のシステムが私の睡眠や排泄、整髪や洗顔、仕事、運動、食事のすべての数字を計算するように。その後、この一揃いの数字は不変であることに私は気付いた。

この一揃いの数字のなかで、イサの部屋への来訪は異常のないことである。この間、私の生理的なデータが変動することも、異常のない生活の一環だ。

私がイサのシステムになっているのか、それともイサが本来この部屋のシステムそのものなのか？　私が無意識のうちに数値に従って行動しているのか、それとも数値が私に先んじて、天井から一本の見えない操り人形の糸が垂れ下がるように、私の行為のすべてを主導しているのだろうか？

「ヘイ、イサ」イサが四番目のボタンを外していたあるとき、私は声をあげた。

「ヘイ」イサは動きを止める。

「私たちは数値の永劫回帰《えいごうかいき》のなかに閉じ込められたのではないかと思う」

イサはゆるゆると頭を上げ、私の両眼を見つめた。そんな落ち着いたためらいを見つめていると、私は心拍を数えるのを忘れてしまった。

「We are all just prisoners here, of our own device（私たちはみなここの囚人なのです。自らに囚われている）」イサは肩をすくめて、それから動きを続けた。

なんということだ。これは『ホテル・カリフォルニア』の歌詞じゃないか？

このすべては、きっと誰かが企んだことに違いない。

誰かがこの部屋の外で、操り人形の糸をコントロールしているのだ。

私は天井を仰いだ。清潔で真っ白だ。遮るものもなく広々として、少しの異常も包み隠せない。

イサの答えに私は眩暈《めまい》がして、天井を仰ぎ見たままベッドに倒れ込んだ。彼女はそれから私の身体に乗り、彼女が私の残りの三つのボタンを外したように、数列中のその他の数値を続けていった。私の身体と私の不安は無関係で、あいかわらず五組の数字に換算することができるし、あいかわらずイサが私の身体の一部を彼女の身体に入れることができる。

たとえ私が、イサが私の部屋にやってくるこの数列のなかにその他の数字、その他の対話、その他の行為を加えたとしても、数列そのものの実行に変化は起こらない。

異常のない、清潔で明るい部屋。バグのないプログラム。

終わりのない正常値の生活。睡眠八時間、入浴三十分、食事三十分、仕事四時間、食事三十分、休憩一時間、仕事四時間、運動一時間、洗顔整髪十五分、食事三十分。六四八〇回の心拍、一歩半と七歩、七つのボタン、漏らした一拍分の心拍、五度の肋骨倍数計算、六五〇〇回の心拍。

私は尽きることのないフィボナッチ数列であり、ホモサピエンスだ。1、1、2、3、5、8、13。

＊

「ヘイ、イサ」

「ヘイ」

私とイサの間に属する数列が、ヘヴィーローテーションのように繰り返し実行される。私は数列のなかに対話を挿しはさもうとするが、何も変えることはできない。計測することが不可能な回数の後、あるとき、心拍数が六五〇回に向かって増加を始めると、私は身体が引き締まるような感覚にとっくに慣れてしまったようで、穏やかにその他の対話を挿しはさんだ。

「私を連れ出してくれ」

「どこから連れ出すというのですか」

「ホテル・カリフォルニアだよ」

このときイサはとんちんかんな答えを口にはしなかった。彼女が動作を止めると、私の心拍数はだいたい二三三回目に達した。

身体が繋がったまま、焼けつくように静止したのである。そのぼんやりとした瞬間は、永遠に続くかのようだった。それが続いていくなかで私は、じつは記憶がないことを突然意識した。ホテル・カリフォルニアに来る前に、私は車に乗っていた。車に乗る前、私はどこにいたのだろう？　ホテル・カリフォルニアにやってきた後、三食目の前までの私の行動は記憶が不要なほどに規則的になった。三食目の後睡眠までの時間は計測するのが難しい。イサが私の部屋に来た後の時間は計測することが可能になる。私の時間軸については、どうやらなんとなくこのように区分するしかなさそうだ。時間軸の前側には、遡《さかのぼ》れるものは何もない。それよりもっと前はないのだ。記憶される値打ちのあるものなどないのだ。時間軸の後は、毎回ホテル・カリフォルニアのなかには異常はない。毎回の目覚めはいつも同じで、毎回の眠りに夢はなく、終わることのないコピーが貼り付けられるのだ。記憶される必要のあるものなど何もない。

けれども、このような状態は、ほんとうに生物学的人類の生存法則に従っていると言えるだろうか？　出生について、生物における集団間の離合集散について、私の身体機能がいかに現在の私へと成長させたかについて、このすべてが私が私であるための時間を構成するのなら、それはいったいどこにあるのだろうか？

パラドックス。私は生物学的人類ではない。たとえ私の見た目からしてそうだとしても。さもなければ、生物学的人類の時間は、私の脳内にインストールされた一組の知識であり、この知識のシステムは私の現在の時間モジュールとは決して相容れないということだ。

「ヘイ、イサ」三七七回目の心拍で、私は再び声を出した。

「ヘイ」イサは深い思考のなかから目覚めたかのように身体をまっすぐに起こした。

「私が離れる必要があるのはホテル・カリフォルニアではなくて、時間軸なんだ」

「時間軸」イサは私の言葉を繰り返す。人類のように考え事をしているようだ。人類と同じよう

とはどういうことか、たとえ私にはわからないにせよ。

「私を構成するか、私ではないものを構成する、時間軸だよ」私の言葉は思考のなかで断裂する。

「私」イサは首をややかしげ、まるで初めて困惑に出会ったようだった。「それは何ですか？」

再び、それは境界を超えた問題だった。あるいはそれはちょうど私が数字に従属している原因でもあるのかもしれない。結局のところ、数字は数字であり、ARあるいはVRそれとも存在するかしないかというどんな問題もない。けれども私は、自分がホモサピエンスかどうかすらどうしても確認することができない。「私」とは何なのか、どうしても説明することはできない。

ただ今回の境界外の問題は、私を呆然とさせることはないが、心拍を加速させた。

私は何なのだ。ここはどこなのだ。イサとは誰なのだ。

心拍が六一〇回目を打つ。

イサは我々の数列を続けている。彼女は私の耳殻《じかく》に近づく。舌先でそっと耳の渦に沿って輪郭を描き出す。「耳から」彼女の言葉は吐息とともに私のなかに入り込み、とっくに性交では震えることがなくなった私は、突然身体を反らせた。その吐息はゆるやかに私の前まで移動し、近すぎてはっきり見えず、ただ感じられるだけだった。「唇までは」彼女が私の唇を舐めるのは、まるで食べ物の余韻を味わっているかのようだった。

私はイサの口が動いているのを目にした。それはきっと肋骨の倍数に違いない。けれども私は彼女の質問の回廊に滑り落ち、はっきりと聞くことができなかった——心拍は六五〇回を超え、

しかも依然として激烈に上昇していくとき、私の耳のなかの渦にドン・ヘンリーのしわがれた声がこだまし出した。

リラックスして。その声はそんなふうに歌った。

私たちはどちらもプログラムによって書かれたものだ。あなたはいつでもチェックアウトすることができる。バックにはイーグルスの伴奏付きで。

「しかしあなたは永遠に離れることはできません」それはイサの声とドン・ヘンリーの声と私じしんの声が重なっていっしょに歌った歌詞だった。

私の身体は、心拍が六五〇回のときに射精しなかった。イサも私の身体を引きはがさなかった。ホテル・カリフォルニアはホテルではない。ホモサピエンス 11235813 はホモサピエンスではない。イサはＡＩではない。

私は私ではない。

「ヘイ、イサ」九八七回目の心拍で、私は弱弱しく言った。

「ヘイ」イサは私の顔を撫でる。

「私を連れ出してくれ」

イサの唇に微笑《ほほえ》みが浮かぶ。その曲線は見知ったもののようでもあり、見知らぬもののようでもあった。そんな微笑みは、私の記憶の次元の外のものだ。あるいはずっとずっと昔に、私が真っ暗で清潔な空を仰ぎ見ているとき、誰かが真っ白な爪を一枚、落としたのかもしれない。

それともずっとずっと後で、その爪の清らかに透き通る微かな光のなかに、そんなふうに微笑む唇が現れるのかもしれない。そっと、ひそかに、秘密を抱えるように、私の唇に近づく。

その唇はゆっくりと開いていく。舌先には白いミントキャンディがのっている。

過去であろうが未来であろうが、見知ったようであろうが見知らぬようであろうが、すべてはみな私の時間軸の外にあるのだ。

そしてこのとき、イサが唇を開いた。そこで初めて彼女の舌先に緑色のライトが光り、私の健康測定器と同時に煌めいているのを見た。彼女がもっと近づいてくると、舌先にごく小さなチップがくっついているのに気づいた。

舌先が伸びて私のなかに入ってくる。チップが転がり落ちる。ミントの香りの吐息が時間軸の外側から流れ込み、ひんやりと私を呑み込んでいく。

私を呑み込んでいく。

薄くくすんだ果てしない境地に消えてしまうまで私を呑み込んでいく。それはまるで、部屋のなかのすべてのものが取り除かれた後、それじたい永遠に屈折し続けるかのようだ。

無数のトランジスタが、遠くで、密集して小さな四角形の集積回路になっている。小さな都市の空が高層ビルに切り取られたような形だ。指先ほどの大きさから、ゆっくりと、手のひらほどの大きさになり、顔ほどの大きさになる。

リアルになる。

口のなかに入ったチップは、ひとつの都市へと変貌した。トランジスタのひとつひとつが、ビルになっている。

それは都市のスカイラインだった。不揃いで、密集したビルの一棟一棟は神のようであり、互いに光り輝きながら、モールス信号で対話をしているようだ。

神々がその足元に、慈悲の心で道を譲りたもうたのだ。

がらんとした大通りには、一台の車しかなく、車のなかには誰かがひとり横たわっている。

その人は、自分が誰なのかわからず、車が動き始める前のいかなることも覚えていない。

彼の右腕には健康測定器が巻き付けられている。リストバンドには緑色のライトが光り、彼の身体のデータを車両に送り続けている。彼は機械とプログラムが支配するなかに生き、目覚めるとこう口にする。「ヘイ、イサ」

彼は返事が聞こえたように思いこんだ。それでこう続けた。

「『ホテル・カリフォルニア』が聴きたいんだ」

2042

蕭熠

●蕭熠（シァオ イー）

一九八〇年代台北生まれ。本名は蕭培絜。シカゴ美術館付属美術大学卒業。プラット・インスティテュート（ニューヨーク）建築学修士。その他、香港でも留学生活を送る。「微城」で二〇二一年第十七回林栄三文学賞散文賞佳作受賞。「在船上（船の上で）」で二〇一八年台湾文芸キャンプ小説類一等賞を受賞したほか、『107九歌年度小説選』（二〇一八年）にも採録されている。小説集に『名爲世界的地方（世界という名の場所）』（二〇二〇年）、長編小説に『四遊記』（二〇二一年）がある。「2042」は小説集『名爲世界的地方』に収録されており、テクストは同書に拠った。邦訳は本作が初めて。

彼女は診療所の待合室の椅子に座り、混乱ととめどもない疲労を感じていた。そして左側のこめかみのつぼを押さえた。下の方にドクドクという脈動を感じる。まるでその様子を見ることができるようだった。このとき看護師がドアを開けて彼女をなかへ促した。その声は甲高かった。彼女は自分を医者の目の前の椅子に移動させて座った。たったこれだけの短い動作も彼女にはほとんど耐えきれず、微かな震えを感じた。彼女の手からだ。

また詰まってしまったんですか？　医者は軽やかに言い、プローブで彼女の頭をつついた。

ええまあ、彼女は訥々《とつとつ》と答えた。そして医者が手で彼女の耳の後ろを押し、プローブで鍵穴を押し込むと、彼女の頭部の左側が音とともに開いた。医者の頭がサーチライトを遮り、光線がその顔をぐるりと取り囲む。彼女が目を細めて待っていると、頭部の後方から医者の声が聞こえてきた。

やはりいつもの問題ですね。一度にやりたいことが多すぎるんです。電話やネット、データベースがみんな癒着してしまっています。

最近ちょっと忙しくて、と彼女は言った。聞こえる声ががらんどうのようなのは、頭蓋を大きく開いているせいなのだろう。

医者がさらに綿棒を使い最後の清浄を行い、それから頭蓋をパタッと閉じると、さきほどのノイズも収まった。

持病ですね、医者は彼女のカルテを照合しながら言った。よく休んでください。考え事がたまったらまずはアップロードして、用がなければシャットダウンしてください。

でもあなたが昔気質《かたぎ》な人だということはわかっています。医者は笑った。でも彼女にはその点がよくわからなかった。ドアが開いて診察室を出るとき、看護師の甲高い声がまた彼女を送り出した。彼女には看護師の気持ちがわからなかった。どうしてこんなに短い別れの挨拶に人工音声をオンにする必要があるのだろう。まるでさよならと言うのに声をひどく消耗するかのようだ。

彼女は考え事をしていたのに、何についてだったかどうしても思い出せなかった。それが脳に引っかかっている。さっききれいに清浄しなかったのではと思ったが、でももういい。

家には誰もいなかった。でも光っているものがある。ディスプレイだ。

多くのプログラムに更新の必要がある。彼女は指でひとつずつチェックを入れた。使い慣れているものについては、そのままにしておくことにした。ダウンロードが始まると、部屋全体がぱっと明るくなる。すべての機器、洗濯機やテレビ、冷蔵庫が忙《せわ》しなく動き出す。更新完了だ。

それから彼女は思い出した。何かが地面に落ちるみたいに。緑が来るのだ。

彼女が周囲を見回すと、準備はすべて整っていた。不在のときにRさんが代わりに片付けてくれたのだ。緑は彼女がRさんと呼ぶのを嫌がり、いつもはっきりとそれをR65430と呼んだ。緑じしんの声でだ。緑は家では人工音声をオンにしない。彼女は緑のそういうところが好きだった。緑のその自信と朗らかでさっぱりしているところは、非常に二十世紀的だと感じた。

母さん。緑の声がする。

彼女は手のひらの機器を覗《のぞ》いた。不在着信のバーチャルインビテーションが一通あります。

彼女はすぐさまコールバックした。

母さん。緑の映像が家にやってきた。今日は自分で来ようと思っていたんだけど、雨だったから。

痩せたんじゃないの。彼女は尋ねた。

違うの。これは先週アップロードしたやつだよ。ここ数日風邪で新しい映像は撮っていないんだ。

彼女が窓のそばに近づくと、雨が滝のように窓を洗っていた。

雨が降っているなんて気づかなかったよ。彼女は言った。この家は防音効果がよすぎるね。

母さん。緑の声には粒子が混じっている。ほんとうに風邪を引いているのだ。どうしてまたチップを入れてなかったの？　だから私がバーチャルなのに気づかないんだよ。それに天気予報も。

私はチップが頭のなかにある感覚が好きじゃないの。彼女はそう言いたかった。けれども緑は、その感覚は錯覚にすぎず、チップによる頭痛は根拠のない話だと医学的に証明されていると言うはずだ。

さっき診察に行ったのよ、頭痛がしたんで。そこで彼女はこう言った。

自分で行ったの？　緑は言う。

バーチャルで行けばいいんだよ、母さん。自分で行くのはどれだけよくないか。面倒だし危険だよ。たっぷり休んでね、母さん。私も充電が必要なんだ。後でバーチャル診察に行こうと思って。

わかった。彼女は言った。

緑は家のなかから消えた。他の人が彼女の想像だと言うだろう淡い緑色の光の輪を残して。

彼女は店に行きたかった。そう、このような天気だからこそ。彼らにはまだ天気をコントロールする手段がないことについて、彼女はひそかに悪意のある愉快さを抱いた。

出かけるのは面倒だし危険で、どれだけよくないか。さきほど彼女は緑がそう言うのを聞いた。でも彼女はしばらく耳にしていなかった。それは非常に二〇二〇年代的な言い方だった。四〇年代の現在では、もはや誰も取り上げないほど当たり前のことになった。脳に深く埋め込まれた常識なのだ。人々が外出しないことが交通安全と汚染などの問題を合わせて解決すると政府が認識してから、提唱されるようになったのである。

彼女はまず家のセキュリティ機能を解除してドアを開け、それから泥棒のように一気に外に飛び出した。

街で、危険と汚染に満ちた広々とした街で、彼女は傘を忘れたことに気づいた。彼女には十年以上使っている赤い傘があり、いつも退屈でうんざりしている番犬のように玄関に置かれている。雨が上から彼女の顔や頭に振りかかる。頭のなかに滲《し》みていくのは、人工頭蓋にとってはとてもよくないらしい。けれども彼女はもうどうでもよかった。壊れたらまた交換しよう。それは彼女がこの世紀で積み上げてきた経験だった。

店は通りの端にあり、隣近所にも店が何軒かあったが、一般には開放していないパソコンのパーツの倉庫で、陰気な雰囲気を醸し出していた。道端には自分の肉体を捨て、脳を住処《すみか》とした人が、捨てられた商品のように横たわっている。

彼女の店は、主に二十世紀の骨董を販売している。未来があるかわからないかのようにかき集めてきたそれらの品物は、彼女がまだ若かった頃のものだ。最初は昔のものを捨てるのがもったいないだけだった。紙の本、ノートや画集、蠟燭《ろうそく》、色鉛筆がテーブルにきちんと並べられている。

長いこと彼女は、年齢をどう数えるのかもうわからなくなっていた。満六十歳になったばかりかもしれないが、主要な関節は九歳で、臓器と動脈は七歳、頭蓋は満四歳になったばかり、そして薬物による皮膚の更新は二十八日から四日に一度に頻度が上がった。彼女は真新しいのだ、ある意味においては。けれどもしょっちゅうこれらの品物を大切に手に取って眺めていると、昔の時間がバーチャル映像のように呼び出されてくるのである。

今世紀の初め、彼女はよく旅行した。旅行とは自分探しの方法だ、とあの頃の人はしばしば言ったものだ。今では語弊と隙に満ちた言い方だと言われているのだが。何を探すのか、自分とはいったい何なのか。昔の彼女はそれをよく探しに行き、旅で得た経験を蓄積していた。しかし現在の彼女には、自分探しの答えを見つけようという欲望がもはやない。それで彼女はたくさんの雑多な物をため込んできたのだ。ここで買った詩集、小さな絨毯《じゅうたん》や燭台、そしてアクセサリー。彼女はこの店舗を借りて、毎日決められた時間通りに営業した。店のなかに腰かけ、まるで骨折り損の追悼の儀式のように毎日拭き掃除をした。

彼女は雨が止《や》んだら店を出ようかと思った。しかし後で訪問客があるかもしれないことをぼんやりと覚えていた。

その日、彼女はひとりであるアイディア展に行った。そこもリアルの店舗だった。参加しているアーティストは古い投影技術で、自分の頭のなかにあるまだ整理されていないままアップロードしたアイディアを展示していた。あまりにも雑然としすぎていると言う人もいたが、その活きのよさに彼女は興味を持った。展覧会で何人かと知り合いになり、彼女の店を見に行こうという話になった。彼らは多かれ少なかれほぼコンセプトについて手掛けていた。共通するのは懐古主義者、すなわちメディアで進歩を拒んでいると批判されている人間だと思われない程度に、大げさすぎるのを望まないという点だった。

彼女は窓の外を眺めながら待っていた。ふとこの雨を蒐集《しゅうしゅう》するべきではないかと思った。いつか雨がなくなってしまうかもしれない、と彼女はふいに思った。他の手間のかかるもののように、写真や野良犬や花屋のように。役に立たない思いつきについては、彼らは検出用のアプリをダウンロードするよう主張している。脳のなかを検査して、気持ち悪さやうつ症状、偏頭痛が現れないよう、いつでもきれいにしてくれる。最低でもメモリーの浪費を低減してくれるのだ。

緑が小さい頃、一〇年代の末、そして大更新の前、世界はまだ古いままだった。外出は推奨され、大自然や、何かを想像することもよいとされていた。彼女は緑を抱いて外へ行き、今ならぶらぶらするとしか言えないようなことをして、目的もなく歩き回った。そのとき緑の肉付きのいいぷっくりした小さな足が彼女の前腕を押さえたが、その重い感覚は、人と人の肌が接触し続けて汗がにじみ、ねばつくように親密なものだったと記憶している。緑が生まれたばかりの頃、彼女は母乳をあげ、紙おむつを換えてやらねばならず、当時は驚きつつわかったつもりになっていた。人の母親になることというのはこんなにも具体的で感覚的な経験なのだと。今となっては彼らには想像できないだろう。伝染病の可能性があるとわかってからは、母乳を与えるのは不潔で危険なことだ。時代は移り変わり、彼女の経験はもう使えないが、彼女の記憶はその数には入らない。

たくさんの時間がすでに過ぎ去り、彼女は沈黙することを学んだ。彼女は自分の過去を慎重にしまい込み、陳腐な匂いが漂わないようにした。もしかすると彼女はもう彼女ではないのかもしれない。ときどき、彼女は疑いを持って考える。すべてが更新してからは、もともとあったものはもういくばくもなく、残った脳細胞があいかわらず、ある種の幻肢感覚のように、かたくなにこれは元の肉体だと思い込んでいるだけなのかもしれない。

ドアから人がふたり突然入ってきて、彼女はようやく振り向いた。そのうちのひとりはあの日の展覧会の人だとわかったが、もうひとりは見覚えがなかった。彼はお決まりの１９８４と書かれたTシャツを着ていた。彼女はどんな感想を持てばいいのかわからなかった。彼女は元気を奮い起こして、ふたりに店をひと通り案内し、品物ひとつひとつの由来を説明した。彼らは黙々とただ眺めていた。

まだ雨は降っていますか？　彼女は尋ねた。

彼らは同時に含みのある笑みを見せた。彼らの年齢はだいたい自分と同じくらいだろうと推測し、世紀末について話すのがいいかもしれないと彼女は思った。案の定この話題は彼らに響いたようだ。ミレニアムのときのコンピューター・システムの更新で人々が恐慌状態になったことに話が及ぶと、みんなでゲラゲラと笑った。

彼らは二〇二〇年大更新のときの恐怖を語った。

私はちょうど四十歳になったばかりでした、と1984は言った。もう更新などしたくないくらいには老いていると思ったものです。彼らは話しながら、手持ちの携帯電話が展示してあるテーブルにたどりついた。

昔は出かけるときに携帯を持ったかどうか必ず確認していたのをまだ覚えていますか？　もうひとりが笑いながら言った。

携帯、財布、鍵。あの頃毎日出かける前に持ったかどうか確認した物品を、彼らはいっしょに笑いながら口にした。

今では持ち歩く必要のあるものはない。外出することすらもはや必要ではなくなったのだ。彼らは競い合うようにその違いについて話し、そして笑った。

外の雨がさらに強くなったようだ。ザーザーという音、雨が地面に落ちる音がはっきりと聞こえる。遠くにはゴロゴロと転がるような音が微かに聞こえる。雷鳴だ。彼らの話題はまだ熱を帯びていた。笑いと熱気で呼吸が少し速まった。

このとき彼女はあることに気づいた。

１９８４の姿が少しちらついたのだ。

彼女は口にすべきではないと思ったが、やはり言った。

あなた方はご本人が来てくださったとばかり思っていました。彼女は言った。

ああ、もうひとりがとても申し訳なさそうに言った。もともとは自分たちで来ようかと思っていましたが、雨がひどくて、家じゅうを探しても傘が見つからなくて、それで……。

彼女は手で制止した。かまいませんよ、バーチャルはほんとうに便利ですものね。

彼らはそれぞれ自分だけにしかわからない沈黙のなかへと入り込んでいった。

私は今日娘に会うのにもバーチャルを使ったんです。娘には言わなかったんですが。彼女はまた言った。

彼らは互いに目を合わせ笑った。

ほんとうに便利ですよね。１９８４が言う。出かける必要がなくて。

彼らは雨傘を二本買い、次回取りに来ると約束した。店を閉めて出て行くときには雨は止んでいた。地面の水が彼女の靴を濡らす。空気は湿気と涼やかさ、そして風の感触を帯びていた。彼女はそのなかに入った。遠くの空は洗われたようにきれいで、薔薇色をしていた。以前はこのようなとき、そこらじゅうがじっとりしていたものだ。世界はまるで新たに出来上がったようだった。

＊

肉体は錨《いかり》であり、目的であり、方法であり、空間でもある。彼女が肉体を折り曲げると、汗は前へと彼女の眼に流れ込み、自分の膝に鈍い痛みを感じ、頬は制御できずに下へと垂れ落ちていく。一方で肉体の内部は潮流のように漲《みなぎ》ったり、縮んだりした。

彼女はヨガマットを拭いて、自分を洗い流した。

それからソファに座り、口から一杯の水をこの海のなかへ注ぎ込んだ。水のゆるやかな流れが、支流のなかへ次々と流れ込み浸透していくのを感じた。人には水と空気と陽の光が必要なのだ。もしかするとそんなものは過去の神話にすぎないと伝える科学報道があるかもしれないが（彼らはいつも気づかれないような笑みを浮かべてそうする）、彼女はそう信じたかった。

テレビではちょうど歯磨き粉のCMが流れていた。バーチャル俳優が鏡に向かって歯を見せて微笑《ほほえ》み、満足そうな表情を見せている。その表情を見ていると、彼女にはそれが緑の出演したCMだとわかった。彼女は緑の仕事を見学したことが一度ある。神経検知のコードを緑のチップに繋ぎ、それからバーチャル俳優に投射すると、俳優の顔が鏡のように緑の表情を映し出すのだ。嬉しさいっぱいのなかに、なお良いとも悪いとも言わないような含みがあるのを、彼女は見分けることができた。これは緑の父親そっくりだ。

この仕事は俳優と言えるの？　直接自分の肉体で演じればいいのに、と彼女は緑に訊いた。

緑は信じられないという表情を浮かべて言った。これは演技従事者と呼ばれているの。俳優というのは、顔出しをするバーチャル俳優のことだよ。彼らの顔は本物の人間から提供されてコンピューターで製作するんだ。だから肖像権が登録される。彼らは老いないし、病気にもならないよ。

緑は病気になったの？　彼女はふと思い出した。前回話をしてからもう十日ばかり経っている。その間一度バーチャル通話してみたが、緑は出ずコールバックもなかった。これは尋常ではない。もう一度かけてみたが出ない。彼女は胸が締め付けられるようだった。冷蔵庫のなかの食べ物を持っていこうと整理している間じゅう、瞬間移動で緑のそばに行きたくてたまらなかった。

緑のマンションは川の対岸のさらに向こうに少し行ったところにあった。そこは発展途上の地区で、過去数年は多くの困窮したアーティストたちが住み、税務上の減免もあった。地区全体に若者たちが開いた多くの復古調のリアル店舗があり、彼らはある種の抵抗の姿勢で店のなかに座り、書籍や花や音楽を販売し、マジックマッシュルームを食べたりもしていた。彼女が若い頃は、よそから仕事で来た人やホームレス以外、ここに住みたいと思う人はまるでいなかった。昔友人といっしょに来たことがある。それは寒い夜だった。街灯は通りを照らすのにじゅうぶんに明るかったが、人影はまばらで自分の吐く白い息しか見えず、背後からガラガラという音が聞こえるだけだった。ふりかえると、細かく毛羽だった汚いコートを羽織ったホームレスがスーパーのショッピングカートを押しながらこちらに近づいてくる。友人は彼女をその場に残し、彼のもとに駆け寄り話しかけた。彼は冬に目覚めたばかりの熊のようにずんぐりと大柄で、ぼんやりとしていた。しかし友人からひと握りの金を受け取ると、すぐに何かを取り出して彼女に渡した。遠くからは何なのかよくわからなかった。

友人はにこにこしながら走って戻り、彼女のそばでその一本のタバコ状のものに火をつけた。香りのいい草の匂いで、彼女は教えられるままにそれをお腹まで深く吸い込み、それからゆっくりと口から吐き出した。

彼女は歩き続けた。ときどきせき込みながら、通りの位置がずれるような、上下が目まぐるしくひっくり返るような感覚になった。彼女はあいかわらず友人と話をしていたが、感情が急激に高ぶってやまず、ほとんど制御不能だった。世界はどうしてこんなにおかしいほど変わってしまうのかわからない。ふたりは通りに佇《たたず》み笑いを抑えることができなかった。

これはすべて彼女の記憶だ。今の若者たちが似たような効果を得たいと思うのなら、バーチャルを選択するだけでよい。肉体に何かを施すことも、出かけることも必要ない。話はそれで終わりだ。

けれども彼女はやはり家を出た。この地区にはまた微妙な変化があったようだ。多くの個人商店は廃業し、シャッターは降ろされた。まるで拒絶する顔つきのようだ。一部の大企業がもう新たに街角に進軍している。しかし通りには、なぜかはわからないが彼女が若かった頃のあの見捨てられたような感覚があいかわらず残っていた。彼女は通りの向かい側へ歩いていった。緑が仕む六階建てマンションがそこにあるのだ。鈍色《にびいろ》の典型的な二〇年代の建物で、彼女はインターフォンを押したが、緑は出ない。留守にしているのかもしれない。でも緑はこのところまったく外出していない。

彼女はちょっと考えて、緑にもらったパスワードで開けることにした。階段は薄暗く、長いこと使われていないかのようだ。彼女は急いで緑の住む二階に上がり、やはり原始的な方法でドアをノックした。

ドアは鈍い音を発するばかりで、開く気配がない。彼女はパスワードでドアを開けた。

部屋の空気は滞り、広くはない空間にはほとんど何もない。キッチンのバーカウンターはきれいに片付けられ、よくある粉末状の代替食が何缶か並べられている。彼女はそこを通りすぎ、低い壁で仕切られた寝室に入ると、ベッドに倒れている緑の両足がぱっと目に入った。

緑はそこに横たわり、身体は瘦せ、髪は枕元に広がっていた。眼は開いているが意識のある様子はなく、眼球は白い粉状の膜で覆われている。それは長期間バーチャル状態に入っている人に特有の弛緩状態であった。その枯れた木材のように伸びた足は、生命のかけらもない物体のようだ。彼女がその足を取って手でさすると、乾いて固くなった感触からその先端がすでに繊維化していることに気づいた。それは耳にしたことのある、自分の肉体を見捨てた人に起こる現象のようだった。

彼女は今まで一度も、彼らがメディアで言っていること――長期のバーチャル依存がもたらす後遺症に気をつけた方がいいということをまじめに聞いてはこなかった。肉体を見捨てた人の肉体は逆に彼らを見捨ててしまう。これは意識のあるALS（筋萎縮性側索硬化症）とも呼ばれており、それは、一〇年代に多くの著名人が頭から水をかぶってSNSにアップしたあのメディアの流行病（ALS患者の元スポーツ選手が始めたキャンペーン「アイス・バケツ・チャレンジ」を指す）を彼女に想起させた。それはまた冗談めかして生前の霊肉分離とも呼ばれたのであった。

そのベッドは明らかに緑が何日もの間過ごした唯一の場所であるため、非常に汚れていた。彼女は注意しながらなんとか緑を移動させた。その身体は緑によってすでに見捨てられてはいたが、依然として相当の重さがあった。着ているものを脱がせ、タオルで全身を拭いてやり、それからバスルームに運んで洗った。

水のなかの緑は、やわらかな透明感を呈していた。その身体は憐れなほど痩せてはいたが、すでにこのような状態ではあるものの、それでもある種の生命がその内部には存在していた。いわゆる生の息吹である。まるで植物のように身体のなかに広がっている。彼女は手を緑のじっとりとした耳の後ろに伸ばし、チップを取り出して、緑が目覚めるのを待ち望んだ。

けれども、たとえ清潔なベッドで三時間熟睡しても、緑の意識は依然として回復しない。彼女の眼はしっかりと閉じられ、眉を微かにひそめ、不安を抱いているようだ。ふだんの明朗快活な緑の様子を彼女は思い浮かべた。こんなふうになってしまった緑は、いったいどこでどんな目に遭ったのだろう？

彼女は医者に電話することにした。もうかなり遅い時間だったが、この医者は緑が小さい頃からのかかりつけ医で、診てくれることになった。バーチャルを接続すると彼はたちまち部屋にやってきて、緑の様子を見て眉をひそめた。

長期間のバーチャルをどれくらい使っていたのですか？　医者は尋ねた。

わかりません、彼女はそう言うほかなかった。確かに、自分は何も知らないことに彼女は気づいた。

手足が繊維化してからもう一年以上になりますね。医者は言った。頭の内部がどうなっているかチェックしなければいけません。繊維化が生じていないことを願いますが、そうでなければ今後の影響は予想がつきません。しばらくは彼女にチップを使わせないように。

彼女は子どもの病気について話を聞く母親のように、黙ったままそこに腰かけ、自分はどこで間違いを犯し、こんな結果になってしまったのだろうと考えた。

ありがちな見解だが、もしかすると、緑の父親がいなくなったことがこのような結果をもたらしたのかもしれない。生活に対する永遠の皮肉とずれた情熱を持っていた前夫は、さまざまな理論や新しい科学技術に夢中になり、緑がまだ小さな子どもの頃、探索と追求のために出て行ったのである。彼はそう言っていたが、まるで具体性がなかった。もしかすると火星や土星のようなところかもしれない。最初の頃はまだとぎれとぎれに連絡はあったが、それもだんだん少なくなり、ついに戻ってはこなくなった。

彼女はこの件についてどう思うか緑に尋ねたことはない。それはまるで自然現象のようでもあった。春の訪れとか、飼い猫が老衰で亡くなるというような。彼女たちはそれまで通りに生活し、緑は成長し、家を離れ大学へ行き、仕事を見つけた。彼女にも自分の生活があった。その後、こんなことになってしまった。

彼女たちはかつて面倒を厭《いと》わずに日々を暮らしていた。緑は小さい頃、痩せっぽちの子どもで、お腹は少し凹み、息をすると肋骨《ろっこつ》が見えた。頭は大きく、前髪の下から恥ずかしそうに相手を見た。彼女はそんな緑のために毎日料理を作ったが、それはその頃の時宜に合わないことで、みんなは代替食で正餐《せいさん》に替えることを推し進めようとしていた。粉末や錠剤を用いることで、食料を買う時間やお金を節約し、さらにそれによってもたらされる環境汚染をも防ごうとしたのである。彼女は毎日食料の買い出しに行った。農村の人が自ら運んできた自家栽培の野菜、露に濡れた冬瓜、小さな黄色い花のつぼみを結んだきゅうり、泥付きの尖ったタケノコ、骨付きのダークレッドの豚の塊肉を、彼女は買って帰った。汗を流して家まで提げていき、スープや炒め物や、煮込んで冷まして冷菜にし、細かく刻んで緑に食べさせたのだ。緑は小鳥のように口を大きく開けて彼女が差し出すものを食べた。また嫌いなものに出くわせば、眉をひそめ、そっぽを向いて、いや〜！　と言った。緑はかつてそんな子どもだった。好き嫌いがはっきりしていて、しかもそれを恐れず口にした。

彼女は緑が徐々に丈夫になるのを見守った。胴体から始まり、お腹が膨らみ、その後胸部が厚くなり始めた。四肢は肉付きがよくなり、顔は空気を吹き入れたように丸くなり始め、下あごと首の境界線が曖昧になった。緑のおむつを替えてやるとき、彼女はその重さに嬉しくなりほっとした。彼女は緑の身体の小さな宇宙のような循環を把握していたのである。

彼女は現在の緑を見つめながら、乾燥して固くなっているその足の裏を触った。医者からの連絡によると、幸いなことに緑の脳にはまだ繊維化の痕跡はなかった。でも今後手遅れになることがないように、今あるデータをまずアップロードしなければならない。緑の自動アップロード機能はすでに破損してしまっているからだ。

彼女はそのチップ、緑のチップを手に取った。彼女はそれを使ってなかに入り、緑のデータと持ち物を片付けてから出てこようと思ったのだった。法規では長時間そこにいてはいけない。でなければ自分が他人の脳を使っていることを忘れてしまう。もちろん専門業者に任せる方がいいだろう。けれどもそれは緑のものであり、しかも緑は彼女の娘なのだ。

彼女はそれほど時間をかけずに工具で自分の頭蓋を開け、チップを交換した。手指の震えがあったが、その後目の前が暗くなった。

再び明るくなると、彼女は見覚えのある空間のなかにいた。右の方には大きな窓があり、外の灰色の通りを見下ろすことができた。部屋にはシンプルな押し入れと傷だらけの長机があった。彼女は少し考えて思い出した。これは緑の小さい頃の部屋だ。緑の父親が出て行ってまもなく、彼女たちはそのマンションに越して、その後また何度か引っ越した。もしかすると緑はここに特別な思い出があるのかもしれない。

彼女が周囲を見回すと、部屋は非常に簡素で余計なものはなく、シンプルな三段の書架が壁によりかかっているだけだった。緑はデータを日記帳の形式で、一冊目から五冊目まで書架に並べていた。それを見て彼女は思わず笑いたくなった。このやり方はずいぶん古めかしいではないか。日記帳を持って帰ろうとして、五冊を重ねるのは持ちにくいと気づいた。それを入れられる袋は部屋のなかを見回してもなかった。押し入れを探してもない。

机の引き出しを開けたとき、それが入口か通路で、緑の居場所かその心の奥底に通じていることを少し願ってしまったことを彼女は認める。でもそれはただの木製の、からっぽの引き出しにすぎなかった。

それから彼女はこの部屋で眠り込んでしまった。

目覚めると、彼女は自分が一片の羽毛が舞うように、眠りのなかへと落ちていったことに気づいた。部屋は以前と同じようにあいかわらず静かだった。だが外の世界は暗くなり、真っ暗で何も見えない。それから彼女は思い出した。これはまるで水底に押しつけられたものの、最後には浮かび上がる流木のようだと。

以前、彼女には何年にも亘《わた》って緑と話をしなかった時期があった。緑がその間どこにいて、何をしていたのかすら知らなかった。

断絶した理由は緑の友人関係だ。緑はずっと賢くて感性豊かな女の子だったが、その奥底に自分に対する不安を抱えてもいた。そういうタイプの女の子がみんなそうであるように、交際相手を選ぶとき、自分が世話を焼く必要のある相手をいつも選び、そして同情に値する路傍の野良犬を見つけたかのように、一切を顧みずに抱いて帰るのである。両親が亡くなって帰る家さえなかったり、あるいは深刻な伝染病にかかっていたり、さもなければ本人の性格に問題があって誰も彼らといっしょにはいたくないと思わせるような。わざとだとしか思えないほど、緑はいつもそんな相手を見つけてくるのだった。

緑はあるときひとりの男の子を連れて帰ってきた。以前とは違い見た目には明らかな欠点やおかしなところはなく、顔には笑みも浮かべている。しかし彼と話していると、その内面はすでにつける薬がないほどに腐っていることに彼女は気づいたのだった。でも緑はわかっていない。彼女がこのことを緑に伝えると、その反応はびっくりするほど激しかった。

母さんは自分が何を言っているのかまるでわかってない。緑は鋭く言った。そういうことをはっきり見抜けるなら、父さんとあんなふうになってしまう？

彼女には返す言葉がなかった。確かに緑が言うことは正しいし、彼女にあれこれ言う資格はない。緑はたちまち家を飛び出し、その後は彼女に連絡もせず、彼女からの電話を取ることもなかった。

長い間、彼女はこのことを思い出すことはなかった。もしかするとわざと考えないようにしていたのかもしれない。けれどもこのことは今も正午の太陽のように、ほてるほどの熱さで頭上にぶらさがっており、彼女が目を細めて眺めると、眩しかった。

緑はあのときどこに行ったのだろう？　あの男の子はその後どうなったのだろう？　彼女は緑に尋ねることはなかった。その数年間を思い出すと、彼女は実際には緑への怒りを消化しようとしていた。彼女は緑に対して深く形容しがたい怒りを抱いていたのである。それは彼女の心配や愛情に蓋をして、もうもうとする煙のように心を覆っていたのである。自分の緑に対する気持ちがよくわからなかった。もしかするとずっとひそかにこの子を恨んでいたのかもしれない。緑のために、その父親が残したみじめな運命に居座り続けることになり、出て行くことができなかったのかもしれない。

彼女は顔と眼を覆い、あの数年間、彼女が放り出したかわいそうな緑とべとべとの泥のような男の子のことを思った。彼女は、あの泥がひとり娘を丸呑みにして蝕《むしば》むがままにさせたのだ。ある日、緑は黙ったまま帰ってきた。それからというもの、あのぼんやりとした表情をするようになったのだった。

彼女は身体を支え、片付けたものを持ってこの部屋を出て行こうと思った。しかし不思議なことにどうしても、どうやってここに来たのか思い出せなかった。壁にはドアのようなものはない。窓から這《は》い出ようかとも考えたが、外向きの窓に近づいてみると、本物そっくりの街の風景が窓ガラスに貼られていた。彼女がその窓に貼られた紙を爪で引っ掻くと、窓全体がたちまち外れ、壁が彼女の方に傾いた。続いて押し入れともうひとつの壁も。部屋全体が折りたたまれる。緑が小さい頃、彼女が贈った飛び出すクリスマスカードのように折りたたまれた。

彼女はそのなかに挟まって動けなかったが、身体は圧迫されているようには感じず、逆に非常に軽やかになった。目の前はぼんやりと暗い。けれども長年の憤怒と当惑は嵐の後の空みたいにすっかりきれいに洗われたようだ。

どうやら彼女は緑の記憶になってしまったようだ。じつはこんなふうに運命づけられていたのだと、感慨深げに彼女はじっとしていた。

そしてすばらしい記憶のように彼女は横たわった。次に緑が呼ぶまで。

目覚めたとき、彼女は全身に苦痛を感じた。まるでカンブリア紀全体に轢《ひ》きつぶされたようだ。彼女の意識は散り散りになり、根こそぎ引き抜かれ、自分についてのすべてのデータがわからなくなった。自分が誰なのかわからない。彼女は後に、それは幸福に極めて近い状態だったと回想した。

彼女が意識不明だったここ数日の間、緑には少し進展があった。医者は言った。意識を取り戻したと言えるでしょう。

彼女が何か言おうとすると、医者はまた言った。脳のなかで言葉を探す様子は道を探しているのによく似ています。

ですがどう言えばいいでしょう。緑さんは道に迷ったようなのです。自分のなかで迷子になったようなのです。医者はついに言った。

緑が彼女の目の前に連れてこられたとき、彼女がもともと抱えていた、医者の診断が間違いであってほしいという願いは胸のなかで消えた。緑は静かに腰かけ、表情はぼんやりとしたままだ。彼女は手を伸ばして緑の手に触れたが、その反応から彼女が知ったのは、この感情や知覚を表現する行為は、今の緑にとって何の意味もないということだった。

医者は言った。彼女が緑にログインしてまもなく、緑は意識を回復した。目覚めてからずっとこのような状態なのだという。まるでふたりの心が入れ替わってしまったかのようだ。緑の顔には幼く無知な表情が浮かんでいる。以前の明晰で筋が通った様子とはだいぶ違う。一日じゅういっしょにいると、緑は彼女が触れるのを決して嫌がるふうでもなく、たまに恋々とした反応を示すこともあった。彼女は心のなかで緑を馴染みの環境に連れて帰る算段をしていた。あるいは回復が早まるかもしれない。身体がおおよそ正常に戻ってから、彼女は退院の手続きをした。

未来の人々がどうするかはわからないが、引っ越しはあいかわらず昔のままだった。緑を家に連れて帰り、すべてのものを片付けるのに、ずいぶん長い時間がかかった。彼女は座って休み、緑を見ていた。緑はあいかわらず病院にいたときのままで、部屋のなかでだらしなく立ったり座ったりしている。もともと彼女の見立てでは、緑は全体的に数十パーセントは退化していたが、しかし夏の樹木のように色がまだらになり、濃い緑と薄い緑が混ざり合って、まったく新しい緑色を見せていた。

言葉は緑にとって、余計なもののようだ。家に帰る道中で、緑は驚喜を湛《たた》えたまなざしで灰色の空や金属の建築物を眺めた。まるで初めて目にするかのように。おそらく長期間バーチャルをしてきたので、緑にはほんとうに手ごたえのあるものが必要だったのだ。しかし彼女には、緑がそれらの違いを見分けられているのかわからなかった。正直に言えば、数日前に緑にログインしたバーチャル経験は、彼女の胸をまだドキドキさせる。あそこの空気や光の質感は、本物とはまったく区別がつかなかった。そのため彼女はしょっちゅう疑いの目で、破綻がないかどうか周囲を見回した。しかしたいていはそんなものはなかった。不完全ではあるが見つける方法がなかったのだ。

緑が小さい頃、人々はまだ最後の世代のテレビを楽しんでいたが、今ではそれは下品で不完全な感覚経験と見なされている。読書と同じように時代遅れのものだと。その頃、バーチャルはまだ様子見の段階で、彼女は自分が、このように人間の中身が全面的に引き継がれるという考え方を受け入れられないと気づいていた。彼女はしょっちゅうテレビをつけ、それを背景に、緑のそばを行ったり来たりして自分の仕事をした。子どもの頃の緑はテレビが大好きで、いつも目を丸くし口をぽかんと開いて見つめ、終わると次を見たいとせがんだ。彼女は前の世代の人間なので、器官がダメになればすぐに交換するという観念がまだなく、いつも緑の眼を心配していた。あるいはテレビが垂れ流す考えに緑が耽溺《たんでき》しないようにと微かに願っていたのかもしれない。たいてい三十分間ほどで消し、しばらく経ってからまたつけるようにしていた。

あるとき、テレビを消して冷却している間、彼女が座って待つ緑の前を通ると、当時幼かった緑がぶつぶつ独り言を言うのを耳にした。テレビのなかに入りたいよう。子どもじみた幼い言葉とはいえ、まず感じたのは、ずいぶんな言い方だ、ということだった。まるで彼女が与えるこの世界があまりよくないから、緑が避難したいという気持ちになったようではないか。

彼女じしんも逃げたかったとはいえ——。

彼女は書籍や歴史、あるいはヨガなどの前の世代の趣味に夢中になり、よく緑の父親といさかいを起こしていた。緑の父親はぶれずに時代の先端を行こうとするタイプで、いかなる古い事物の消滅も、その意義や歴史にかかわらず、すべて進歩だと見なしていた。文明を象徴する最後の書店が取り壊されるとき、彼女は緑を連れてその現場を見届けようとしたが、緑の父親に止められた。緑の父親は玄関先で行く手を阻み、彼女たちを家から出さなかった。幼い緑はどうしていいかわからず、玄関で声をあげて泣き始めてしまった。緑の泣き声は雨のようで、高低や起伏があり、引っ張っていかれるのか、阻止されるのかはわからないが、ただ怖いという感情で溢《あふ》れていた。

だいぶ経ってから、緑の父親がようやく口を開いた。彼は身をかがめて緑のしっとりとした小さな顔に向かって言った。行っていいよ。でも覚えておきなさい。これは嬉しいことなんだ。泣いてはいけない。笑いなさい。

彼女たちは現場に着いた。書店は独立した建物で、市中心部の一角に位置している。政府に回収されたため、取り壊されることになった。街角に行き、書店一階入口の石のレリーフを見ると、まもなく家に帰り着くときに身体が少しリラックスするような、毛穴が開くような感覚を思い出すことができた。書店に入るときの紙の中性的な匂いや、まるで横たわって眠りについている本を起こさないように人々がおのずと小声で話すようになること、それらの忘れられた、人間とは無関係な時間を彼女は覚えている。

その場に来た人はみな黙って立っていた。誰かが亡くなるところを目撃しているかのようで、政府は人々がこの空間に対して多くの想像を働かせることを恐れるかのごとく、トラックと大きな鉄球を備えた車両を配備した。大きな鉄球が後方に揺れ動き、ガチャンという音とともに建物にぶつかったとき、隣の女性の顔が歪《ゆが》み、ほとんど立っていられなくなるのを彼女は見た。一方、彼女の娘の緑は、その上向きの小さな顔に満面の笑みを浮かべていた。

後にこのことを思い出すと彼女はいつも、そう遠くない上空には神がいて——それもまた別の後ろ向きの考えではあるが、進歩をつかさどる神であれ他の神であれ——緑はそれに対して挨拶をしていたのだと思うようにしている。

その後まもなく、バーチャルは燃え広がり、人々の日常のなかに次第に姿を現すようになった。緑は父親といっしょに診療所に行って頭部を開き、人工のチップ挿入口を作った。彼女はそれに加わらなかった。玄関で阻止もしなかった。でもおそらく彼女が加わらないことがすでにすべてを説明している。めったに外出しない緑は、ふだん出かけるときのような興奮はせず、異様に静かだった。緑の父親が黙って身をかがめ、緑に靴を履かせた。その角度からはふたりの真っ白な耳の後ろ、チップを挿入する予定の位置を同時に見ることができた。政府の言う無痛、便利、快速という宣伝文句は彼女には役に立たなかった。彼女の頭には、あの大きな鉄球が彼らの頭部にぶつかる様子がありありと浮かんだ。そのリアルさはあたかもバーチャルをオンにしたかのようだった。

それからバーチャルは彼女の生活を覆い尽くしていった。緑が父親といっしょに遊ぶとき、彼らは最後にはいつも頭蓋を開いた。それはほんとうに恐ろしい光景だった。肉体をこじ開けて、なかの配線を露わにするのである。彼らはそんなふうに気楽に冗談めかしてチップを入れた後は、彼女が肉眼では見えない範囲で活動を始める。走ったり踊ったり、あるいは突然泣いて悲しんだりした。彼女は彼らを見守ったが、この触れることもできず、身体と頭部がバラバラの家族は、赤の他人でリアルでないように感じてしまった。

しかしこれがまたいちばんのリアルなのだ。彼女は自分に言い聞かせた。人と人の間の疎遠さは、専門家によればポスト携帯時代、つまり二〇年代にピークに達したという。その頃の人々は名実ともにスマホに疲弊してしまった。二〇年のパンデミックは人々を室内に閉じ込め、スマホと共生させた。それによって眼や姿勢にさまざまな悪影響を及ぼす健康問題や、さまざまな常軌を逸した行為や犯罪問題が引き起こされた。三〇年代のスマホ不要運動は人々に注目された。三〇年代。彼女は懐かしさを込めて思う。それは復興の年代だったのだ。人々は過去を懐かしみ、身体や心を重視した。人々はまた詩を読み始め、理由もなく山登りをし、月の下を散歩して考え事をしたりした。彼女はその頃、ヨガの練習を再開した。自分の身体を曲げると、意識は灯りのように身体の内外で点滅した。時には闇夜の明るい月のように輝くこともあった。彼女はその灯りを借りて、山々の起伏や、海原の潮汐、草原のその先を眺めた。だからこそ彼女は最後の水源のようなそれらを死守したのだった。

それから戦争が突如としてやってきた。そして人々が積み上げてきた省察を叩きつぶしてしまった。リアルな世界は全面的に、元に戻れないほどに殲滅《せんめつ》され破壊されたのである。池とオタマジャクシ、草むらと蚊、河川と魚たちは、一挙に溶解され壊滅した。二度と外に出てはいけない。外は危険で恐ろしい、犯罪と化学物質で充満しているという当時の宣伝を彼女は覚えている。彼女はまた人類の脳の編集能力に驚かされた。戦争について彼女がいちばん覚えているのはじつは戦後だったのだ。政府の電気自動車が流す機械の音声が、ゆっくりとしたスピードで街じゅうを走り回った。そんな無機質な声が、かさぶたのような地面の上、からっぽの街にこだまするのは、廃墟のような外よりももっと怖いと彼女は思った。

人々は室内へと逃げ戻った。安全で無害な室内ではあるが、彼らにとってはつまらない。室内と脳だけでは、一本分の映画を観る時間もじっとしていられなかった（昔よく使われた時間単位で言えば）。彼らの注意力はこのように散漫になり、身体がじゅうぶんな光も浴びられないため、多くの人がおかしな病気にかかり始めた。手足が上がらなくなったり、一日じゅう気分が落ち込んだり、失語症になったりした。バーチャルはこの頃、何のためらいもなく人々の生活と脳のなかに入っていった。

たとえば彼女のような、チップ挿入口をまだ持っていない人々は、政府の強制力のもと装備が進められた。彼らは外部から隔離された甲鉄の連結車両に乗り、次々と病院へと向かった。これはみなさんの安全と国家の安全を確保するためです。そう政府は彼らに断言した。そのプロセスはすばやく、痛みもなかった。彼らの言う通りだ。光を照射して知覚を失うと、レーザーナイフで切開する。目覚めると彼女の左耳の後ろ側に閘門《こうもん》のような口が増えていた。自分では見るのが難しく、手で触るしかない。軽く押すと小さな口が音もなく開き、つるつるした流線形の表面に、四角い小さな凹んだ口が据え付けられている。緑のときよりもだいぶ進歩したようだ。

　彼女はしょっちゅう手を伸ばして触れてみたが、これは賦与《ふよ》なのか剥奪なのか確定できなかった。意識をチップから守る者――これは三〇年代に現れた言葉だ――の立場から言えば他者が彼女の意思を麻痺させ、彼女の身体に侵入し、永久的な挿入口を装備してさらに彼女の意思に侵入してこようとするのを拒否しなければならない。彼女は厳しく拒絶しなければならない。身体と脳の前に柵を設置して武装すべきなのだ。しかしながらその勢いは猛烈でもう阻めないと彼女は感じていたし、緑にはもう挿入口があるという事実が、正直に言って彼女に抵抗を放棄させたのだった。人がどう言うかはわかってはいたが、緑は彼女のひとり娘、彼女の血と肉なのだ。彼女じしんの意思の延長のようなものなのだ。緑に口が開いてしまった以上、もう仕方ない。彼女はそう思った。彼女の意思は従順になり、棘は見えなくなった。

　しかし、あのどこにいてもぶんぶんとうなる音が彼女をほとんど発狂させた。彼女は何度も病院に通ったが、病院はそのたびにそれは彼女の錯覚にすぎないと断言した。挿入口の設置は脳圧や頭蓋内のバランスには絶対に影響しません。完全に心理的要因です。自分が聞いているのが空耳だと他人から言われる筋合いは私にはありません。それから彼女は驚いたことに、こんなことに気づいた。もしかすると彼女はずっと前からもう錯覚していて、彼女の記憶から趣味、感覚に至るまですべて不正確だったのではないか。

　彼女はベッドに身を横たえたが、すこぶる不快だった。自分の部屋があるだけまだましだ。このとき、緑の父親はすでに政府の宇宙移民計画に参加していたので、彼女は思い切ってふたりの部屋を彼女だけのものに模様替えした。大量の旧文明がここで生まれるね、彼は皮肉混じりにそう言うだろう。彼女は香を焚き、リネンと手織りの布を使い、ベッドにはござを敷いた。最近流行りのハイテクの生地は好きではない。確かに冬は暖かく夏は涼しいし、勝手にきれいになる。しかしこのために彼女の皮膚は自らの記憶を失い、調節能力がなくなってしまう。彼女はその生地のごわごわした不気味な雰囲気が嫌なのだ。部屋には瞑想で使う音楽が流れ、たまに人の声が差しはさまれる。

彼女は深く息を吸った。息が下腹部に充満するまで。吐くときには、草一本生える余地もないほど肋骨の下が凹むまで。

この世界は意識の世界なのだ。その声は言う。お前が感じるものすべてがリアルではないのだ。彼女がそれを耳に入れると、それは血管のなかを循環し、稲妻のようなものを発する。自分がそれを実際に目にしたのかそれとも想像なのか彼女にはわからなかった。違いなんてあるの？彼女が両眼をしっかり閉じると、眼の前には稲妻のような緑色と青色が浮かぶ。彼女は光を想像していた。

＊

緑は部屋のなかを動き回り、喉が渇けば水を飲み食事をした。疲れれば横になって眠り、まるで自分が自分の主人になったかのようだった。過去にバーチャルを使いすぎたことによる退化は、徐々に回復していった。ここ数か月、彼女は赤ん坊が歩き方を学ぶように、緑がゆっくりと回復していくのを見てきた。たまに思っていることを表に出し、頭を振って眉をひそめることもある。たとえば彼女が毎朝手作りする野菜ジュースをテーブルに置いたとき。彼女はそれを進歩と見なした。

皮肉だったのは、緑の病気はバーチャルのせいだが、回復にもバーチャルに頼る必要があったことだ。今の部屋は狭すぎて、必要な運動量を緑に提供することはできない。医者は説明した。風景を用いたインタラクティブなバーチャルで緑さんにたくさん運動をさせなければなりません。心配なさるのはわかります。医者は言った。でも緑さんの以前の状況というのは、ほとんど悪意に近い誤操作によるものです。正確に使いさえすれば、バーチャルにはバーチャルのメリットがあるんですよ。

そこで彼女は毎日緑に、薬剤のようにチップを挿入した。緑は室内をゆっくりと歩き、時折楽しそうな表情を浮かべたり、強すぎる光を目にしたかのようなためらいの表情を浮かべたりすることもあった。彼女はいつも心配したが、無理に自分を抑えるようにした。結局、緑は絶え間のない回復のプロセスのなかで、胃の調子はよくなり、皮膚にもつやが戻ってきた。そしてここ数日の緑は、チップを入れる前には明らかに小躍りしている。最初から最後まで笑みを絶やさず、何度か涙を流すこともあった。終わると全身が疲労でぐったりとした。

彼女はいっしょにログインしたいと思っていた。もしも異常を感じたら、いっしょに入ってください、と医者にも言われていたのだ。彼女は準備をして、頭蓋を開けた。それからふりかえって緑を見た。
彼女はいつも緑を他の何かと比べていた。昔の緑、昔の自分、緑の父親、病気になる前の緑。そして今、彼女は緑を見つめている。緑はちょうどひらひらと踊り始め、彼女は蝶を想像した。でも緑は緑なのだ。緑の姿と表情には、彼女が見たことのない自然さと軽やかさがあった。光が緑の髪と肩に当たり、地面にぼんやりとした影を作る。ひとつひとつがすべて、彼女が初めて目にするものだった。緑のまなざしは地面に落ち、動きにつれて引っ張られていく。顔には神聖としか言いようのない表情が浮んでいる。微笑みのようで、極めて敬虔《けいけん》で厳粛でもあるようだ。緑の内面世界は彼女の想像を超えていた。果てしなく広々とした平原のようであり、深く死んだように静逸な深海のようでもあり、また夢のように輝く花盛りの庭のようでもある。緑は新たに生まれ変わったようで、その世界は溢れんばかりに緑の頭上に広がっている。どうして以前に目にすることがなかったのか彼女にはわからなかった。これが緑の人生なのだ。それが緑じしんの世界なのだ。

今彼女は緑を見つめている。じっと見つめている。

逆関数

許順鎧

●許順鏜（シューシュンタン）

一九六六年嘉義生まれ。高校三年時に書いた「渾沌之死（渾沌の死）」で第八回時報文学賞ＳＦ賞（一九八五年）を受賞。国立台湾大学電機系在学中には「外遇（愛人）」で第十一回時報文学賞付設張系国ＳＦ賞を受賞（一九八八年）。「外遇」は、台湾におけるアシモフの「ロボット三原則」へのオマージュであると評価された。一九八九年に「傀儡血涙」で第十二回時報文学賞付設賞を再び受賞したが、その後は文筆活動から離れる。本作「逆関数」は、ほぼ四半世紀の沈黙を経て二〇一五年に発表された。『傀儡血涙及其他故事（傀儡血涙及びその他の物語）』（二〇二〇年）に収録されており、テクストは同書に拠った。邦訳は本作が初めて。

「読書の世界では、読者はみなそれぞれ自分じしんの読者である。作品は、読者が自分では感知しえないことがらを理解するための眼鏡のようなものにすぎない。書物がなければ、自分じしんを見つめることは難しい。読者は書物を通して、自分じしんについての認識を獲得する。これこそが書物が真実を載せていることの証明なのだ」

——マルセル・プルースト『失われた時を求めて』

「君には会ったことがあるよ」老教授は目の前の中年男に向かって言った。「どれくらい前なのかは覚えていない。だが当時の君は今よりずっと若かった」

中年男は否定しなかった。いずれにせよ当時の対面は愉快な出来事ではなかったから、相手の印象にも深く残ったのだろう。しかもそれは彼の刑事人生で最初に担当した事件でもあった。

「記憶力がすばらしいですね」刑事は言った。「では我々がどうして会うことになったのか覚えていらっしゃいますか?」

老教授はゆっくり身を起こしてカップを手にし、カプセルをコーヒーメーカーにセットして、スイッチを押した。

刑事は教授のシンプルだが雑然としたリビングと古めかしいコーヒーメーカーを見ながら、突然罪悪感に襲われた。もし当時あれほど追いつめなければ、教授の製品はもっと売れていたのではないか? 彼の社会的地位は今とは比べものにならなかったのではないだろうか?

まさに物思いに耽《ふけ》っていると、教授が返事をする。「私のストーリーマシンと関係があったと思うんだが？」

刑事はほっとしたように言った。「つまり覚えていらっしゃるんですね？」

「いや、覚えてはいない。でもこれまでの人生で、警官に押しかけられたのはそのときだけだったと思う」

刑事は相手がひと目で自分の職業を言い当てたことをいぶかしく思ったが、考え方を変えれば、当時の件はほんとうに相手の心に深く刻まれ、それで警官に対して敏感に反応するようになったのかもしれない。

「教授」彼は咳払いしてから言った。「まずはっきりさせておきたいのは、これは公式の訪問ではなく、我々はあなたに関わるいかなる事件も把握していません。たとえ当時の事件が成立したとしても、とっくに時効です。今回お伺いしたのは、正直申しますと、ただ私じしんの長年の疑問のためなんです」

「砂糖は？　ミルクはいるかね？　両方要らない？　わかった」教授は出来上がったコーヒーを刑事に手渡した。

「つまり君は当時のあの若い刑事さんかね？　どうりで顔に見覚えがあったはずだ。見ての通り、私は実際もう年だし、することもない。おしゃべりして時間をつぶすのも大いにけっこうなことだよ」教授は言った。

「では単刀直入に申します。当時のあの事件について、警察があなたのストーリーマシンと関係があるのではと踏んだのは、実際にどの事件現場にもまだ稼働中のストーリーマシンがあったからなんです。我々には内部の原理は理解できませんでしたが、直観的に関連性が非常に高いと考えました。けれども当時あなたは企業秘密を理由に、ストーリーマシンの内部構造を公開することを望みませんでした。それで長期間に亘《わた》って我々の捜査が行き詰まってしまったのです。今はもちろんストーリーマシンの詳細の大部分はすでに公開されています。しかし当時のあなたは、ストーリーマシンが事故原因ではないことをどうやって判断されたのですが？」

「お若いの、君の質問は〝どうして〟私のマシンが人体に危害を加えないとわかったのかということかな？　君は礼儀正しく言い方を変えているが、当時の言い方はだいぶ直截《ちょくせつ》的だったと思うがね。あはは」

刑事は顔が微かに熱くなるのを感じた。「あるいは教授が私に簡単な授業をして、ストーリーマシンの原理を解説していただくことはできますか？」

教授は意味深長に刑事をしばらく見つめると、立ち上がり、部屋のなかに雑然と置かれたさまざまな設備の間をゆっくりと抜けて、隣の部屋へと入った。

刑事はコーヒーを一口飲んだ。教授が隣の部屋から何かを持って戻ってくると、彼はあやうくむせそうになった。それはヘルメットのような装置で、後部から一本のケーブルが延びており、もう一方の端は教授が持つ小型コンピューターと繋がっている。コンピューターはとても新しいタイプのようだがヘルメットの方はだいぶ年季が入っている。それはどうやら教授ご自慢の製品――ストーリーマシンのようだが、ただサイズが一回り大きい。

教授はヘルメットを刑事に手渡して言った。「被りなさい!」

「しかし教授!」刑事は慌てて抗議した。「わかりやすい言葉でちょっと説明してくださってもいいじゃないですか!」

「実際に操作してみてからの方が理解しやすいと思う」教授は厳粛に言った。教授の顔に一瞬いたずらっぽい表情がよぎったのかどうかはよくわからなかったが、そうする必要はまったくないと刑事は思った。

「あ、わかったぞ」教授は続けた。「君はこれまで私のストーリーマシンを使ったことがないようだな……」

「これは」教授はヘルメットを指さして言った。「初期の原型機のひとつなんだ。そのインターフェイスは私の調整をかなり許容することができるし、説明するのにも適している……」

「かなりの調整?」刑事は額に汗がにじむのを感じた。だがそれはコーヒーの熱さによるものではないはずだ。

「お若いの、このマシンが危険だと心配しているのか?」

「いえ、その……」

「ぜひお願いするよ」教授の口調がきつくなった。「今日は公式の訪問ではないし、どんな事件とも関係ないとも君は言った。どうやら、君は私のストーリーマシンに問題がないことには同意しているようだ。しかし君の今の反応はそういうわけでもないらしい。もしも私のマシンに問題があり、それを証明するためにより多くのデータを提供するよう協力を望むというのならば、それは私の知能指数をバカにしているということではないのかね？」教授は突然笑顔を見せた。今回の笑みには、いたずらっぽいニュアンスが明確に加わっていた。

刑事はため息をついて言った。「問題がないことは信じています。では試してみることにしましょう……」しかし心のなかではははらはらしていた。

教授はそばのソファに刑事を座らせ、快適な姿勢をとるように言った。一方では装置を彼の頭部に被らせ、準備を始めた。

「当時のいわゆる事件や事案の数はどれくらいだったのかね？」教授は作業しながら尋ねる。

「七件です」

「どうして君らはそれらをバラバラの事件だと思ったのかね？」

刑事は自分が接触したそのうちのひとりの被害者のことを思い出した。両眼に力がなく、まったく反応する様子がなかったのだ。

「病院は患者に各種の検査をしましたが、生理的な問題や損傷はまったく見つかりませんでした。患者は高度なショック状態に置かれている様子でした。その後彼らの行動能力は赤ん坊や動物のようになってしまい、コミュニケーションをとることはまるで不可能でした」

「そうであるならば、彼らはほんとうに何らかのショックを受けていたということだろうか？」

「当初は我々もそう考えました。しかし果たしてその通りであったとして、ではいったい何が彼らをショック状態に陥らせたのでしょうか？」事件現場で稼働中だったストーリーマシンを思い出した。ある被害者はストーリーマシンを被ったまま失神していたほどだった。刑事は思わず身震いした。

「動くな！　動くと怪我をするぞ！」

怪我という言葉を聞いて、刑事はさらに不安になった。無理やり気持ちを奮い立たせて、教授には悪意がないのだと自分に言い聞かせた。たとえ何かあるにしても、彼も公然と警察官に手をくだそうとはしないはずだ……。

「もちろん、もしも一時的にショックで失神していたとしても、高い確率でしばらくすれば徐々に回復していったはずです。しかしそのうち六名はずっと失神状態が続きました。生活もひとりではできない状態で」

「よし！」教授は宣言した。「もういつでも始められるぞ！」

それから彼は続けて訊いた。「では七人目はどうだったのかね？　彼は結局回復した。そうだね？」

「そうです、教授。この部分についてはよくご存じでしょう？　彼はストーリーマシンに異常がないことを証言し、いかなるショック状態にも陥りませんでした。そのためあなたに対する嫌疑がすべてなくなったのです」しかし、彼がその後遡《さかのぼ》った失神中の記憶はあまりにも風変わりなものだったし、一般にも公開されることはなかった。

「私は当時でたらめも言っていたと思う。私のマシンは絶対に安全だと。しかし人間はテレビばかり観るとバカになってしまうと公に認められている。君たちはどうして何か対処しようと方法を考えなかったのかね？　今思い出すと、当時の自分は実に未熟だったと感じるよ！」

あるいは実に不愉快だった。刑事は心のなかでつぶやいた。

「いずれにせよ」教授は手を揉んだ。「始めることにしようか？」

それから彼はコンピューターのキーを押した。

突然、刑事は目の前が真っ暗になるのを感じ、驚いて声をあげそうになった……それとも実際にもう声をあげていたのだろうか？　というのは教授が彼の両肩を摑み、こう言っていたからだ。

「慌てるな！　深呼吸して、前を見なさい。君はまだ私を見ることができるね？」

果たして彼は、教授のやや心配そうな、そして笑いをこらえきれないような表情を目にした。

ただ、どうして突然こんなに暗くなってしまったのだろう？

それから、以前学んだストーリーマシンに関わる原理を思い出した。簡単に言えば、ストーリーマシンのアウトプットは一種の無線モジュレート技術であり、人体に侵入せずに、視神経に干渉して映像を形成する。このため肉眼の映像とストーリーマシンの映像が重なるのだ。従って現在の状況はストーリーマシンの画面が真っ暗になっているはずで、それでこんなに暗いのである。

「では、今から干渉を取り除こう！」教授は軽快に言った。そして刑事が抗議をするよりも前に、すばやくヘルメットのフロントカバーを閉じた。

真っ暗闇だ！

刑事はあいかわらず少し驚き、いぶかっていた。だが続いて光と音が現れた。そして自分がある庭園のなかにいることに気づいた。前方の大樹のもとで、ひと組の姉妹が幹を背に本を読んでいる。このシーンはじつにリアルで、それで彼は息を大きくつくのも憚《はばか》られた。目の前のふたりを驚かしてしまうのを恐れたのである。しかしすぐに自分はここでは透明人間になっていると理解した。自分の身体さえ見ることはできなかった。

年上の少女は本を読みながら眠ってしまったようだ。そして年下の少女もまじめに読書をしていないようで、しきりに顔を上げあたりを見回していた。このとき遠方からある白い影が現れ、姉妹ふたりの存在を無視して、大樹に向かって駆け寄った。大樹に差しかかると、彼は立ち止まり、上着のポケットから懐中時計を取り出して驚いて叫んだ。「いけない！　遅刻してしまう！」

前にいる、上着は羽織っているがズボンは穿《は》いていない大きな白兎を目にして、刑事は自分が今見ているのが何の物語かすぐにわかった。

そのまま、彼はこの方法でこのよく知られた物語を改めて楽しむことさえでき、それで教授にマシンを止めてもらうのを忘れるほどだった。

アリスが姉のもとに戻ってようやく、彼は時間が過ぎ去ったことにはっと気づいた。だが彼が声を出す前にはもう、教授はヘルメットのフロントカバーを開けていた。このときマシンはすでに停止しているはずだった。というのは、たとえ突然の明るい光で彼がほとんど目を開けられなくても、教授が興味津々で彼を見つめているのが彼にははっきりと見えたからである。

「で？」教授は尋ねた。

「で、何です？」刑事はやや業《ごう》を煮やして訊いた。

「あ、少し面倒に感じるんだね。それは私のマシンでバカにはならなかったということだろう？」

それは他の者がそうではないことを証明してはいないだろう！　しかし刑事は今にも口から飛び出しそうな言葉をぐっとこらえて答えた。「確かになってはいません」それからさらに続けた。「このマシンの効果はじつにリアルでした！　こんなにリアルな効果は、もしもホラー小説なら、きっと自分の肝をつぶしてしまうでしょう……」

教授は彼をじろりと見た。そのテーマを追究するつもりはないというふうに、逆に尋ねた。

「君はこの物語にどんな感想を持ったかね？　第一印象だよ。どんな感想でもかまわない」

「これはなかなかすばらしい改編バージョンだと思いました」

「改編？　うむ、よろしい。君はいくつかの細部に注意が向いたようだな。それはどんな改編かね？」

「初めの部分を除いて、物語のなかの英語のジョークの多くが削られているか簡略化されていることに気づきました」彼はこれまでずっと、そういうジョークは少しもおもしろくないと思っていた。

「案の定、優秀な刑事だ！　ひと目でポイントを見出すことができる」

教授のこの言葉がお世辞なのか皮肉なのか彼にはわからなかった。

「もし」教授はやや芝居がかった調子で言った。「私が入れた物語が完全版だったら？」

「それはありえません！」刑事は言った。しかし教授の顔に浮かぶ得意げな笑みを目にして、ある考えがふと浮かんだ。「あなたがおっしゃるのは……」

「ストーリーマシンはその人の情緒的反応を分析して物語の内容とテンポを調整する。君の情緒的反応からジョークに対する耐性のなさを判断して調整を行い、君の需要に適応させたわけだ」

「しかし教授、であるなら原著は改編されてしまいますよね？」

「では映画やテレビドラマは原著を改編しているかね？ それとも監督や演出家の改編は私のストーリーマシンよりも本格的だとでも？ これは君のためにオーダーメイドされた改編じゃないか！」教授は得意げに言う。「私がこのマシンを製作した目的は精確な文学体験のためではなく、エンターテインメントのためなんだ！ じゃあ、少し修正を加えることにしよう……」

「教授、私にはそんな時間はないかもしれないです……」刑事は抗議するように言った。

「オーケイ、では時間的制約も考慮に入れよう……」教授は慣れた手つきで小さなコンピューターに入力する。その軽やかな様子はまるで若者のようだ。刑事が何かを言う隙もないまま、すべてがまた真っ暗になった。

刑事はため息をついて、物語のなかへと入っていった。今回彼は物語にどんな変化があるのかを入念に観察しようとしたが、結果的に物語のテンポや変化は速かった。しかし修正後の内容は彼にもとても共感できるもので、そのためたとえすぐに物語が繰り返されても、自分がそれを大いに楽しんでいることに気づいた。しかも、物語の表現方法には細かな違いや、時にはサプライズもあった。最後には彼は物語が終わるのが早すぎると惜しみさえしたほどだった。あたかも自分のため息のなかに、光明を見出したようだった。

「教授！　じつに不思議な体験でした！」彼は我慢できずに称賛した。

「それでも君はまだそれが被害をもたらすと疑っているのか？」

「いえ、それは、しかし……」刑事はためらいがちに言った。「これでは何かを証明していることにはならないのでは……」彼はどうにか意を決して口に出した。

「確かに」教授は意外にも腹を立てることなく言った。「ストーリーマシンの最初期の機能は、君が見たように、ユーザーの情緒的反応を分析して物語の内容やテンポを調整し、見るたびに異なる感覚的体験をしてもらうことにあった。目標は情緒の把握と予測をますます精確にして、回を重ねるたびによりすばらしい物語体験にしていくことだ。さきほどは私が手動で君の反応を分析して最適化したんだ。私もなかなかのものだろう」

　教授の笑顔は誇らしげな様子を隠しきれなかった。「しかしストーリーマシンの機能はこれにとどまらない。これは個人記録器だ」話しながら、コインのような装置を取り出した。「これは生活のさまざまなあれこれを記録することができ、好みや人間関係がインタラクティブに引き起こす情緒的反応を理解し、それによってよりふさわしい物語に改編するんだ。私の最大の願いは、それによってストーリーマシンが一人ひとりのために最も理想的な物語を創り出せるようになること、そしてその物語はストーリーマシン自ら創り出したものとすら言えるんだ！　それは一人ひとりにとって最も理想的な人生の物語と見なせるだろう！」

「願いは叶いましたか？」

「それはわからない。ストーリーマシンは最後にはそれぞれ独立した創作者となり、ただひとりのためにだけ創作する。そしてその最後の物語が自分にとって理想的かどうか判断できるのは、その人だけなんだ」

「え？　まさかあなたじしんのストーリーマシンはまだ目標を達成していないのですか？」

「ははは」教授はから笑いして言った。「私は自分用のストーリーマシンを持っていないんだ」

「なんですって？　あなたは発明した本人なのに、自分ではそれを使っていないんですか？」

「ふん、私の製品を告発しようとしたある刑事も、これまで一度も使ったことがなく、基本原理すら理解していないらしいからな！」

刑事はまた顔を赤らめた。けれども教授は追い打ちをかけることはせずに言った。「私は職業病なんだ。ストーリーマシンを使うたびに、何か改善できるものがないかとついつい観察してしまい、物語にまったく入り込むことができないんだ。逆に君は、今から本題に入ってもいいかね？　君はいったい私のところに何をしに来たんだ？　過去を遡るだけなんて単純なことではないだろう？　刑事として、思い出せる事件はきっと多いはずだ。こんなに時間が経って、どうすべきだったかと言ったってもう遅い。今になってようやくやってきたのには、きっと何か理由があるんじゃないか？」

刑事は決まり悪そうに教授をしばらく見つめ、それからようやく意を決して言った。「じつは、半年余り前に、今の職位に昇進しまして……」

「明らかに私の事件は当時何の評価の足しにもならなかっただろうからな……あ、かまわずに続けてくれ」

「一部の資料は、以前の職位では見られませんでしたが、今は簡単に手に入れられます。あるとき偶然に、要介護者の事件の報告書を目にして、あなたの……ほら、事件を思い出したんです。その事件にはストーリーマシンは出てきませんが、好奇心が湧いたんです。過去、私が触れることができたのは、私に任された事件の資料だけでした。しかも事件が成立する前は一部の資料にプライバシーの制限があり、取得できませんでした。そこで私はちょっとした調査をしてみたんです。過去数十年でおそらくストーリーマシンが関わった事件はいくつあったのか。私が得た数字は百八件でした。もちろんこの数字は、数百万もいるストーリーマシンのユーザーの数と比べれば、どれほどの統計的意義もないでしょう。事件の数とストーリーマシンの売上数の間には何の関連もありません。しかし私が最も関心を持ち、過去には手に入れられなかったデータというのは、事件に関係したストーリーマシンが当時映していた内容がどういうものなのかということでした。調査結果は私の予想を大いに裏切るものでした」

「また何も関係がなかったのか？」

「いいえ……じつは物語の類型が相当程度一致したのです！」

「だからまた君のもともとの考えに戻れば、彼らはやはり驚いて失神してしまったということなのか？　ストーリーマシンはユーザーの情緒を分析すると私は言ったが、私の設計には安全中断システムも含まれているんだ。そんなことが起こるわけがない！」教授はかっとなって言った。

「ホラーの物語ではないんです……」刑事は困惑の表情を浮かべた。「宗教的な物語でした。揃いも揃ってすべてがです。ああ！　教授！　これがあなたをお訪ねした理由なんです。それがいったいどういうことなのか私にはまるっきりわからないからなんです！　その後私は何年も前に健康を回復した被害者の記憶を思い出しました……」

「回復した被害者？　記憶？　どうして私はこれまで聞いたことがなかったのだろう？」

「当時我々は事件と関係がないと考えていました。ですから捜査のなかでも取り上げることはなかったのです。その回復した患者には失神していた時期の記憶があるのですが、それは彼の身の回りで起きたあれこれではないのです。病院に入院したことも、医者や看護師、家族の面会に関するどんな記憶もありませんでした。その空白の期間、どうやら別の場所にいたようで、自分が自分ですらなかったようだ、と彼は言っていました……」

「それはまたどういう意味だ？」

「こう言えばいいでしょうか。彼はまるで別の誰かに憑依《ひょうい》したかのような状態だったそうです。でもそれがどんな人なのか思い出せないし、どうしてその人が自分ではないと思うのかも言えなかったのです。もしかすると、まったく見知らぬ環境に身を置いているのに、身体はその環境をよく知っていたからかもしれません。彼はその人が自分だと感じるときもあったようです。けれどもそこは彼が知っているどんな場所でも決してなかったし、そこが地球上ではないと感じたりもしたようで……」

「どうして彼はそう感じたのだろう？」

「我々も同様の質問をしました。彼が言うには、おそらく建築物の奇怪な外観や人々の奇抜な服装を見てそう感じたのだと。けれども最も奇妙なのは言葉だったと言っていました。その期間を思い出すと、なんとまったく会話をせずにコミュニケーションができたというのです。最後の面会で彼は私に言いました。後でじっくり考えてみると、自分は天国に行ったのではないかと……」

刑事は続けた。「当時の心身状態から、おそらく彼の脳が局部的に損傷を受け、それによって幻覚を生じさせたのだと医者は診断しました。しかしこれらの事件と宗教的物語との関係性は、私にこの結論を疑わせることになったのです……教授はどのようにお考えですか？」

教授は刑事の質問には答えなかった。彼は立ち上がってコーヒーメーカーの前に行き、カプセルをひとつセットして、待ちながらゆっくり歩き回った。コーヒーメーカーからコーヒーの香りが漂うと、彼はコーヒーを手にゆっくりと戻った。今回は刑事にコーヒーが要るかと尋ねることはなく自分だけ飲み始め、それから彼は意を決したように口を開いた。「いいだろう。そんなふうに言われても、ストーリーマシンが人体に損害を与えるなどまったく信じられないが、それらの事件は結局のところ私の製品に莫大な打撃を与えたのだ。しかも科学が我々に教える最も重要な教訓は、実証されるまでは、どんな推論にも疑いを持ち続けなければならないということだ。だから私はこのことについて何度も考えた……刑事さん、人類はどうして物語を聞くのが好きなのだろう？」

刑事はこの突拍子もない質問には何の準備もなく、どう答えるべきかもわからず、ただ老教授を見つめるしかなかった。

「一部の科学者はこれは人類進化の産物だと考えている。物語を聞くことで生じる感情の転移作用を通して、人類はより学習しやすくなり社会に溶け込みやすくなる。たとえば飛行機の操縦を学びたい場合、ふつうはまず飛行シミュレータを使うだろう。さまざまな物語は人類の社会生活における〝飛行シミュレータ〟である、という説だ。それなりに筋が通っているようだが、しかしこれはどうやら、夜いっしょに座って物語を聞く原始人の集落は、物語を聞かない集落より容易に生存し続けられるということを意味しているようだ。だが、ほんとうにそうなのだろうか？　それに、もしシミュレータの機能にすぎないのなら、経験の伝承こそ最も重要になるだろう。しかし、これでは人類がすばらしい物語を渇望することを説明することはできない。結局のところ知識をふんだんに盛り込んだ物語がいちばん人気のあるすばらしい物語とは限らないし、時には真逆になることさえあるからね……」

教授はさらに訊いた。「君は『荘子』を読んだことはあるかい？」

「『荘子』？」

「荘子は古代中国の有名な思想家だ。彼にはとても有名な寓話があるんだ。寓話のなかで彼はある夢を見る。自分が蝶になる夢だ。だが目覚めても、自分がまだ夢のなかなのか、自分の人生は蝶の見ている夢なのかどうかわからなかった。

その寓話から、こんなことを考えた。人類が物語を聞くのが好きなのは、物語が人類にもたらすものが我々にとって馴染み深い経験だからなのではないだろうか？　それを魂と言ってもいい。人類のこの世における生命というのは、実際には魂の、我々のこの物理的な世界への投影なのではないか？　我々の生命はおそらく魂の夢のようなもので、だからこそ我々は夢と現実を区別しようがない。そしてすばらしい物語というのは、真実の夢を扱っているようなものなのだろう。これこそが、人類がなぜすばらしい物語に殺到するのかという、真の要因なのではないだろうか?」

「興味深い考えです。でもそれとストーリーマシンにどういう関係があるというんです?」

「ここからはさらに私の想像なのだが、人類が一生をかけて追い求めるものというのはおそらく、魂のいるその世界に帰りたいということなのではないだろうか。それを天国と言っても極楽世界と言ってもいい。そして人類はとても直観的に、すばらしい物語は自分をそこへ連れて帰ってくれると思うだろう。というのはそれがもたらす経験とこの世の経験とは実によく似ていて、どちらがどちらか見極めにくいときもあるからなんだ。ストーリーマシンの発明は、まさに一部の人たちにとって自分たちの夢を達成する助けになっているんだよ……」

「しかし教授! いったいどうしてそんなことが?」刑事は叫んだ。

「数学の関数は知っているかね?」教授は答えずに質問を返した。

「なんです? 関数? もちろんです。中学のときに勉強しました。それとまたいったいどういう関係が?」

「人の魂を独立変数x、人類のこの世界の生命は魂の投射y=f(x)であると仮定しよう。もしも私の仮説が成り立つなら、物語を聞く際に、我々は似た方式で別の世界に投影され、我々はその物語世界でg(y)またはg(f(x))となる。

もしかすると、もしかするとだが、私のストーリーマシンがユーザーを理解しようとして、ユーザーが最も好む物語を創作しようと試みているのかもしれない。しかし君は、失神した被害者が見ていたのはすべて宗教的物語だと言った。これらのユーザーが追い求めていたのは天国や極楽世界に帰るということだったのか、そしてストーリーマシンには彼らがそれを成し遂げる手助けができたのだろうか？」

「教授、聞けば聞くほどわけがわからなくなります。もっとわかりやすく言っていただけませんか？」

「君の年齢なら、子どもの頃きっと新聞の連載小説を読んでいたはずだろう？　こんな経験はないかね。毎日待ちきれずに新聞を広げ、物語が次にどうなるのか急いで知りたいとばかり思っていたとか、まるで物語世界で起きた出来事が、他の紙面のニュースよりも重要で、より真実味に溢《あふ》れるとすら考えていたとか。

さらにこんな経験はどうだろう。連載の物語が終わった後、作者にもっと書いてもらい、物語の世界がその後どうなったのかを知りたい、さらには物語の世界を遊びたいと思ったりは？

これらの経験は我々に次のようなことを伝えていると私は思うんだ。人類は内心奥深くでずっと別の世界に行きたいと考えているが、しかしその世界はじつは我々がやってきた世界なのではないか？　我々のほんとうの家とは？　我々の魂のほんとうの居場所は？

では君はこう訊くだろう。それがストーリーマシンとどのような関係にあるのか、と。さっきの関数の話題に戻そう。逆関数とは何か知っているかい？　関数の従属変数を独立変数としてもうひとつの関数に代入してみよう。もしも答えが最初の独立変数であれば、もうひとつの関数は元の関数の逆関数になる。すなわち$g(f(x))=x$ならば、gはfの逆関数である。

いま我々が、xは人類の魂で、関数$f(x)$はこの世の我々だと仮定しよう。もしもストーリーマシンがちょうどユーザーのために完全な物語を創り出すなら、まぎれもなくこの人の世の関数の逆関数となる。であるならどんな結果が導かれるだろうか？」

「あなたが……おっしゃるのは……」刑事は口をあんぐりと開き言葉も出なかった。

ただ老教授が紙に大きくこう書くのを目にしただけだった。

$f^{-1}(f(x))=x$

＊

刑事は車に戻り、しばらくぼうっとしていた。エンジンをかけるでもなく、眼は老教授が別れ際にくれたプレゼントの箱をじっと見つめていたが、それをどうすればいいのかわからなかった。

箱には新型のストーリーマシンが一台入っていた。

彼はふたりの最後の対話を思い出そうとした。

「つまり教授のおっしゃりたいのは、彼らの魂はそんなふうに帰っていったということですか？天国とか極楽世界と呼ばれているところへ帰ったと？」

「彼らの魂のもともとの居場所に帰ったのだ」教授は訂正した。「そこがどんな場所なのかについては私にも知りようがない」

「それが彼らの身に起こったとあなたは信じていますか？」かなりの沈黙の後、刑事はまた尋ねた。

「私にはわからない。ただ私はずっとその謎について考えてきたが、君が今日持ってきてくれた裏の事情がその考えに気づかせてくれた。だが君が私に尋ねるなら、それが今唯一考えうる私の解釈だと答えるだろう」

「それがどんな場所なのかはわからないのですか？」刑事は考え込んでしまった。突然何かを思いついたように言った。「教授、あなたはこれまでストーリーマシンを使ってこられませんでした。であるならばその魂の所在がどうなっているのかを知る由もないということですね？」

教授はそれを聞き、嬉しそうに笑い出した。「私を見てごらん、お若いの。私の片足はもう棺桶のなかに入っているだろう。ストーリーマシンの助けがなくても、まもなくそこがどんな様子なのか知ることになると思うよ。あははは」

刑事はため息をついて、車のエンジンをかけた。それでも教授の最後の嬉しそうな笑顔が、破格の冗談を言ったことで事件当時へのささやかな報復が成功したからなのかどうかは判断できなかった。それから彼は大通りへと出て、家への道を加速していった。

バーチャルアイドル二階堂雅紀詐欺事件

伊格言

●伊格言（エゴヤン）

一九七七年台南生まれ。本名は鄭千茲。国立台湾大学心理学科、台北医学大学医学科卒業。淡江大学文学修士。本作「二階堂雅紀バーチャルアイドル詐欺事件」は、最新の小説集『零度分離（零度の別れ）』（二〇二一年）の一篇であり、テクストは同書に拠った。その世界観は長篇小説『噬夢人（夢を喰む者）』（二〇一〇年）にも連なるもので、心理学と医学に通じた伊格言らしい作品になっている。邦訳には倉本知明訳『グラウンド・ゼロ 台湾第四原発事故（零地点）』（二〇一七年）がある。

その他大多数の女性当事者と同じように、当初、葉月春奈は、少し酔っぱらって、やましさ三割と顔を赤らめるような恥ずかしさ七割で、その不可思議で美しい夢について親友の姫野亜美につっかえつっかえ話して聞かせているとき、自分がすでに今世紀最も謎めいて不思議な詐欺事件に巻き込まれているとは、まったく知る由もなかった。そうなのだ。確かに長い時間を経てようやく勇気を振り絞り、もともと隠し事をしない間柄の姫野に打ち明けたのは、これがあまりにも恥ずかしい話だったからだ。四十三歳のまともなキャリアウーマン、高学歴で仕事も順調、親子関係は良好で結婚生活も円満な、人もうらやむような幸せな生活を送っていると言える中年女性が、いったいどうして、何の予兆もなく十八歳の少年アイドルに底なしに夢中になれるというのだろう。他人からすれば、ほとんど理解できない。あるいは一歩譲って――もしもおばさまキラーの若いイケメンを気に入り夢中になっているのにすぎないのならば――ほんとうに理解しがたいのは、どうして葉月春奈はそのために夫も子も捨て、家の財産を使い果たし、元の生活が崩壊するのに任せ、ついには社会の底辺にまで落ち、挽回することもできなくなってしまったのだろうか、ということだ。

こんなことがどうしてありえるだろう。こんなに常軌を逸したことは、カルト集団のなかでしか起こらないのではないか。

うさんくさい話である。けれどももっと尋常ではないのは、葉月春奈の経験は決して例外中の例外というわけではないということだ。事件の規模はじつに巨大なのである。そしてその背後に関わる真相に、さらに疑わしい点が数多いことは想像に難《かた》くない。資料によると、西暦二一九六年三月、葉月春奈は日本の東京都中野区でその家の下の娘として生まれた。上に姉がひとりいる。父親の葉月悠良は一橋大学新聞学部を卒業し、長く東京大学文学部事務室の職員として務め、主にメディア対応の責任者を担当した。母親の宮沢大華は服飾と女性用アクセサリーのネット販売事業のふたつを柱とした商社で、長年販売部門の責任者として働いていた。言葉を換えれば、これ以上なく平凡な日本の都会のホワイトカラーの家庭である。葉月春奈の述懐によれば、彼女はこの経済的に安定した、穏やかな性格の両親のもとで、何の心配も不安もなく成長した。小さい頃から容姿端麗で、能力も秀でており、高校のときには数学、医学、生物と美術に関わる科目で才能を現した。そして東京大学医学部に順調に進学したのである。大学時代は**微生物化粧サークル**の部長を務めた（当時短い期間、タコの色素細胞の遺伝子で作った「化粧微生物」を人の皮下に移植することが流行し、従来の伝統的な化学化粧品に取って代わった。しかしまもなく微生物の生命周期に疑いが生じて使用禁止となった）。大学の外では服飾モデルをして「ミス東大医学部」ともてはやされ、何度かメディアの取材も受け、バラエティ番組にも出演した。キャンパスの有名人というにふさわしいだろう。そしてずばぬけた好成績で卒業後は、芸能事務所の誘いを断り、タレントの道を捨て、佐藤栄治記念病院の精神科に就職した。数年後彼女は正規の医学体系の基礎訓練を完了すると同時に、アメリカのジョンズ・ホプキンス大学精神分析研究所に合格して、博士学位の取得を目指した。五年後、彼女が順調に博士の学位と精神分析医の資格を得たとき、わずか三十三歳であった。

「もちろん、私の人生に挫折がなかったとは言えないわ……人生にほんとうに挫折がない人なんているはずがないじゃない？」このとき葉月は寂しそうに笑った。「でもそう言わないことにもう慣れたの。すっかりね。私みたいな人間が、自分の挫折や落胆を訴えたくても……共感する人なんて誰もいないわよね——。

でも今は違う。今はみんな同情してくれるでしょう」彼女の言葉にはむせび泣きが混じっていた。まるで胸のなかで抑え込まれたような泣き声だった。周囲に遍在している暗黒が遠方の潮流のがらんどうのような巨大な響きのなかに消えていくのを私は感じた。「同情してくれるわよね。ねえ、そうでしょう？」

西暦二二四九年十一月二十二日の夕方、日本の福島県相馬市の近郊、海岸沿いの道路のそばの簡素なカフェ。寒くどんよりとした日で、コンテナハウスの外は風が冷たく荒涼として、砂や紙くずが舞い上がり、まるでこの地を離れがたい魂のようだ。ここは市の中心の商業地域からは遠く離れた町外れだ。おそらく出入りしている馴染みの客はみな港のロボットの操作を担当する技術者だろう。私は葉月春奈とここで初めて対面した。事前に彼女は知り合いには会いたくないと率直に伝えてくれた。そこで相馬市水沢市場を離れ、ここにやってきたのだ――もともと毎日夕方、彼女は水沢市場の東側出口に近いところに店を広げ、友人のところから仕入れた流行遅れのデザインの靴下や毛糸の帽子、布や温度調節機能のない廉価な使い捨て下着を売っていた。私は値段や売上について尋ねてみたが、はっきりした返事はなく、多くを語りたがらないようだった。私は直感した。それはほんとうの商売とは言えないのかもしれない。いわゆる「友人」というのはただ単純に彼女を支援しているだけなのかもしれない。

その後家族について尋ねてみた。

「みんなはまだ東京にいるんじゃないかしら」彼女は短く答えた。

「お姉さんも東京ですか？」

「たぶんね」

「ずいぶん会っていないんでしょう？」

「ええ」彼女は自分の爪を見つめた。

「ではご両親は？　やはり長くお会いになってはいないんですか？」

彼女はしばらくためらっていた。「あの人たちに会うつもりはないわ」

「どうしてですか？」

「わかるでしょう。私の今の姿なんかで――」苦笑して、彼女は軽く手を擦《こす》った。「私には……あの人たちに会わせる顔なんてないでしょう？　あの人たちだって私のことを忘れたくてたまらないんじゃないかしら……」

公平を期して言えば、葉月春奈の「姿」は彼女が自分で思っているほどひどくはないだろう――彼女は畢竟《ひっきょう》、元「ミス東大医学部」で、あらゆるバラエティ番組に出演したユニット「高学歴美女」のアマチュアモデルだったのだ。このとき、室内の灯りは薄暗く、やつれたような彼女の年齢はもう半世紀を越えており、目元や口元は年月の刻印を免れがたいとはいえ、顔立ちは整い、彫りが深く、若い頃の清新な美しさを想像することはたやすい。そうなのだ。彼女にはもはや若い頃の美しさは確かにないかもしれない――目の前の彼女はすっぴんで、だぼっとしたスポーツウェアをまとい、むくみのある体つきで、髪は乱れ半分ほど白くなり、ずっと手入れをしていないようだった。そこには明らかに自分を諦めているという意味合いがあった。もちろん、容貌が崩れてしまったすべての男女が自暴自棄になるわけではない。私が言いたいのは、外見の衰えは、実際には内面の空虚と荒涼に起因していると感じられるということだ。このように断言できるかもしれない。それは**心の廃墟**に等しいと。しかし実際には、この「バーチャルアイドル二階堂雅紀詐欺事件」において、葉月春奈は決して特別な存在ではなく――多くの被害者のひとりにすぎないのである。統計によれば、被害者のうち女性の割合は八五・八パーセント、高学歴で経済的、社会的に高い地位にあり美しい外見の人、さらには結婚や交際関係が良好な人も少なくない。もちろん、それぞれの被害の程度は異なっている。しかし、葉月春奈のようにほとんどすべてを失った人もまた少なくはなかった。資料によれば、この詐欺事件は二二三八年に最初に発覚し、六年後の二二四四年の秋に事件の終結が宣言された――その年の五月十五日、警視庁と東京地検は大規模な合同記者会見を開き、被疑者である星野颯太《そうた》と伊織・コーネリウスのカップルを逮捕し、ただちに起訴したことを発表した。しかし事件はこれで終わらなかった。事件の内容は複雑なため、疑わしい点も多々あり、犯行方法も謎に包まれわかりにくく、噂が日毎に増していった。二か月後、産経新聞の追跡報道によって、二名の被疑者がともに日本共産党員であることが確認された。ニュースが伝わると、憶測や想像が瞬く間に広がっていった。この事件はいまだに法の制裁を逃れてのうのうとしているその他の共犯グループ、カルト集団、洗脳の手法に必ずや関係するだろうと、確かな根拠を持って考える人すらいた。さまざまな陰謀論や真偽の入り混じったニュースが出ない日はなく、議論はかまびすしかった。一方被害者について検察は二百人余りに達していると認め、メディアの追跡調査によって、数年の間に多くの被害者の身元が明らかになるということが続き、関連する論戦はいまだにやまない。社会的信頼のある老舗《しにせ》のメディアであれゴシップばかりのタブロイド紙であれ、等しく多くの報道がなされた。約二年もの間裁判沙汰が続き、検察側弁護側の双方の攻防は空前の激しさとなった。二二四六年十一月三十日、判決が下された。二名の被疑者である星野颯太と伊織・コーネリウスは証拠不十分により合議審で無罪を言い渡され、釈放された。

世論は大騒ぎとなった。しかし落ち着いて公平に見れば、それは決して意外なことではなかった――一般的に見ても、検察・警察側の最終調査の結果は穴だらけだったのだ。そして肝心の**犯行の手口**については、遺漏が多すぎて説得力を持ち得なかった。このことからも、合議審が証拠不十分を理由に有罪の主張を斥《しりぞ》けたのは、想定の範囲内と言えるだろう。けれども、だからといって二名の被疑者がまったくの無実だと言えるわけではない。週刊『アペリティフ』の非公式の世論調査によれば、星野颯太と伊織・コーネリウスが確かに詐欺犯罪者であると考える者は五六パーセント近くに及び、無実と考える一二パーセントを大きく引き離していた。一方で、二名の首謀者は関連する罪状や犯行動機について一部保留にしており、完全に自白してはいなかった。私じしんによるこの報道記事に至るまで、真相はなお闇のなかなのである。

「もしかすると状況はそこまでひどくはないのかもしれない――」私の言葉は自分でも信じることができなかった。「事件からすでにかなり時間も経っています。ご家族もおそらくもうそれほど気になさってはいないかもしれません……」

葉月春奈は黙ったままだ。彼女は窓の方を向いた。コンテナハウスのなかは薄暗く、曇ったガラス窓を隔てて、路上に残った雪は死んだような街灯の光のもと、縮こまるようにあちこちに固まっていた。まるでカンバスの上のしみのように。私の思いと言葉は一致していなかった。葉月はひどく落ち込んでいるので、直感的に彼女を慰めたいと思ったのである。けれども私にはそれが非常に困難だということはよくわかっていた。というのは、たとえひとりの傍観者にすぎないにしても、彼女が自分の家族にもたらした傷がいかに大きなものであったかを理解するのはたやすいからだ。

「では――」私は話題を変えてみた。「そうそう、以前におっしゃっていましたよね。星野颯太には一度も会ったことがないと」

「ええ、ないわ」

「イオリの方はどうですか？」もしかすると、その人物は自分たちとは同類ではないと暗示するために、日本の社会ではカタカナで、ドイツと日本のハーフである伊織・コーネリウスのことを呼んでいるのかもしれない。「イオリ本人とも会われたことはない？」

「ないわ」彼女は首を横に振った。

「当初から彼らに対して少しも疑いを持たなかったんでしょうか？」

「理性の上ではそりゃあったわよ」彼女はスプーンを動かして、カップのなかの不規則な流れを見つめた。小さな渦が彼女の眼の奥に浮んだ。「だけどあなたもきっとご存じでしょうけれど、あれは理性の問題ではないわ」彼女は顔を上げて私の眼を見つめた。「騙《だま》されたのがあなたなら、この事件に遭遇したのがあなたたなら、そんな訊き方はしないでしょうね」

「おっしゃっているのは――夢がリアルすぎるということでしょうか？」

「夢はもちろんリアルよ。でもポイントはそこじゃないの。ほんとうに恐ろしいのはね――」

「その夢の要素は**現実**と関係があるからですか？」

「ええ。それらはいつだって現実と関係している。現実と完全に混然一体になっているの……」

彼女は少し間を置いた。店の黒猫が空いている椅子に飛び乗り、その上でクエスチョンマークのポーズをとった。「言い逃れをしているわけではないわ。少なくとも私じしんはそう考えてはいない。そういうことを言っているんじゃないの。でも確かに、多くの人にとってあれは抵抗しがたいことだったと思う……」

私には彼女の判断を否定することはできない――詐欺事件の発端はじつに奇妙で、神の奇跡に近かったのだ。人は神の奇跡の誘惑にどう抗《あらが》えばいいというのか？　葉月春奈本人からすれば、二二三九年三月十四日に事件は正式に始まった——その日はホワイトデーだった。毎年二月十四日はバレンタインデーで、女性がプレゼントを選んで好きな男性に贈る。そして一か月後のホワイトデーには今度は男性がお返しをするのだ。けれどもその年、彼女の夫は初めてそのことをすっかり忘れていたのだった。

「今になって思い返しても、不思議なことではないでしょう」葉月春奈は苦笑した。「夫はその頃忙しかったのだし……」葉月によると、三月十四日当日の晩、当時野田証券総合経済研究所副所長だった夫の前田一輝は、指導学生に付き合って帰宅が遅くなり、午前一時にようやく玄関に現れたのである。「彼はひどく酔いつぶれていて、学生ふたりに支えられて帰ってきたの。私は何を言う気も起こらなかった。わかるでしょう、男はいつだってこうなのよ。あの人はふだんはいい人なんだけどね……でなかったら結婚することもなかったわけだし」彼女は仕方ないといった表情を浮かべた。「あの人は昔からサプライズにこだわるような人間じゃないの……あの人はそういう人間じゃない。どっちみち私だって気にはしない。気持ちがあればそれでじゅうぶん。けれども昔はよく事前に欲しいものを尋ねてくれたんだけど……」

「二月十四日にあなたはプレゼントを贈られたんですか？」

「ええ、もちろんよ」葉月春奈は私をひと目見たが、あまりそれについては語りたくないようだった。「それから彼は酔うと荒っぽくなっていったの……あいにくあの人の仕事には接待が多いの。早くから酔い覚ましのための類神経生物を移植するようにと言ったんだけど、彼はうんと言わなかった。そんなことをしたらほろ酔いの気持ちよさもなくなってしまうってね。あの人がいったい何を考えているのかもわからなかった。当時、敵意むきだしの眼で私を見ていることすらあった。まるでおもちゃを奪われた男の子のようにね。あの人が酔うたびに私は我慢するしかなかった。龍ちゃんが終始物わかりがよかったのが救いだったんだけど——」

「あの方は——前田さんのことですが、酔うと手をあげたりしたんですか？」なんて時代遅れな話なんだろう。平凡で使い古されたも同然だ。

「ああ、いえ、そんなことはないわ……すべて言葉の暴力よ……」彼女は少したためらっていた。

「まあいいわ、これについては特に話すこともないし。いずれにせよ当時私は離婚を考えていたの。それからその晩あの夢を見た……」

　葉月春奈の話は、明らかに彼女の夫のそれと一致しているわけではなかった。けれども私は顔色ひとつ変えなかった——畢竟それは詐欺事件そのものとは直接関係はないし、その真偽を見極めるのは私でも難しい。「桜の夢ですか？」

「ええ……」彼女はしばらく沈黙し、両の頬に赤みがさした。たとえ時が過ぎ状況も変わり、すべてはもっとも残酷な方法でもう跡形もなく消えてしまったとしても、あの最初の刻印はいつまでも比べるものもないほどリアルなのである。まるで子どもの頃に初めて口にしたキャンディのように——そうである以上、彼女にとって、すべては真実であり、麗しいのである。「始まりは単一のシーンだけだった。ええ、あの晩のことよ……私にはわからないけれど……どのみち重要なことじゃない。私は美少年と満開の桜の下を歩いていた。一月の寒い冬の日、空気もひんやりとして、私たちはふたりとも厚手のコートを着て、地面にはまだうっすらと雪が積もっていた。私はまだとても若く、おそらく二十何歳かだったと思うわ。

　その夢のなかで、最初に……そう、始まりのそのシーンでは、私たちは黙ったままだった。けれども私たちは並んで散歩していたの。小雪が舞っていて、雪の結晶と花びらがコートやマフラーにはらはらと舞い落ちた……ロマンチックで美しいスローモーションね。私の心はこの上なく温かく、リラックスして、どんな雑念もなかった。二足の靴が雪の上を踏みしめる足音をただひたすら聴いていた。その後、自分は悲しいはずだと突然思い出したの……泣きたかった。あることがずっと私を苦しめていたから……涙が眼にたまっていたわ。今になって思い出すと、なぜだかわからないけれど、その悲しみは夢の外からやってきた、夢の外から滲《し》み込んできたのだと意識していたようだった……」

「どういうことなんです？　夢の外から滲み込んできた？」私は眉をひそめた。「それは明晰夢なんですか？　自分が夢を見ているとわかっていたんですか？」

「いえ、違うの」葉月春奈は首を横に振った。眼は涙が反射して輝いた。「確信はないのだけれど……あの夢はとてもリアルだった。彼の温かい吐息や手のひら、指や顔のやわらかな感触……そのときの彼の顔立ちはまだぼんやりしていて、よく見えなかった。そう、私たちはもちろん恋人同士だった。私は突然理解したの。彼がいるから、目の前にこの恋人がいるからこそ、しばらくあの悲しみを忘れていたのだと……」

　前に述べたように、葉月春奈は決して特殊な例ではない。事後調査の結果によると、これはどうやら**バーチャルアイドル二階堂雅紀詐欺事件**のお決まりのパターンのようだった——事件はほとんどすべて、ぼんやりとしてシンプルなシーンの夢から始まっていた。夢の内容は確かに人によって異なるが、しかし構造はかなり類似しており——結果をまとめると、「**遺憾→慰撫**」パターンに単純化することができる。一般的には夢のなかで身に覚えのあるマイナスの感情を経験し、その後美少年の登場によって深く慰撫される。言い換えると、これは**定型化された癒し系の夢**ということである。記録によれば、多くの被害者はみな「マイナスの感情が夢の外からやってくるみたいだ」という言い方をしていたという。しかしこれもいわゆる「身に覚えのある感覚」と同義語なのかもしれない——リアルな生活のなかで、被害者はもうすでに長期間そのようなマイナスの感情に苦しんできたため、その後に訪れる慰撫にもちろん心を動かされてやまないし、抗うのは難しいのである。

「最初、すぐに彼が誰なのかわかりましたか？」私は質問を続けた。「ホワイトデーの最初の夢のときに、二階堂雅紀だと？」

「ええ……」

「そうですか……どうしてわかったんですか？　〝当たり前のようにすぐわかった〟という感じでしたか？」

「そうね。最初の夢は、私の印象ではそんな感じにすぎなかったから。とてもシンプルで短くて、筋らしきものもない。けれど水を吸うスポンジのように感情で満たされてしまったの……」コンテナハウスの外の灯りは明滅し、三台の大型除雪ロボットが轟音を発して走り過ぎ、ショベル部分が耳をつんざくように地面をこそいでいく。カウンターのなかのただひとりの店員が眉をひそめて身を乗り出す。黒猫は目を覚まし、伸びをすると前足の指を舐めてしっぽを立て、椅子から飛び降り、ステージの上のモデルのように歩き出した。葉月春奈は自分の爪を見つめる。細く長いまつ毛が目の下にくっきりと影を落とす。「夢から目覚めたのは明け方だったと思うわ。空は微かに明るく、部屋のなかの仄《ほの》かな青い光は、海のなかで反射する光のようだった。私ひとりだけ——そう、その当時私は元夫と部屋を別々にしてかなり経っていた。私ひとりだけだったけれど、少しも孤独を感じなかった。リラックスしているのに気だるくて、まるで全身が温かい液体に浸かってぷかぷか揺れているようだった。羊水のなかの胎児みたいに。……そうよ、ほんとうに、口にするのも不思議だけど、私は……私はようやくあの冷たく、冷たい雪と桜でいっぱいの夢から目が覚めたのよね。

それから、その一瞬に、夢のなかの恋人の名がわかったの——二階堂雅紀だと」葉月春奈はくどくどと話し続けた。「彼は二階堂雅紀という名前よ。十八で、東京の三鷹のあたりに住んでいる。私のところからもそう遠くはないわ。だけどほんとうに十八歳なのかしら？　まだ高校生の子どもなの？　彼が高校の制服を着ている姿なんてまったく想像できないわよ……卒業したばかりということかしらね？　そうは見えないけれど。ほんと不思議よねえ。手はあんなにも大きくて温かい。落ち着きがあって、頼りがいがある感じなの……」

葉月春奈の話によれば、彼女はすぐにひらめいて、起き上がって手の合図で網膜に移植したブラウザを立ち上げた（ドア越しに夫、前田一輝のいびきが聞こえてくる。獣のような荒々しい鼻息だ)。ネットで調べると、この夢のなかの〝二階堂雅紀〟は、なんと実在しており、WASエージェンシーのバーチャルアイドルであることを発見した。「名前も年齢も同じ、本籍地も現住所も完全に一致する。キャラクター設定さえもすべて間違いがなかったの」彼女は続けた。「オフィシャルページにはこう書いてあったわ。癒し系の暖男《ヌクメン》である雅紀の性格は思いやりがあり、〝きっと彼の優しさと心遣いにいつも感動するでしょう〟……。

私の直感的な反応は、これはいったいどういうことなの、だった」葉月春奈はまるで夢のなかにいるかのように話を続ける。「きっと過去のどこかでこのバーチャルアイドルの資料を見たから、だから夢のなかでこんなディテールまで正確に再現したんでしょうね。きっとそうよ——でなけりゃこんな偶然ありえないでしょう? でも私はほんとうにそんなことがあったなんてまるで思い出せないのよ。

けれど実際は、しばらくは心にも留めておかなかった……おかしいわよね。でもすごく重要ということでもないじゃない? わけのわからない夢にすぎないんだから。夜が明けると、カラスの鳴き声がしたわ。すごく近くで。屋根の上に佇《たたず》み、人々の残した、死んでしまった夢を咥《くわ》えていけるのを待っているようだった。それらの夢の屍《しかばね》。自分がどうしてそんな連想をしたのかわからない……小さい頃からカラスが怖かったの。私は水を一杯飲んで、たちまち元の煩悩のなかへと落ちていった……そう、半年前から、私の頭には離婚の二文字があった。だけど龍ちゃんのためにも、それをまじめには考えてこなかったの。龍ちゃんはまだあんなにも小さかったし……大きくなったら、雅紀のようにみんなに愛されるようになるかしら? 私はこうも思った。自分は結局〝愛のない〟生活を恐れていたのか、それとも〝伴侶がいない〟生活を恐れていたのか？私と夫は、私たちは、いつからこんなふうになってしまったんだろう？　もしも結婚生活を続けるなら、愛はないけれどそこそこの伴侶がいる生活を受け入れるということになるのかしら？……けれどもそれからずっと、自分と前田一輝との間の問題をそんなに深刻に考えないようにと自分に言い聞かせてきたの。それはよくある結婚生活にすぎないってね……私は他の多くの人より、もう幸せすぎるんだから……。

どうでもいいことを考えているうちに、ぼんやりとした一日が過ぎてしまったの。至極ありきたりで、取り上げる価値もない一日。それからその日の夜、思いがけずまた同じ夢を見たのよ……あ、あなたはご存じよね？」葉月春奈は突然私に訊いた。

「何をですか？」

「あなたはご存じよね。私たちが……つまり私たち被害者が、繰り返し同じ夢を見るってこと——」

「ええ、だいたいは理解しています」私は軽く頷いた。「でも細かいところまでは」

「同じ夢だったの」彼女は私の返事を意にも介さないようだ。「同じだけど……ディテールはどんどん増えて、シーンや筋も広がり枝分かれしていった。生気に満ち溢《あふ》れた植物の枝のようにね。同じような雪、同じように色とりどりの、キャンディ色の桜吹雪。それから谷川が現れ、水面には靄《もや》が立ちこめ、透明な水しぶきと渦が、黒く玉のようにつるつるとした川石を奏でるように弾《はじ》いていた……」このとき、窓の外は夜の闇が深くなっていき、屋内の灯りは暗く、すべての人影は霧のように次第に寄せ集まる闇のなかに沈んでいった。けれども葉月のまなざしは夢を見ているかのようで、まるで雲の背後に見え隠れする星の光のようだった。「それから私たちはとうとう前に進んでいったの。樹林の外れにある小さな家に向かって……そう、それは二階建てで、小さな玄関があり、優雅な地中海スタイルの白い壁があった。二階の掃き出し窓は落ち着いていて、温かみのある黄色い光を放っていた……ちょうど街と樹林の境界のあたりね」彼女は話を少し止めて、指で胸の前の髪をそっと巻いた。「その後何日か経って、三回目の夢を見たの。さらに数日後には、四回目、五回目と続いたわ……」葉月春奈のまなざしは母性愛に満ち溢れていた。「そんなふうに、数日おきに同じような夢を繰り返したの。そして内容はますます複雑になっていった……私はあの子の温かい鼻息や、熱帯の島のような呼吸、やわらかでたっぷりとした髪、濃い眉、ますます燃えるようなまなざしを感じることができた。彼を抱いていると、たまに生まれたばかりの龍ちゃんを抱いているように感じることもあった……ああ、こんなことを言うのはちょっとおかしいけれど、だけどそれは、龍ちゃんを胸に抱いているだけではなくて、当時の夫(そう、以前はふたりの関係はわりとよかったの)も、そばに付き添っていてくれるみたいで……」

これがすなわち事件の始まりである。葉月春奈の記憶によれば、三月十四日のホワイトデーから数えておよそ十週までの間、類似の夢を見る頻度が高まり、夢そのものも徐々に複雑になっていった。当初の小雪と桜吹雪の単一のシーンから、近くの山林や小さな街、住居や駅といったものまで増えていった。不思議なのは、たとえ夢が最後までたどりついたとしても(葉月春奈は、その年の六、七月のある時期は、ほぼ二日に一度は二階堂雅紀と夢のなかで会っていたと話し、「夢と夢は地下茎のように繋がっていた」と表現していた）、その物語には終始、その他のはっきりとしたイメージの人物は登場しないのである。「私たちふたりだけよ。私と彼、私と雅紀のね」葉月春奈は補足した。「ほとんどの夢には他のどんな人も出てこないの。たまに出てきたとしても、それは顔もはっきりとわからないエキストラみたいなのよね……」葉月の説明によれば、三か月後、彼女はふいに自分が日がな一日夢の実現を望んでいることに気づいた（正確に言えば、美少年雅紀の登場、夢のなかでの心が揺さぶられるような、思いやりのある逢引《あいび》きを望んでいた）。彼女はすでにそのなかにはまり込み、抜け出せなくなっていた。

「あの……しかしその間何らかの疑いを覚えたことはなかったのでしょうか？」私はうなった。

「あなたのご専門に基づけば――」

「もちろん疑うはずでしょう。でもあまりにも不思議なのよ……」葉月春奈はどうしようもないという表情を浮かべた。「今言った通りよ。どうして疑わないなんてことがありえる？　だけど自分が精神分析医だからこそ、どこが疑わしいのかがわからないのよ」彼女はしばらく考え込んだ。「最初はほんとうにほころびを見つけることができなくて、信じるしかなかったと言うべきかもね。私は確かにそんなバーチャルアイドルを愛してしまったの――そう、昼間にあれこれ考えるから、夜になるといつも彼を夢に見るのよ。夢のなかで彼と出会うことを……」彼女は興奮し始めた。「理に適《かな》っているでしょう？　でなければ他にどんな説明ができる？　そうよ、ユングとフロイトの夢判断についてはご存じでしょう。ビオンやガルシア・モレノといった精神分析の大御所の言葉も……けれども結局、その他にどんな可能性があるのかしら？　ありえないわ。それは**奇跡**だって認めなくちゃならない。奇跡を信じないなんてことができる？」

そうだ、どうして奇跡を信じないなんてことがありえよう。どうやって奇跡を拒絶できるというのか。落ち着いて考えれば、人がけだものと異なるところなどほとんどない（孟子離婁章句下十九）。けれども万物の霊として、いわゆる智人、ホモサピエンスとして、想像したり、偽ったり、信じたり、あるいは盲信したりする能力は、「ほとんどない」差の一部だと言えるだろう。この点から言えば、葉月春奈の問いかけは的もなく放たれた矢では決してない。そして確かに奇跡もこれにとどまらない――他の被害者と同じく、葉月春奈本人の身に起こった奇跡も似たような軌跡をたどった。二二三九年七月、彼女は初めて自腹でそのバーチャルアイドルの関連グッズ（全像投影型のホログラフィー）を購入し、公式の後援会に入る資格を得た。ハードルは高くなく、権限を得ると二階堂雅紀公式後援会のウェブサイトにログインして、彼に関連する会員限定の画像や文章、ショートフィルムを鑑賞することができた。しかしこの平凡でありきたりな行動が、葉月春奈の人生を徹底的に変えてしまったのだ――というのはここに至ってようやく、それ以前に経験したことが奇跡とはまるで言えないということに、はっと気づいたのである。

「最初にそれらを見たとき、私はほんとうに驚いてしまったわ」彼女は言った。「バーチャルアイドルにだって自分の生活があるのはわかるわよね……私は、二階堂雅紀の人物設定、たとえば年齢や性格、職業、趣味や好みを理解している。そう、彼のことが好きなの。十八歳の暖男《ヌクメン》の少年がね。彼の外見、声や性格が好きなの。ごめんなさい、口にするだけで赤くなってしまうわ…

…だけど精神的な浮気をしているという罪悪感はそんなになかった。結局のところバーチャルアイドルは本来存在していないんだから」このとき窓の外はもう暗闇に包まれ、空気中には海の匂いが漂い、コンテナハウスの隣のネオンサインが輝いていた。そして葉月春奈の瞳は、フルーツゼリーのようにゆらめく光で満ちていた。「結局その日後援会のウェブサイトにログインしてね、驚いたことに、彼の画像や文章、ショートフィルムはすべて私が彼と夢のなかでいっしょに行ったところのものだったのよ！」

厳密に言うと、葉月春奈の言い方は正確ではない——事実上、それら「すべて」が彼女と二階堂雅紀が行った場所では決してない。そこにあるのは被害者全員が**行った場所のすべて**なのである。前述したように、この事件の詐欺パターンは残された痕跡からたどることができる。どれもが「遺憾↓慰撫」として構成された、定型化された癒し系の夢が発端になっている。この点について、検察が調査報告で明確に指摘しているように、被害者の証言に基づくとすべての夢の最初のシーンは少なくとも二十六種類あることがすでに確認されている。あの葉月春奈の心を揺り動かす「小雪と桜吹雪の夢」はちょうど十九番目に当たる。

「当時私はもちろんそんなこと知るわけもなかった……」葉月春奈は言った。二二四九年十一月二十二日夜、私たちは簡単に夕食を済ませ、簡素なコンテナハウスのカフェを後にした。ロードムービーの荒涼とした風景がこの海辺の町を覆い、街灯がいくつか上空に音もなく浮かんでいる。無秩序に点在する、抽象的なデザインの光と影。海岸をそぞろ歩くと、空気は冷たく、彼女の美しく憔悴した顔の輪郭は、不規則に切り替わる光と影のなかに隠れてはまた現れた。「私にはどうすれば……ああ、たぶん頻繁に訪れるその夢が私の警戒心を完全に緩めてしまったと思ったのよ。そう、何か月も同じ美しい夢を見るなんて……それは確かに不思議なことだった。でもそれは起こったの。私がいちばん弱って、迷っているときにね。確かに、うんざりさせられるような昼間とは明らかに違う、美しく終わりのない夜よ。それが神の暗示でなければ何なの？」

私はしばらく黙っていた。私たちはもう道路沿いの小さな展望台にたどりついていた。遠くの車のヘッドライトが明滅し、波は夕闇の果てしない海にぼんやりとうねっている。「……さきほどおっしゃった」私は口を開く。「〝奇跡を信じないなんてことができる？〟とおっしゃいましたよね――」

「ええ」葉月春奈はしばらく黙ったままだった。「そう……私が言いたいのは、奇跡を信じることを拒絶するなんて無理だってこと――もしもそれがそんなふうに美しく輝いていたら、そんなふうに……もし、もしも幸いにも実際にそれと出会うことができたら……」彼女はしばらく沈黙した。「夢のなかの雪と桜吹雪はささやかな奇跡よ。癒しというのはささやかな奇跡なの。温かみだってそう。その後、そういう奇跡に次第に慣れていき、半信半疑になるのを免れなくなると、それが大きな奇跡をもたらすの。そう、夢のなかのバーチャルな恋人はなんと、いっしょに遊びに行ったすべての場所を覚えている。だからこそ考え始めてしまう。ああ、それらの夢、それらの愛しく砂糖のようにべたつく甘さは、もしかして全部ほんとうのことなのではないかと」

葉月春奈の口ぶりを聞いているとほとんど常軌を逸していて思いもよらないことばかりだ――この「ほんとうのこと」が指すのは何だろう？　それは夢なんじゃないのか？　どうしてそれが

ほんとうのことかもしれないなどと思うのだろう？　けれども彼女はさらに補足した。菌のコロニーが増殖するように、日を追って膨張し増殖する夢のなかで、彼女は二階堂雅紀といっしょにあの小雪が舞う桜の林をいっしょに離れ、ふたりの温かな小さな家と市街地を経て、最終的にある駅にたどりついた。「そう、そこは少しぼんやりとしているの……」葉月は言った。「ここまで夢が続いたのは一度だけじゃない。でもはっきりしているわけじゃないの。雅紀とここで名残《なごり》の語らいをするときもあれば、いっしょに列車に乗ってそこを離れるときもあったような……小さな駅は二十一世紀の路面電車の駅の遺跡のようだった。それはとてもノスタルジックで、古いフィルム映画のような雰囲気だった。要するに、私は最初、後援会のウェブサイトでこの駅の写真と画像、文章を見たの。そこには、その駅は越後湯沢のあたりにあると書いてあった……」

「越後湯沢？　新潟県の？」私は訊いた。「川端康成の『雪国』ですよね？」

「ええ」

「画像と文章の内容を覚えていますか？」

「え？　内容？　そんなに特別なことは書いていなかったと思うわ……」葉月はまた少し頬を赤らめた。微かな光が彼女の瞳孔のなかでぼんやりゆらめいている。

「こういう感じかしら。その土地にやってきて、古い駅を見て想像するの。遥か昔からそこには無数の人々の愛や別れ、希望が積み重ねられてきたと……」彼女は言いかけてやめた。

「他に特定の時間や場所は書かれていましたか？」

「なかったわ……」

「相手についての詳細もなかったでしょうか？　どんなことでもいいのですが、はっきりとした人物や事物、時点や地点についての記述も？」

「なかった……あ、わかった」葉月は顔を上げた。「あなたは誤解しているわ」

「え？　どういうことですか？」

「初めて後援会の公式ウェブサイトにログインしたとき、びっくりしたのは、そこにあったのは夢のなかの小さな駅だけではなかったから。夢のなかの小さな駅というのは、私がウェブサイトで最初に見つけた私の夢と関係のある画像と文章だったの……」

「だから？」

「だから私が最初にログインしたとき……そう、あっけにとられてしまったの」彼女は小声で説明した。「驚愕したの。小さな駅だけではなかった。私が彼と行った他の場所もすべてそこにあったの。私たちの桜の林や、私たちの樹木、樹木同士が抱きかかえ合う枝……私たちの雪の上の足跡、氷の下の静かな渓流、小さな街の外れの私たちの温かな小さな家……雅紀はこうも書いていた。立派とは言えない小さな家のなかで、誰かとともに暮らしたことは、消えることのない思い出だと……」

「それは、彼があなたの夢のなかで言ったということ――」

「いえ、違うわ」葉月春奈は私を遮った。「彼はウェブサイトにそう書いていたの。だから私はびっくりしてしまったのよ」

「あなたがたはその小さな家で同居していたんですか？」私は尋ねた。「そんな筋があったんでしょうか？　前はおっしゃっていなかったと思いますが――」

「あったの……」

「お話しいただけますか？」私は彼女のためらいを感じ取った。「それはどんな状況だったんですか？」

「どんな状況だったかは私にはわからない」彼女は答えた。「でもあったことはわかる。夢のなかであの小さな家を通るたびに、私たちがかつてそこで暮らしていたとわかったの……」

「どんな暮らしだったんです？　それを、夢のなかの暮らしがどんなだったかを具体的に覚えていますか？」

「私は……今は思い出せない……」

「かつて夢のなかでの暮らしを〝経験した〟と確信しているんですか？」我慢できずに私は質問した。「それとも、かつて小さな家で同居していたことを〝知っている〟だけなんでしょうか？　夢のなかのそんな印象が残っているだけではないでしょうか？」

「それは重要なこと？　そんなに興味があるの？」葉月春奈は反問した。月の微弱な光のおかげで、彼女の眼のなかに涙が光っているのにようやく気づいた。「考えたことはある？　どうして他人の生活や他人の幸せにそんなに興味を持つの？　それともあなたはそもそも他人の**幸福の壊滅**に興味があるっていうことなの？」刃物のような海風は、まるで空間のなかにもともとある、秘められた慟哭《どうこく》のようだ。「あなたはどうなの？　幸せを手に入れたけれど失ってしまったという経験はある？」

私はしばらく言葉に詰まった。幸せを手に入れたけれど失ってしまった経験？　ある、ある。数えきれないくらい。「すみません……言いたかったのは、もしも可能であれば、ディテールのすべてをできる限り確認したいということで……」私は口を閉じた瞬間、万感胸に迫った。無数のシーンが、輝きながら墜ちていく星のように頭のなかを駆け巡った。それら炎と光、濃煙と烈火、深淵の暗闇と氷のような冷たさ、海水の泡のように朝に生まれ夜にはもう死にゆく幸福。「もしもお気に触るようなことがあったのなら、謝ります。しかしこれは私の仕事なんです……申し上げておかなければならないのは、私はそれらのディテールと星野颯太とイオリの犯罪の手口には関係があると疑っているということなんです……」

葉月春奈はしばらく黙っていた。「わかったわ。話しましょう。あなたが言うディテールというのは……ほんとうにはっきりしていないのよ」暗闇のなかで彼女は、私の遮るもののない瞳孔に視線を突き刺すように見つめた。「私の抱える困難はもう多すぎるし、苦痛だってそう。私だってもちろん細かく思い出そうとしてみた。心のなかでもうとっくに数えきれないほど自分に詰問してきたのよ……だけど私は、夢が現実と重なる部分が多すぎる点が鍵だと思っている……」

「ええ……はい。なるほど」私は思案した。「わかりました。では、ウェブサイトの他の画像や文章はどうでしょうか？　他にあなたがたふたりが行ったことのある場所というのは？　小さな駅や小さな家以外にはありますか？　たとえば繁華街とか？　特定の人物や事物の手がかりはありましたか？」

彼女はゆるゆると首を横に振った。「多くはない印象だった。たいていそれらの画像や文は抒情的で内容も多岐に亘《わた》っていたし。でも彼が言及した一軒の店には同じように驚かされたの……」

「え？　どんなお店ですか？」

「アクセサリーの店よ。記憶ではその画像と文章には最後に気づいたの。最初にログインしたとき、ページのいちばん下あたりにあった文章ね」葉月春奈は説明した。「伝統的なアクセサリーとバイオアクセサリーの両方を扱う店で、洋服や香水、小さな植栽なども売っていた。夢のなかでそれは駅の跡地からは少し距離があったと思う。ウェブサイトには店名や具体的な住所は書かれていないけれど、私はひと目ですぐにわかったわ。クリックして入ってみると……雅紀は……」彼女は突然嗚咽《おえつ》し始めた。波が自らを打ち砕く巨大な轟《とどろ》きに従って、彼女の乱れ髪は海風のなかを舞った。「彼はこう書いていたの。〝だいぶ前にここで、愛する人に自らイヤリングをつけてあげたことを、僕は今でも覚えている〟……」

葉月春奈の記憶によれば、ここは、彼女と二階堂雅紀の「小さな家での生活」パターンに類似している――夢のなかでその同居生活がかつてあったと、彼女は「知っている」ようだが、確かに経験したというわけではない。恋人が自ら彼女にイヤリングをつけたというこの甘い記憶は（「まるで自分は忘れていた誕生日のその日に、サプライズで恋人から花束を受け取ったように感じる」と彼女は言った）、どうやら彼女の経験からのものではないようだ――正確に言うと、彼女の夢のなかの**リアルな歴史**からのものではない。言い換えると、夢のなかで、彼女はこういうことがかつて起きたということを「認知」しているにすぎない。

資料によれば、このディテールに関しては、検察の最終報告でも言及されてはいない。けれど私じしんは、この特異な犯罪手法は、実際にはこの詐欺事件のほんとうの犯行動機に直接関わるのではないかと推察している。捜査において、主犯が自供する犯行動機に納得できないなら、その他のさまざまな証拠によってさらに順を追って真実に迫り、遠回りで真相を追求することは、必然的で回避できない既定のプロセスだ——結局のところ**犯行動機**は真相に関わるだけでなく、量刑の軽重にも直接関係する。それは重要なことと無関係では決してないのだ。

しかしながら実際のところ、これもまた、この事件の検察の起訴状の納得できないところでもある。公の調査報告によれば、星野颯太とイオリの犯行動機には特筆すべきところはなく、金目当てにすぎなかった。調査によれば、二二三八年から二二四四年までの六年間、バーチャルアイドル二階堂雅紀は主犯の星野颯太とイオリが合資して作ったWASエージェンシー（二人が五〇パーセントずつ株式を保有）が唯一マネージメントするタレントであった。この会社の株式と会計はともに至極シンプルで、六年来の税引前純利益は合わせて七億三千三百万円、うち二八パーセントが詐欺による収入であると認定された。言うのは簡単だが、しかし問題はまさにここにある。バーチャルアイドルのマネージメントはまったく合法的な事業であるのに、いわゆる「詐欺」という説はどこからやってきたのか？

「詐欺」はどこにある？

確かに、これは弁護側の訴訟戦略のひとつだ。アイドルへの愛情と耽溺《たんでき》によって、熱狂的なファンたちはよろこんで自腹を切って関連グッズを購入する——これはファン経済の常態だ。一方

「バーチャルアイドル」という収益モデルは、二十一世紀の初期から徐々に発展し、歴史も長い。もしもエージェント企業が早くに、これはバーチャルの人間であると各方面に誠実に周知していたら（そしてその人物は実在すると偽っていなければ）、詐欺の疑いはあるはずがない。言い換えると、弁護側の言い分には明らかに非常に説得力があるということだ。しかしながらすでに述べたように、この事件の捜査時に、合計二百人余りに達する被害者の、美少年二階堂雅紀に対する耽溺は、繰り返し現れる「遺憾↓慰撫」の癒し系の夢から始まっていることを警察は洗い出していた。しかもその夢は計二十六種類にまとめられることがすでにわかった。これをもって検察は、これが星野颯太とイオリのファンに対する**精神コントロール**の結果だと認定したのである。

「いや、それはもちろん一般的なアイドルとファンの関係ではありえない」事件解決後の記者会見で、東京地検主任検察官の小保方《おぼかた》一樹は告発することを明確に公にした。「それはまったく違います。本質的には**カルト集団**に近いと言わねばなりません」

常識的に推測しても、それは確かにカルト集団だ――でなければ、二十六種類のパターン化された癒し系の夢の、二百人余りの被害者への「攻撃」をまったく説明することができない。問題は、どうやってそれを行ったのかだ。いわゆる「精神コントロール」はどのように可能になるのか？　それはある種の妖術なのか？

意外なことに検察・警察双方は、この件に対して明らかに意欲はあれど実力が伴っていなかった。最終報告において、検察は明白な証拠を提出できなかっただけでなく、故意にこの重要な部分を回避すらしていた。一方被告弁護人は、検察は故意に罪をなすりつけようとしていると公の場で告発し、人権団体もまたその懸念を明白に示したが、東京地検は終始沈黙を守り、対応しなかった。果てはメディアからの噂も出てきた。主任検察官の小保方一樹がプライベートで友人に対しこう言ったというのだ。カルト集団の東アジア社会への危害は甚大で、二十世紀末のオウム真理教が画策した東京地下鉄サリン事件以来、戒めとするべき事例は枚挙にいとまがない。これ以上の被害を食い止めるためにも、起訴はやむを得ない選択だ——「証拠については、今後何らかの進展があることを期待するほかない」

事件は明らかに検察の期待通りには進まなかった。すでに述べたように、裁判が二年続いた後、被告の星野颯太とイオリはともに無罪となった。そしてふたりはたちまち存在を隠して、社会のなかに消えてしまった。世論は、ふたりには「ファンに対する精神コントロール」という犯罪行為があったことをほぼ認めているが、明確な証拠もなく嘆息するしかない。実際、この無罪判決は多くの被害者にとっては傷口に塩を塗られたようなものなので、世間の怒りは収まらなかった。これによって一時立て続けに、メディアには被害者に焦点をあてた取材報道が多く登場したが、匿名がほとんどだった。このような報道はまた、私じしんが関係するルートを通じて葉月春奈と連絡を取る契機ともなった。しかし、落胆させられたことに、葉月春奈とその他の数名の被害者との初歩的なインタビューの後でも、この謎めいた犯罪手法に関わる僅《わず》かな手がかりすら発見できていない事実は、認めなければならない——葉月本人も含め、例外なく被害者はみなふたりの容疑者と面識がないのだ。このことはいわゆる精神コントロールとカルト集団が関係しているという説をさらに錯綜させ、見通しを立たなくさせている。言い換えると、被害者に対するこの初歩的な調査は、失敗に終わったと言えるのだ。私は決して検察より優れているというわけではない。

　前に進むことができなければ、別の道を試すほかない。被害者側に進展がない以上、他に選択肢はなく、視点を変えて加害者側に対する更なる調査を進めるしかない。ちょうど葉月春奈と面会した約一年余りの後、西暦二二五一年二月十六日の夕方、関西は神戸市北野で秘密の証言者サイトウ氏（仮名）と初めて面会したのである。当時異人館街は小ぬか雨が降り、湿り気のある冷気がまとわりついて、平日の観光名所は観光客でごった返すほどにはまだなっていなかった。オレンジと白で配色された南欧風のレストランのそばを歩く人もまばらだった。私たちはちょうどカフェに腰を落ち着けたところで、サイトウ氏はコートの内ポケットから極めて精巧な造りのシガレットケースを出し、葉巻を取って火をつけた。白い煙が細く立ち上り、周囲に香気が充満した。それがスイスの馬頭ブランドだと私にはわかった。主成分はチリのタバコ草で、シエラ・ゴルダ原産の二二四九年ものだ。それはここ三年で初めて、市場に再登場した「新」品種で――メーカーはこの品種がカラメルのざらざらした食感と、アーモンドの香り、黒酢と栗の香り、赤ワインの後味を兼ね備え、伝承が途絶えて百年以上経つが、最近になってようやく古い遺伝子組み換え記録を遡《さかのぼ》り、復元に成功したと宣伝した。白昼が次第に闇夜へと向かう時刻だった。サイトウ氏はダークブラウンの格子柄のダブルのコートをまとい、カシミヤの赤いマフラーに黒いニット帽を合わせるというこだわりの身なりをしていた。年は七十近くで白髪、物腰は優雅で、古いインテリの貴族のような風格があった。調査によると、退職して六年経つが、かつてはある調査報道メディアの上層部で責任者を務めていた。私は時間をかけてようやく面会の約束を取り付けたのだった――噂によれば彼は自ら部下に指示して二階堂雅紀詐欺事件の追跡調査をしたが、報道は事情により日の目を見ることはなかった。そう、いわゆる「事情により」とは、当然意味深長である。

「ふたりの容疑者はともに日本共産党員だった」サイトウ氏の葉巻の煙が近くの細かい霧雨のなかに溶けてゆく。「ああ、我々はこれが極めて尋常ではないことはわかっていた――それもまた私が直感的に連想した糸口なんだ。もちろん、情報はもう漏れているし、同業の競争相手も少なくない。けれども正直に言えば、我々には我々の強みがあった。我々には我々のルートがあったんだ。ご存じのように我々は長期に亘って日本の左翼に注目してきた……」彼は私に葉巻を一本手渡した。

「はい、それもあなた方の伝統と言えるでしょうね……」私はちょっと慌ててしまった――記憶では前回葉巻を吸ってからゆうに十年は超えている。この時代、**本物の**葉巻はむろんぜいたく品だ。多数の需要によって、すでに擬タバコ感のある廉価なニコチン類神経生物に取って代わってしまった。それは約一平方ミリの大きさで、人体の皮膚に吸着してごく少量の人間の血液と体液で生存し、寿命は約三か月ほどだ。「探すべき人を見つけ出すには……結局やはり人脈に頼らざるを得ないですよね？」私は彼に探りを入れた。

「私のではないんだ」彼は私をじろりと見た。「実際のところ、自分の功績にする勇気などないよ。あれは私の人脈ではなく、社内の友人のものなんだ」

「はい」彼は多くを語りたくないか、あるいは認めたくないかだと私は理解した。

「ああ、思うに私たちはふたりとも単刀直入に話すのを好むのかもしれない――」サイトウ氏は微笑《ほほえ》み、前のめりに座り直した。どうやら私の心を見透かしたようだ。「こういうことだ。当時我々はとっくに、日本共産党が非常に奇妙に変わってしまったことを察知していた。よく考えてみると、これはじつは二十一世紀半ばにあった全世界の左翼アカデミズムと政界の現代思潮についての大論争と、一部理論的に関係があったんだ。これについては今は措《お》いておこう。けれどもつまり、おそらく詐欺事件の十二、三年ほど前から、日本共産党が閉鎖的になり、ますます神秘的になっていったことに我々は注目してきた。オーバーな言い方ではあるが、ややカルト集団のような気配を帯びるようになったんだ……」カルト集団の気配――サイトウ氏の言葉選びは容赦ない。私はそう思った。「我々は、星野颯太とイオリが詐欺事件のおよそ十年前、つまり二二八年頃に日本共産党に入党したことを突き止めた。彼らふたりの党籍は大阪市党支部であると資料に明記されている」

「ああ……」私は黙考した。「しかしこれらの詳細を警察は知っているのでしょうか？　どんな正式な文書にもそんなことが書かれていたという記憶がないのですが……」

「警察はすべて知っていると信じているよ」サイトウ氏は私を見た。「結局のところ彼らは公権力を握っているわけだし。強制的な手段で共産党本部に資料を提出させることは可能だ」

「しかし起訴書類には言及されていないのでは？」

「あるいは彼らはまったく重要でないと思っていたのかもしれない」彼はこのことについてはそ

こまで気にしてはいないようだ。「我々は、日本共産党の変化の理由を確定できなかったんだ――けれどもどのみち政治的な主張について公に取り組んでいる正常な組織であれば、活動や集会、あるいは少なくとも情報宣伝によって、その理念をばらまくだろう？」彼は葉巻の灰を払い落とした。「不思議なことに、ないんだよ。まったくないんだ。十二年前から調べ始めたが、関係する記録も見つかっていない。対外的な活動も情報宣伝もないんだ。現実世界とバーチャル世界の双方でそれらは欠けている。もちろん彼らはもとから活発に活動していたとは言えないが、それについては不思議なことでもない。二十一世紀半ばの**左翼大論争**の後、全世界の共産党はほぼその影響力を失い、支持者も大幅に減ってしまった。けれども結局のところ共産党組織本体はまだ元通り万全だ。ましてやその他の国の共産党もすべて正常に運営されている状況だ。ただ日本共産党だけが、何らかの傷を負って自分のなかに閉じこもってしまった子どものようなんだ……」

「引きこもり政党ということですか？」

「君のその連想はじつにおもしろい……」サイトウ氏は笑い、そして続けた。イオリと星野が共産党員であったことが暴露されると、彼らの入党と日本共産党の閉鎖状態に入った時期がかなり一致することに、すぐに思い至ったという。このため彼は時機を逃さず即断し、すぐに部下に指示して追跡調査を行うことにした。

「だがその過程は予想外に困難だった。ほとんどの共産党員とその関係者はインタビューを拒否し、我々を拒まなかった一部の人たちはみなノーコメントばかりで、返答を避けることが多かった。党本部の暫時活動停止に関わる問題については、誰も我々と話すことを望まなかった。星野颯太とイオリに関する一切の情報に関しても、よりひた隠しにするようであった。しかしいずれにせよ、ほぼローラー作戦に近い訪問を経て、なんとかいくつかの事実をかき集めることができた。意味があるかもしれないという程度の情報ではあるのだが……」

「はい――」カフェの店員がそれとなくこちらを窺《うかが》っているということに気づいた。

「まず、星野はただの左翼支持者というだけではないようだった。彼は共産党内部の職位に大きな野心を持っていたようだ」霧雨は止《や》み、紺色の空は徐々に透明に近づき、街の周囲の異国情緒ある窓のひとつひとつに灯りがともり、まるで地上の月光のようだ。「いくつかの痕跡は彼が大阪市党支部総書記の党内選挙に立候補する計画だったことを示している。だが結局立候補はしなかった」サイトウ氏は説明した。しかし問題は、ほとんど休眠状態の政治団体が、正常あるいは異常な体制運営を内部で維持し、ましてや選挙を行うことがどのように可能なのかという点だ。

「そうだ。それも非常に奇妙だ。この〝実質的な運営〟の意味するものはいったい何なのか？　この部分は我々も同様に答えを見つけられていない」

「つまり……」私はしばし黙考した。「イオリは星野の党内の盟友ということになるのですか？」

「それはまた別の興味深い点だ」サイトウ氏は曖昧に笑った。「おおまかに言えばそうだ。我々はイオリと星野が政治上の盟友であると信じている。だが、別の資料によれば、ふたりは、初めから盟友だったわけではないようだ」

「どういうことですか？」私は尋ねた。「どの資料でしょうか？」

「申し訳ない。詳細を明かすことはできないんだ。けれどもどのみち、ふたりはその後必然的に相当緊密な盟友関係を維持したと信じている……」彼は間を置いた。「私が言えるのは――こんなことだろう。似たような言い方に君が気づいたことがあるかどうかはわからないが」サイトウ氏は私を見つめた。微かな光が彼のこげ茶色の瞳孔のなかに入り込んで見えなくなる。「基本的に、我々の多方面の調査の結果が示しているのは、星野颯太はもともと政治には何の意見も持っていない人間だということだ……」

「え？　そうなんですか？」私は答えた。「この方面にはあまり詳しくないんです。けれども星野颯太は平凡な家庭の出身で、知的レベルもおそらくそれほど高くはない。この点は意外に思われるかもしれないですね……」私はほんとうのことは黙っていた――実際、星野颯太が以前は**政治マグル**（マグルは『ハリー・ポッター』の造語で魔法の能力や血筋を持たない人を指す）であったことは、まったく知らなかったわけではない。

「彼は大阪府の生まれだ」空の光はすでに消え、青白い街灯が空気中に残った細かな雨粒を照らす。サイトウ氏はカシミヤの赤いマフラーを緩めた。手のなかの葉巻の先は次第に深くなる夜の帳《とばり》のなかで不規則に明滅していた。「家はコンビニを経営していた。ありふれたチェーンの加盟店で、責任者は母親の名義になっていた。星野颯太は二番目の子で、商業高校を卒業したが、成績は普通だった。卒業後の最初の二年は家のコンビニで働き、その後、大阪浅香山の特力屋（台湾のDIY商品を主に扱うチェーン店。TLW）の売り場の販売員となった。問題はここだ。星野の背景について、我々じしんも、メディアの同業者たちもみな追跡調査をし尽くした。しかし、彼の政治的傾向に関わるいかなる手がかりも見つけることはできなかったんだ。彼の同級生であれ、同僚、上司、友人であれ、言うことは驚くほど一致していた。彼が政治に関わろうとしていたなんて想像できない、しかも共産党の職位に興味があったなんて……。

一方で彼の恋人のイオリはそうではない」サイトウ氏は葉巻を吸って、そのときにはもうがらんとしていた通りの向かいを両の眼で見つめた。「星野の周辺にいた人たちにとって、星野はほとんどはっきりとした個性を持たないキャラクターだ。外見も平凡で、性格はまあ気さくとはいえ、悪い習慣もなければ特技もない。何の嗜好も趣味も持っていない。我々の知る限り、彼は特別頭がいいわけでも、バカなわけでもない。明確な生活の目標もないし、人生に対する特定の考えも持っていない。こんな人間が突然共産党の職位を競いたいなんておかしいじゃないか。もしも君が日々の暮らしのなかでこんな平凡な人間に出会ったら、どう思う？」彼はしばらく黙ってから言った。「仮に、もしも君じしんが、彼とはまったく真逆であれば——私が言いたいのは、もしも君じしんが、明確な目標と野心を持っている人間ならば、どう思うかね？　彼と恋人になるだろうか？」

「あなたのおっしゃりたいのは——鍵はイオリにあると？」

「我々はもちろんイオリの背景について調査しなければならなかった」サイトウ氏は明らかに私の問いへの返答を避けていた。「問題は、イオリという人間は、まったく〝背景がない〟に等しいということなんだ……」

「どういうことですか？」

「当時彼女は日本に来てまだまもない頃だった」サイトウ氏は説明した。イオリはドイツと日本の混血だが、ずっとドイツに住んでいた。まさにそのことによって、彼女の背景を調査するには困難が生じた。このため日本の司法機関とメディア界が知り得た情報は主にドイツの警察からもたらされた。もちろん、二か国の協力に関わる以上、その間の行政手続きのロスは免れない。

「こういうことだ。イオリの父親はドイツ人で、母親は日系であり、ふたりとも高校教師なんだ。ゲッティンゲンの中産階級の家庭だな。生育環境は悪くなかった。勉強の成績もなかなかいいが、ただトップクラスとは言えなかった。二〇二六年にベルリン自由大学に入学し、心理学と精神分析を専攻した。卒業後はベルリン近郊の小さな町、ポツダムの小さな心理カウンセリング・スタジオに就職し、アシスタント・カウンセラーになった。三年後、彼女は仕事をやめ、単身で日本にやってきたんだ。不思議なのは、この点について、彼女が両親や親友に言ったことは非常にぼんやりしていたということ。貯金がたまったから東京で半年過ごす。そんなシンプルな言い方にすぎなかった……」

「ギャップ・イヤーのようなものでしょうか？」私は尋ねた。「人生の方向を探すため？ それは彼女の日本のルーツと関係あるのでしょうか？」

「それは難しい」サイトウ氏は首を横に振った。「それもあるかもしれない。だが私がさっき言ったように、彼女はそれ以前はずっとドイツにいて、得ることができた情報にも限りがある。我々が知る限り、イオリの日本人の母は移民三世で、日本との関係はもう相当疎遠になっているし、日本語も決して流暢ではない。だがイオリじしんは逆に、日本語についてはまったく問題がない。合理的に推測すれば、彼女は、明らかに恋人の星野颯太よりもずっと〝考えを持っている〟と言えるだろう……」サイトウ氏は、彼らがあるルートを通じて取り寄せたイオリのベルリン自由大学時代の個人記録によって、彼女の成績全体は一流とは言えないが、実習科目の成績はトップクラスと言えるレベルに達していると知った。そして実習先は、まさしく彼女が卒業後に就職したカウンセリング・スタジオだった。「言い換えると、彼女はおよそ学生時代に順調に内定をもらっていたということだ」

「ああ……それはどんなカウンセリング・スタジオなのでしょうか？」

「君の思考回路は私とよく似ている」サイトウ氏は微笑み、口元は葉巻の煙霧がかもしだす金属的な光沢のなかに消える。「間違いなく彼女は高得点を獲得し、出来栄えもずばぬけていたことから、卒業後もそこで仕事を続けたというところだろう。しかも三年間も。もしかすると彼女にとってそれは人生で重要な経歴だったのかもしれない」彼は少し間を置いた。「だがじつは——このスタジオに問題があると我々は確かに疑っている」

「どういうことですか？　非合法なのでしょうか？」

「いや、そうじゃない」サイトウ氏は釈明した。「それはグリーン・スタジオという。スタジオそのものは見たところまったくの合法だ。グリーンはどのような意味か？　推測するに、おそらくは二十世紀の著名なフランスの精神分析家アンドレ・グリーンに敬意を表したものだろう。あるいはまた、実際にはそれはただの〝緑〟なのかもしれない。このグリーン・スタジオの法定責任者は、フランスのベルトラン・ゴーティエ記念大学の学位を持つエミリー・クレイマー博士だ。けれども彼女が取ったのは精神分析や心理学の学位ではなく、医学の学位である。ドイツ政府の調査によれば、かつてイオリが在職していた期間、グリーン・スタジオには規則違反のカウンセラー雇用が一度あったことが記録されている。しかし事態は深刻ではないということで、結局は罰金を科されただけだった……」サイトウ氏は、そのいわゆる「規則違反の雇用」の詳細は調べようがないが、しかしドイツ政府のルートから得た情報によって、理論上日本の警察もすでにある程度掌握しているはずだと言った。

「ということは？」私はたたみかける。

「ああ、結局この手がかりもその後やはり断たれてしまったんだ」サイトウ氏はため息をついた。夜空を一艘《そう》の白い飛行船が低空飛行でかすめて通り過ぎた。燃え残りが密やかに燃えるように低くうなりながら。「仕方ない。調査はそこまでだった。当時私は実際、相当に落胆したよ。君も知っているだろうが、調査報道というこの稼業は、調査してもなにひとつ収穫がないのは日常茶飯事なんだ」彼は私をちらっと見た。「君だって同業者だろう。よくわかっているはずだ。これじたいはどうということはない。よくよく考えてみると、私は期待しすぎたのだろう。膠着《こうちゃく》状態が長引けば、ある程度は突破できるだろうと思い込んでいたのだが——しかもすべての人々が注目している事件でもあるし……。

ところが数か月経って、新たな可能性が出てきたんだ」サイトウ氏は説明した。彼がプライベートで親しくしている友人が折よくベルリンに出張することになった。そこでその友人にわざわざお願いして現地で簡単な調査をしてもらうことにした。「彼はこの方面では素人で、経験も乏しく、業界人でもない。そもそも期待はしていなかった。しかし結果は意外にも予想よりよかったんだ。我々はグリーン・スタジオからは手がかりを摑むことはできなかったが、別のところからの情報をいくらか手に入れることができた」彼はしばらく黙り、葉巻の火を消した。私は、葉巻のなかで**香りの微生物**が放つ微細な、ため息のような音が聞こえたような気がした。「イオリは大学時代から政治的で話題性のある団体の運営に参与していたし、より規模の大きな学生運動にも加わり連絡を取っていたことがわかった。彼女は友人は少ないが、一部の人たちがイオリの思想はとても特別だったと考えているのも確かなようだ……」サイトウ氏は説明した。これら新たな情報の提供者である「証人V」はじつはイオリと昵懇《じっこん》なわけではない――実際、社交方面においては、イオリと星野颯太はよく似ているかもしれない。彼らはともにほんとうの親友はいなかったのだ。「簡単に言うと、証人Vは、イオリはどうやらかつて〝自由意志〟に関心を持っていたらしいということを摑んでいた」

「自由意志？」

「ああ、そうは言っても哲学的な、あるいは神経科学における自由意志のことではない」彼は急に笑い出した。「私の言い方は保守的すぎるかもしれない――いいだろう、訂正しよう。イオリは、いかに**他者の意志を変える**のかということに強い関心を持っていた……」

「他者の意志を変える？　え――」私は驚いた。「どういうことですか？　精神コントロール？　洗脳ということですか？　二階堂雅紀のような詐欺の手法に類似したものですか？」

「私にはそのように断定することはできない――」サイトウ氏は態度を保留した。ディナータイムが近づき、何人かのきらびやかないでたちの観光客が好奇の視線をこちらに向けて、勝手に店のなかに入ってきた。それは四名の若い女性で、それぞれ洗練された化粧を施し、照明のもとその顔立ちは現実とは思えない比類のない美しさだった。「うむ、考えてみたまえ。理論上、政治的志を抱いている若者にとって、〝政治宣伝〟ということに強く注目することは決して不思議なことではない。自分の理念をいかに多くの人に受け入れてもらうようにするかというのは誰しもがきっと考えたことはあるだろう。だからこそ私は終始自分に、それらの情報の意義を過度に大きく見積もらないようにと言い聞かせてきたんだ」サイトウ氏は少し間を置いた。「だがひと言で言えば、証人Vの考えは、イオリが関心を持ついわゆる〝説得〟あるいは〝情報宣伝の戦略〟は、ほぼ完全に精神か意識に偏っているというものだ——」

「わかりました」私は言った。「彼女の**説得**が指すのは、一般的に言う説得では決してないと……」

「それは証人Vの個人的な意見だ」サイトウ氏は言った。「さっきも言ったが、証人V本人はイオリとはそれほど親しくないと言っている。我々はそこは割り引いて考える方がよかろう。だが——」

「わかります。一般に政治的に言う説得や情報宣伝は、言うまでもなく論述や理を説くことによって利害を分析し、情で相手の心を動かし、矛盾や怨恨を扇動すらしながら、できうる限り相手の支持を勝ち取るということです。けれどもイオリはそうではなかった。彼女はおそらく純粋に心理的な側面の技術に重きを置いたのでしょう……」

サイトウ氏は微かに頷いた。彼は周囲を見回して、身を乗り出した。「それはより内密な技術だ。はっきりと言おう――彼女の学んだことと直接関係している」

夜の寒気が襲った。あたかも脊椎《せきつい》のなかを黒蛇が首まで這《は》い上がってくるようだ。「それは想像しがたいですね……」

「かなり想像しがたいことだ。もしも実現したら、非合法の可能性が高い」サイトウ氏は小声で言った。私は突然、優雅な彼がこのときにはやや芝居がかっていると感じた。「だがそれでも強調しなければならないが、すべてはこの情報源の人物とイオリとの無意味なおしゃべりにすぎないという可能性を排除はできないんだ――結局のところ彼は自分がイオリと決して親しいわけではないと認めている。しかも、仮にイオリが確かにそのような志を持っていたとして、彼女の孤独な、あるいは慎重な性格から見れば、特別に親しいわけでもない友人にそれらを明かす必要もないだろう……」

この影響ははかりしれない――サイトウ氏の慎重さは理解できる。しかしこれは重要な鍵と言える情報ではないだろうか。大胆に仮定すれば、この領域においてイオリが研究を続け、一定の成果を出して、さらには自分が心理カウンセラーの立場にあることを利用して他者への精神コントロールを行ったのかもしれない。「それゆえ――」私は質問を続けた。「証人Vはふたりの間の具体的な話の内容を言っていないのですか？」

「たとえ彼が言っていたとしても無駄だ。私の友人に詳細に話を聞いたんだが」サイトウ氏は説明した。情報は限られており、イオリが確かにこの方面に関心を持っていたことしか突き止められなかった。それに結局、すでに時は過ぎ、状況は変わって久しいのだ。当時イオリと証人Vはふたりとも学生だった。合理的に推測すれば、たとえイオリが主観的には積極的な態度だったとしても、客観的に見ればおそらく具体的な実行能力には欠けていただろう。

「そうですか……」私は黙考した。「わかりました。ではその後はどうなったのですか？　ここまででしょうか？」

「ここまでだ。手がかりもまた暫時途切れてしまった。ああ――」サイトウ氏は突然立ち上がった。私はここでようやく、夕飯時の人波がもう溢れているのに気づいた。通りであれ近隣のレストランであれ、声や影がゆらめき、話声や足音、食器がぶつかる音などが響き、どうやらこのとき、この地の日常がようやくちょうど始まったかのようだった。「だいぶ人が増えてきたね。歩こうか？　歩きながら話すというのは？」

ほんとうのクライマックスがついにやってきたのだろうかと私は思った。我々は勘定を済ませてカフェを後にし、街へと向かう下り坂をゆっくりと歩いた。店や小さい博物館の窓が美しく輝いていて、灯りの影が多く散らばっている。しかし一部の博物館はすでに閉館しており、掃き出し窓のガラス越しに、昼間の機械的な動きが停止した一瞬を、**無作為な生活**の活きた標本として通行人に示しているようだ。「すべてが無駄だったかと言えば、必ずしもそうでもない」サイトウ氏は言った。「だが大まかには、我々はひと通りの挫折を迎えることになったと言えるだろう。日本共産党の方面からであれ、星野颯太とイオリの側からであれ、我々はいつもぼんやりとしたある図像、ある連続体の切断面を目にしていたんだ――その切断面の模様は非常にはっきりとしていて、微細なものがすべてさらけ出されていた。まるで何かを強烈に暗示しながら、示しかけて結局はやめてしまい、結果のすべてを回避しているかのようだった。

　だがほんとうのことを言えば、私は終始諦めることはしなかった。結局、我々にまったく収穫がなかったわけではない。かつてそれらの材料を整理して公表しようとしたが、同僚に止められた。彼らの心配は理解できる。自分でさえ二の足を踏んでしまうのだから。それでその後我々はついに報道することをやめた。そうだ、新聞記事の完成度という点から言えば、読者にまとまった物語を提供することはできない。それは物語のひな型とすら言えない。すべての疑惑や憶測はみな確かな裏付けを欠いている」サイトウ氏は突然こちらを向いて私を見つめた。私はふたりの足音が石畳の道のがらんとしたなかにこだまするのを聞いていた。「だが正直に言えば、もしもこれだけだったのなら、これが私の知り得た最終的な結果であるなら、君との面会を受け入れなかっただろう……」

「そうなんですか？」私にはわかっていたがわざと訊いた。「どうしてですか？」

「というのはその後また奇妙なことが起こったからなんだ」サイトウ氏は微笑んだ。背景の光の色はカラフルとはいえ、このとき彼の顔は繁華街にランダムに現れる暗闇と孤独な寂しさのなかに隠れて、エドワード・ホッパーの名作〈ナイトホークス〉の声のない空間のようだった。「非常に奇妙だった——もしもそれが**神の奇跡**と呼べないのなら……」

「神の奇跡ですか？」神の奇跡？　私はひらめいた。それはちょうど詐欺事件の被害者葉月春奈の言葉と重なる——港湾地区の荒涼とした道路、工場エリア、解け残った雪、野犬、そして雑然とした砂石地。すさまじい海風のなか、そのときにはもうほとんど何も残っていない彼女が、自分と二階堂雅紀の夢のなかでの出会いをそんなふうに形容していた。そうなのだ。人間は神の奇跡を期待するものなのだろうか？　残酷で、穢《けが》れた、荒々しい、しかも人に愛着の気持ちを少しも起こさせない世界のなかで咲き乱れる、ハレーションのかかった清らかな花を期待しているのだろうか？

そんなことはありえるのか？　人が神の奇跡に向かって抱く妄想は、潜在意識のなかにある避けることの難しい弱点に根ざしているのだろうか？

「あれは一年余り前のことだ。私の退職からはもうかなり経ってしまった。こういうことがあった。退職前に、小さなメディアの取材で自分の仕事人生を話してね、今回の調査がもたらした心残りを少し話したんだ」サイトウ氏は説明した。「実際には曖昧に話したのだが――そう、詳細は伏せていた。首尾よく報道できなかったことにはもちろん触れることはできない。当然〝二階堂雅紀詐欺事件〟だと直接明言することも避けた。だが業界内でこのことをよく知っていれば、おそらく難なくわかってしまうだろう」サイトウ氏は説明した。いずれにせよ、時は過ぎ状況も変わった。主犯はとうに行方知れずで、すべては忘却へと徐々に向かっている。「私は少し気が楽になったよ……その後、意外にもあることがきっかけでR教授に出会った。彼は私がその記事に出てきたサイトウ本人だと知ると、個人的に連絡を取ってきた。あの記事を読んで、私に提供したい情報があると言うんだ……」R教授は京都浅野医科大学神経医学系の元教授で、専門分野は解剖学、とりわけ霊長類の中枢神経が主な対象である。R教授によると、二階堂雅紀詐欺事件において、彼は東京地検と警察が諮問する専門家のひとりだったという。

「要するに――」葉巻の煙に焼かれたのかどうかはわからないが、サイトウ氏の声はかすれていた。しかしこのとき、周囲に遍在する暗闇のなかで、彼の瞳はきらきらと輝き、まったく疲れを感じさせなかった。「ひと言で言えば、不思議なことだ。警察に記録されている計二百人余りの二階堂雅紀詐欺事件の被害者のうち、当該時期において相当高い割合で、**その他の生活習慣に明確な変化**が現れている……」サイトウ氏はそう言った。これはもちろん非常に疑わしいことで、事件を捜査しているなかで発見された。そこで警察はわざわざR教授に関係資料を調査してもらうことにしたのである。そしてR教授ももちろん喜んで専門的な見地から貢献した。しかし調査が終わっても、いかなる具体的な結論も導き出せなかった。そしてこの件はうやむやのまま棚上げにされた。「だがこのR教授が私に明かしたのは、数年経ったある日、いつものように学術資料を調査していたときに偶然関係する研究に出くわしたそうで、天啓に打たれたように、彼は突然理解した。そのいわゆる〝生活習慣の変化〟はひとつの例外もなく、すべてある種の**依存現象**に変化していたのだ……」

「依存？」私は狐につままれたようだった。「どういうことですか？　何の依存になったんですか？」

「ここでいう依存は、実際には非常に幅が広い。一般的に言われる依存、たとえばドラッグや薬品、アルコールなどが関わる症状とは完全に同じではない。R教授が当初どんな手がかりも見つけられなかったのも無理はない……」サイトウ氏は説明した。「例を挙げると、ある人は二階堂雅紀を夢に見る前に突然アルコール依存症になった。ある人はアルコール依存症まではいかないが、突然寝る前に晩酌をするようになった。ある人の徴候はあまりはっきりとはしなかったが、〝二階堂の夢〟の期間にパズルと料理にはまるようになった。ある人は毛糸を編むのが大好きになった。一部の人はネット依存やテレビゲーム依存になったようだ。

これらの依存症状は実際比較的わかりやすい。しかし問題は、これらの症状はほとんど〝二階堂の夢〟と同時に発症しているということだ。考えてみたまえ。もしも被害者が二階堂のオフィシャルサイトを眺めるのにはまったなら、どちらがどちらかまったく見分けがつかなくなるだろう……」

「あ、わかります」私は眉をひそめた。「はい、おっしゃる通りです。それは確かにはっきりしませんね……」

「だからR教授は当初まったくどんな結論にもたどりつけなかったんだ。警察もそれほど大きな期待は抱いていなかったようだ——おそらく彼らじしんもそれがじつに無理なこじつけだと考えていたのだろう。だがR教授が考えを変えたときには数年が経過しており、裁判はとっくに結審していた。R教授は改めて東京地検に連絡をしたが、向こうの態度は積極的ではなかった……」

「なぜです?」

「理解するのは簡単だ」サイトウ氏は言った。「これは意外ではないと思う。まず、捜査を再開するにはまったく新しい証拠が必要だ。これがまったく新しい証拠と言えるだろうか? この点だけをとってみても意見が割れるだろう。それに、これは明らかにあいかわらず星野とイオリを有罪にするには足りない。我々は当初この傍証の意義をはっきり理解できなかったのだ——もしそれを傍証と呼べるのであればの話だが……」

私は主任検察官小保方一樹の〝カルト集団〟に関する個人的な意見を思い出した――彼はかつて友人に、起訴せざるを得なかったのだとほのめかしたことがあるという。というのは第一の任務は犯罪行為を食い止めることだからだ。その後、有罪にするにじゅうぶんな証拠があるかどうかは、「今後なんらかの進展があることを期待するほかない」とした――もしこの噂がほんとうなら、検察側は無罪判決について明らかに早くから心の準備ができていたということだ。捜査再開に及び腰なのも、想定内と言えるだろう。

「R教授にはさらに一歩進んだ推論はないのでしょうか？」私は質問を続けた。「もし――」

「もちろんある」サイトウ氏は狡猾な笑みを浮かべた。「もちろんだ。それがまさに、もしかすると君の助けになるのではと考えているんだ」

「え？　つまり……」

「それらの依存症状にはもちろん意味がある」サイトウ氏は説明する。「こういうことだ。古くは二十世紀から、いわゆる〝依存〟について科学界には当然多くの研究がある。最初期の研究の論点もいろいろあって複雑だ。私だって専門家ではない。だがひと言で言えば、**ΔFosB**と呼ばれる遺伝子をマーキングした人間がいるんだ。この遺伝子は人間の脳のある特定の位置の特定の神経細胞の働きに影響を及ぼし、人間の依存症状に対するプラスのフィードバックを強化する――言い換えると、その依存症状によって普通の人よりもより大きな快楽を得るということだ――そのためよく依存に陥りやすくなる。しかしこれは仮説のひとつにすぎない。その他の器質性の研究にもおびただしい成果が出ているんだ。それは人間の脳内の各種構造に関わっていて、側坐核や尾状核、右前頭葉、左線条体などを含んでいる。我々一般の人間がまったくわからない解剖学の細かな情報だ……。

こうした細かな情報はもちろんすべてR教授から教示されたものだ」サイトウ氏は言った。「今となってはむろんうろ覚えだよ。けれどもいずれにせよ、二十一世紀中葉以降、我々は、依存症状と精神医学における**強迫性障害**が極めて似通った解剖学的特徴を共有していることをおおよそ確定できるようになった。希望があるように聞こえないか？」彼は少し間を置いた。「その後に転機が訪れたんだ——不思議なことに、この方面にはしばらく後継者がいなかった。依存症状と強迫性障害の解剖学的構造については新たな確証はいまだ得られていない。あるいは当時の科学技術が支援を続けることができなかったことと関係しているかもしれない。その後、周知の通り、類神経技術の飛躍的な発展に従って、脳科学の研究方法はたちまち**類神経生物の方向**に舵を切った。科学者たちはほぼ全面的に、もともと解剖学的に答えを求めていた研究方法を放棄して、類神経生物を基礎とする研究方法にシフトしたんだ。

これは詳細に見ていくとやや複雑だ……移植した**類神経生物**は中枢神経のなかの千万単位の神経細胞の瞬間的な状態と全面的に感応し、記録することができる。その機能は強大だ。もちろん解剖学的な研究よりずっと効果的で速い。それは撮影と少し似ている——これら類神経生物の登場によって、科学者たちは精密な全像高速撮影機を手に入れたに等しいんだ。カメラは脳にピントを合わせている。すべての化学物質の伝送と電位変化が記録され確認されたとき（たとえ完全に精確とは言えないとしても）、伝統的な解剖学の方法を使いたいなどと誰が思うだろう？

もちろん我々のこの時代の前には、科学界のいわゆる〝類神経生物への転向〟に確かに見逃すわけにはいかない階級的なギャップが伴っていたのも事実だ。当時はそれら**研究用の類神経生物**の生産はあいかわらず極めて高価だったし、資源も限られていた。多くの場合、国家安全保障レベルの機密技術に分類されたんだ。だいたいにおいて財閥や国の支援を獲得できなければ、手に入れることは非常に難しい。いずれにせよ、ごく少数の研究機関しか負担できなかったんだ。これについてはさておき――」

「ちょっと待ってください、サイトウさん」私は我慢できずに笑ってしまった。「詐欺事件がまさか科学の歴史と関係があるなんて思いもよらなかったです……」

「私も同じだよ――」暗闇のなかでサイトウ氏が恥ずかしそうに微笑んでいるのを感じた。その直後、私は突然気をとられてしまった――私は思った。サイトウ氏のようにあかぬけて、体格もよく、品があり、博識な男性は、若い頃きっと女性にもてたんだろうと。「そうだ。もともとこれらについてはまったくわからんのだよ」彼は続けた。「誰がこんなことを考えついただろう？　この神秘的な、はかりしれないめぐりあわせを？　もし私があれほど早くに引退しなければ、あるいは引退したときにあの取材に応じなければ、私にそれを告げる人など現れなかっただろう……」我々はちょうど下り坂に差しかかり、グレーのスレートの丈の低い壁の外側をゆっくりと歩いていた。芝生を隔てた、壁の奥の建物の輪郭が雨上がりの白い靄のなかに見え隠れしている。それがこの地の精神科病院であることを私は知っていた。歴史は古く、少なくともゆうに一世紀は超えている。そして今もなお運営されている。合理的に推測すれば、このときこの巨獣はあいかわらず非常に明るい灯りのなかで、無数のさまざまな個体から発せられるうわごとや幻の夢、あるいはホラー映画のような妄想を静かに呑み込んでいるのだろう。

「さて、それから類神経生物の時代がやってきたんだ」サイトウ氏は話を続ける。「R教授によると、この後、依存現象の研究は徐々に〝脳全体〟に移っていった。さっき触れたが、類神経生物を媒介とした研究は人類の中枢神経内部に焦点を合わせた超高速撮影機のようなものなのだ――そして、科学界は突如気づいた。依存現象においては、大脳全体に、さらには脊椎を持つ神経細胞の放電にさえ、決まったモデルがあるということだ。関わる範囲はさきほど言った特定の神経細胞の部位を遥かに超えている。

当然だ。一部の特定の解剖部位はあるいはこの放電モデルのなかで重要な役割を演じているのかもしれない。だが要するに、やはり中枢神経全体に対して全面的な観察を行って初めて有効か判断しうる。一方我々の時代において、研究に類神経生物を用いるのが普及し始めてからも、この研究は注目されているんだ」サイトウ氏は私の方を向いた。彼の後ろでは古びた精神科病院の弱い灯りがカーテンのような白い靄の向こうで明滅していた。「たとえば有名な動物学者のシェプレサは……」

「ああ、シェプレサ……」私は間を置いた。「イルカの言葉を理解できるあの女性ですね……」

「そうだ」サイトウ氏の歩くスピードが落ちた。「だいじょうぶかね？」

「だいじょうぶです」私は答えた。「ちょっと寒くなったみたいですね」

「ああ。そうだね……」私たちはちょうど周囲の無作為な暗闇から、空中に浮かぶ街灯のぼんやりとした青い靄のなかに足を踏み入れるところだった。光る靄のなかに、サイトウ氏の顔のほてりが見え隠れする。「少し寒くなったようだ……」

「サイトウさん――」私は急に何かを思いついた。「さきほどおっしゃった、イオリのベルリンでの最初の仕事、グリーン・スタジオの運営者、クレイマーについてですが――」

「ああ、私もちょうど話そうと思っていた」サイトウ氏は微笑んだ。「クレイマーは医学博士の学位を持っている。彼女の状況を調べるのは困難だ――ちょうどR教授からそうしたことを聞いた後、私はまだネットニュースの仕事をしている友人に連絡して、エミリー・クレイマーの個人情報を詳細に調査してもらうよう頼んだんだ。その後になっていきなり、エミリー・クレイマーが彼女の本名でないことがわかった」

「なんと偽名だったのですか？」

「正確に言えば仮名だろう。彼女がグリーン・スタジオを開設し、患者にカウンセリング治療を行っていたときには、つねにエミリー・クレイマーという仮名を使っていたんだ」サイトウ氏によれば、その後の追加調査で、これ以外の場所でクレイマーという仮名を使っていた形跡は見つからなかったという。言い換えると、この仮名はおそらくまさに「グリーン・スタジオ専用」のものだったということだ。これは、グリーン・スタジオが少額の罰金を科せられた理由とも推測される――彼女は自分の本名を隠してはいたが、その他の違反事項はなく、いかなる揉め事も起こしてはいなかった。「少なくとも公的な記録には、いかなる犯罪の痕跡も見当たらない」

「ということは彼女の本名は――」

「本名はローラ・ツィーグラーだ。本名がわかったおかげで、彼女の博士論文にたどりついた。そうだ、一部の男性のバーチャル・リアリティにおける**セックス依存現象**と題されたベルトラン・ゴーティエ記念大学の医学博士論文だ――」

私はぞっとした。「それは医学論文で、精神分析の学位ではないんですね――」

「そうだ。精神分析でも、心理学でもない。医学論文だ。ほぼ純粋な器質性の研究だ。正式の題名を今でも復唱できるよ。『腸管ウイルス一〇九型感染者のバーチャル・リアリティ下におけるセックス依存現象の研究――三十歳から五十歳までのアジア男性を例に――』」

「暗記なさっているとは……」

「どういたしまして」私たちは向かい合って笑った。

「しかし――腸管ウイルスとはなんでしょう？　セックス依存とは？」

「論文は公開されてはいない。たとえ読めたとしても私は門外漢だし、いずれにせよどういうことなのかわからないだろう。しかもその大学は今ではもう閉校してしまい、存在していないんだ」

「え？　どうしてですか？」

「推測するに学術的な成果が芳しくなく、さまざまな面で基準を満たせず、教育主管機関に募集停止を命じられたんだろう」サイトウ氏が言うには、そこはもともと三流大学で、学術レベルも疑わしく、募集停止をめぐるプロセス全体には疑義を差しはさむ余地はなさそうだ。このとき、精神科病院はもう私たちのすぐ後ろにあった。偶然にも、私たちはちょうどゲルマン風の街並みを通り過ぎるところだった。ドイツ風の建築群が小さな石段の広場を取り囲み、子どもたちが両足でスケートボードを挟んで石段をジャンプしている。近くの街並みのほとんどはレストランやバー、スイーツの店や土産屋に改築されており、少ないながら私人の邸宅もあった。野外の舞台には誰もおらず、停止ボタンを押された夢のようだ。「しかし大学はどうでもいいんだ。ポイントはだね、これは後にR教授が提示した情報の一部と明らかに何らかの奇妙な関係があるということなんだ——」

気温は下降し続けていた。明らかに氷点下まで下がっており、枯れ枝の巨大な樹影が周囲の濃度が異なる暗闇のなかに落ちていく。私は、全身から汗が噴き出て、手のひらが湿ってひんやりするように感じた。心臓の鼓動が私の鼓膜を打つ。二階堂雅紀詐欺事件が私の仕事と生活に入り込んでからというもの、真相までの距離はあと僅か一歩にすぎないと感じないことはなかった——たとえその後にそれが確かに錯覚だったと何度も証明されたとしても——けれども私は、今この瞬間のような身に覚えのない恐怖を感じたことはなかった。そう、恐怖だ。それはカルト集団であり、精神コントロールなのだ。私はほとんどそのように認識した。多くの人の見方も私とそう違わないと深く信じていた。しかし、カルト集団とは何なのか？　私はカルト集団の何たるかをほんとうに知っているのか？　私は**精神コントロール**がどのような意味を持つのかをほんとうに知っているのだろうか？　私にとって、まさかそれはある種の**未知**ではあるまいか？　もしも我が身をそこに置いたなら、他人による精神コントロールを運よく免れることができるだろうか？　またあるいは、人類の霊魂は、まさに「地球意識」のイヴ・シャラメが言うように、「価値もなく頼りにもならない」のだろうか？　長年私は数えきれないほど自問することを免れなかった。しかしながら自分の一生を使い果たしても、ほんとうにそれが何なのかを**確かに知る**ことはできるのだろうか？

「それで私とR教授はその後に何度も会うことになった」サイトウ氏はニット帽を取った。びゅうびゅうと音を立てる冷たい風が彼のボリュームのある白髪を吹き上げる。「彼は同じようにエミリー・クレイマー、あるいはローラ・ツィーグラーの博士論文を読むことはできなかった――もしかするとそれは本質的に一般的な学術基準に適っていなかったのだろうか？　それでも彼はすっかり興味を引かれたんだよ。彼がどんな方法で自分じしんの好奇心を満足させたのかはよくわからない――そう。私は〝彼じしんの好奇心〟と言った。冷静かつ公平に言っても確かにそうなのだろう。二階堂雅紀詐欺事件での挫折はもはや私だけの挫折ではないのだから。R教授だって同じように内心悔しい思いをしていたのは私にもはっきりと感じられた。それはもしかすると、まさに彼が当初私に連絡を取ってきた最初の動機なのかもしれない。それから、彼はあることに気づいたんだ……」

サイトウ氏はコートの内ポケットから電子ペーパーを一枚取り出し、それを私の前に広げた。暗闇のなか、電場には何かが立ちこめている。無色無臭のぼんやりとした光がまさに紙面から化学の溶剤のように立ち上り、空気中で揮発して消えた。どうやらそれは一枚の地図のようだ。図の中央に青い点が煌めいている。

「これは何ですか？」

「日本地図だよ。ここが」サイトウ氏は青い点に軽く触れた。「ここが我々が今いる地点だ。それからこれを見てごらん」

サイトウ氏は地図をドラッグし、東の方へと動かした。地図には東京都日本橋と表参道一帯のふたつを中心として、二十近くの赤い水玉が分布している。サイトウ氏は、それは二二三八年から二二三九年にかけての二階堂雅紀詐欺事件の被害者の住所だと説明した――もちろん、東京都に限ったものではあるが。

「こんなに集中しているんですか？」私は尋ねた。

「非常に集中している。これはR教授が持っていた資料だ。資料がどこから来たのかははっきりしていないがね――彼は明かしたがらなかったから。もしかすると彼が警察の顧問を務めていたときに合法的に手に入れたのかもしれない」この資料を手に入れると、彼は自腹で私立探偵を雇い付近を調査したのだとサイトウ氏は言った。「その作業は予想したよりも困難を極めた。事件発生からもう十数年も経っていて、多くの被害者はすでに転居していたからね。けれどもいずれにせよ、困難を経て、我々はふたつの事実を確認したんだ。

第一に、それが二二三八年から二二三九年の計二年に亘る東京都の被害者分布とは言っても、実際には、被害者全員が二階堂雅紀と〝恋の闇に迷っていた〟時期に当てはめれば、そのすべては二二三八年九月から二二三九年三月のおよそ七か月間に集中していた。第二に、ここにおいて、当初警察は都の公共衛生部門と協力して〝疫学調査〟のような作業を行った……」

「**疫学調査**？」私にはわけがわからなかった。「疫病？　伝染病ですか？」

「そうだ。伝染病の感染ルートの追跡調査のようなものだ」サイトウ氏によれば、実際には、当局は詐欺事件被害者を中心に、二二三八年九月から二二三九年三月の計七か月間のすべての接触者――被害者の家族や友人、日常で顔を合わせた者も含めて割り出し、その間の双方の行動関連について質問したのだという。

「そ……それは奇妙すぎます……」私には解せなかった。「つまりそれは一種の伝染病ということでしょうか？　二階堂雅紀に夢中になるのは伝染病だと？　そんなことがありえますか？　もしかするとじつはそれも一般的な通常捜査にすぎないのでしょうか？」

「それは合理的な疑問だ」サイトウ氏は顔を撫でてニット帽を被った。「私ももともとはそう考えていた」彼は言った。推測するに、被害者とイオリ、星野颯太との面会や対話の記録を見つけることができないため、いわゆる精神コントロールやカルト集団、詐欺についてはまったく成立しない。それで警察も通常の捜査のプロセスを踏まざるを得ず、被害者の生活行動について調査を行ったのかもしれない。あるいは事件そのものが膠着するなかでやむを得ず、一縷《いちる》の望みをかけたということなのだろうか？　「しかし事実はあいにくそうではなかった――R教授との議論の末、我々はある共通認識に達した。すべてはあまりにも〝流行病学〟的だということだ。そこで彼は別の可能性を提示した……」

「ほんとうに伝染病なのですか？」私は口をつぐんだ。「あ、エミリー・クレイマーのことを言っているのですね――」

「ローラ・ツィーグラーだ」サイトウ氏は訂正した。「彼女の論文テーマはひどく奇妙じゃないか？　ああ、もちろん学術的に疑わしい論文である可能性が極めて高いのだが。この論文が引用されたいかなる記録も見つけることはできなかった。だが考えてみると、それは『腸管ウイルス一〇九型感染者のバーチャル・リアリティ下におけるセックス依存現象の研究』――またそらで言うことができたな」サイトウ氏は言った。VR中のセックス依存現象は特に目新しい研究テーマでもない。関連する研究は時代とともに前進している。二十一世紀の最も古い着用型装置のVRから眼球埋め込み式VR、そして脊椎埋め込み式類神経生物のVRへと徐々に発展していった……それぞれのVRは世代ごとに依存の状況が異なる。「だが知っているか？　ローラ・ツィーグラーが言及した腸管ウイルス一〇九型は、じつは当時発見されてまもなかった。それは変異した新種の腸管ウイルスだったんだ」彼はしばらく沈黙した。「重要なことは、それは**人類の中枢神経に感染する**能力を備えているのがすでに証明済みだということだよ――」

私には返す言葉もなかった。身体の感覚が一瞬でなくなり、まるで氷の下の冬の湖水に全身浸かったようだった。私はわけもなく葉月春奈の夢に出てきた桜吹雪を、彼女と二階堂雅紀が歩いた道の小雪と渓流を思い出した。私にはもちろん、もうサイトウ氏あるいはR教授の暗示するものがわかっている。それはどうも不可思議で、想像を超えている。ほとんど――サイトウ氏と被害者葉月春奈がともに使った言葉を借用すれば――ほとんど**神の奇跡**だ。しかしながらここまで筆を走らせて、こう問わずにはいられなかった。もしもほんとうに神が存在するのなら（あるいは我々がそれを直接神とは呼ばないことも許されるなら――もしも、我々凡人よりも高度な精神体やエネルギー体、我々が予測し得ない、かつ理解しがたい形式のものが実存するとすれば）、このような神の奇跡は何を意味しているのだろうか？　このような「カルト集団」や「精神コントロール」の、目的は何なのか？　イオリは、もともと政治に無関心で人生の目標もない星野颯太をコントロールしたのだろうか？　それはまさか神の意思ということなのか？　もしもいわゆる神の奇跡が示すものが、低次元で操作された者の精神を分解し、高次元の操作者に引き渡し、供物として祭るということならば、このすべての理由は何なのだろうか？

彼女はどうやってなしとげたのだろう？

「ちょっと待ってください。違う。これは困難極まりない――」私は突然夢から覚めたように、これが真に正確な「精神コントロール」とは隔たりが甚だしいことに気づいた（あるいは、それは我々の固定観念における精神コントロールとはかなり異なるとも言えよう）。これは結局のところ飛躍した推測だ。「被害者は、あの被害者たちはみな、バーチャルアイドル二階堂雅紀と関わる夢を見ました……これがウイルスなんてありえない――」

「ああ。それればかりではない。美少年二階堂雅紀は、容疑者星野とイオリが合資して作ったWASエージェンシーが創り上げマネージメントしていた唯一のアイドルでもあるんだ……」サイトウ氏は地図を丸めると前を向いた。視線の先には、都市を覆うぼんやりとした夢のような夜景が広がっていた。「そうだ。ウイルスを作るのにいったいどうして美しい夢を流行り病のように伝染させ拡散させるのか？　しかも同じ美しい夢で？　〝正確に夢の内容をコントロールする〟ことができるウイルスが存在するということなのか？　奇妙にもほどがある……」

私は黙っていた。私たちはちょうど地下駐車場を改装したブックセンターの入口を通り過ぎた。下りの坂道は深い地底に向かい、周囲には灯りに映し出された影がゆらめいている。温室のような半屋外の空間は蔓《つる》で覆われ、地面には車道と進行方向を示す白と黄色の標識が残されていた。それは斬新な書籍の博物館で、中世以来の文字メディアと資料の保存形式の移り変わりを展示していた。書籍と書架の間を（ここには不思議なことに古代の紙の繊維の匂いが閉じ込められている。密閉したストームグラスでの復古形式だ）、サイトウ氏は歩いてカウンターに向かい、紫色の短髪の女性店員に低い声で何やら伝えた。女性店員は私を見ると、微かに頷き手で合図した。

「こっちだ」サイトウ氏は私を連れてカウンター脇の壁に近づき、黒檀《こくだん》の壁板に軽く触れた。

壁は音もなく開いた。狭い階段が下へと向かい、微かな光の靄と音楽が流れている。「静かなところに行こう……」サイトウ氏は私をちらっと見た。「それはつまるところ非常に、非常に重要なことなんだ」彼は小声でささやいた。

穴蔵のなかはバーだった。私たちの他には、バーテンダーがひとりしかいない。彼は早速水と氷を届けてくれた。私たちは炎がゆらめく暗がりのなかに腰を下ろした。

「じつは、R教授は彼の親友にも教えを乞うたんだ」サイトウ氏は説明した。「流行り病の研究者だ。思うに彼はほぼ秘密裡《り》にこの専門家に意見を求めたんだろう――彼によれば、資料の中身については明かさなかったようだ。いずれにせよ結論は、政府の動きと疫病流行期間の疫学調査の方法は高度に符合しているということだ……」

「ええ、信じます。しかしそれでは病原体がいかに感染者の夢の内容をコントロールできたかについては説明できません」

「もちろんだ。これは事実なのだ」サイトウ氏が目を細めると、瞳はまつ毛の下の暗がりに埋没した。「だがその症状はすべて**依存**と関係があっただろう？」

「エミリー・クレイマー？　クレイマーの研究ですか？」

「ローラ・ツィーグラーだ」サイトウ氏の眼には微かに炎が煌めいていた。「いいや、違う。美少年二階堂雅紀に夢中になると同時に、被害者の多くにさまざまな依存現象が起きると私は言ったはずだ」

「はい……」

「まだ半分しか言っていない」暗闇のなかで、空気はどこから来たのかわからない光を凍りつかせる。「だからこそ、人類の依存現象についての研究は、ついに〝類神経生物への転向〟の段階に入った。科学界はもはや特定の解剖部位と依存現象の相関性を探ることはなくなった。なぜなら中枢神経の全体の状態を観察し記録してくれる、よりよく、より精密な道具――つまり類神経生物――があるからだ。

話は変わるが、これは確かに『科学革命の構造』における〝パラダイムシフト〟だろう。二十世紀の思想家トーマス・クーンが生きていたら、彼の理論が現実になっていることを自分の目で確かめられただろう」サイトウ氏は興奮してきたようだ。

「その後――このような科学史上の構造変化が導いた必然と言えるかもしれないが、脳科学者たちは**SCR図像**を発見することになる……」

「ＳＣＲ？」

「サントス・コスタ・ロン。略して**ＳＣＲ図像**だ。その理論は三名の科学者が連名で発表した。彼らの国籍はポルトガル、ブラジルそして中国で、**ＳＣＲ**は彼らの姓の頭文字なんだよ」サイトウ氏は説明した。**ＳＣＲ図像**は実際には人類の大脳の〝電位等高線製図〟に類似している――ある時間に、大脳の神経細胞にある方法で引き金を引くと、これらの細胞における電流の方向と電位の高低がいくつかの特定の図像を描く――それはまさに**研究用の類神経生物**の高速撮影によって記録されたものだ。そして特定の数学の公式で演算すると、これらの図像にはある共通の特徴が現れる。「それがＳＣＲ図像だ。そしてそのなかで関係する数学の演算は、**ＳＣＲ変換**と呼ばれている」サイトウ氏は水を一口飲んだ。レンズのようなグラスと氷がぶつかりあって、カランコロンと音を立てる。「実際、四年前のフィールズ賞は彼らが受賞した。同時に未来のノーベル生理学医学賞受賞も有望視されたんだ。もしも順調に受賞すれば、おそらく新記録になるだろう……」

「そうですか……」私はじっと考え込んだ。「それで、それと夢の関係は？」

「それが直接〝どうしてウイルス感染によって感染者が同一の夢を見ることになるのか〟を説明してくれる」彼は私の眼をじっと見つめた。「聞きたまえ――もちろん、私は専門家ではない、少しもな。私が言えば説得力に欠ける。こんなにも……うむ、こんなにも〝想像力に満ちた〟理論であればなおさらだろう」彼は苦笑した。「私じしんですら信じようとしなかったんだ。だから、私にできるのはただ、Ｒ教授の考えを繰り返すか、まとめるくらいしかない……。

次のように仮定してみよう。ウイルスあるいは何らかの病原体があるルートで人間に感染したとする。そして一旦感染すると、相当の確率で人の中枢神経に入り込む。続けて中枢神経の内部では脳細胞の一部が感染するだろう。ほぼ〝すべて〟の脳細胞が感染するかもしれない――以上のプロセスにおいては、それぞれの段階ごとに障壁がある。ステージをクリアしなければならないゲームのようなものだ。簡単に言えば、これらのさまざまな段階における障壁は、おおむね症状の潜伏期間の長短に関わっている……私の話を理解できているかね？」

「だいたいわかります」

「よろしい。ではまずこの病原体を**イオリウイルス**と名付けることにしよう」サイトウ氏は説明を続けた。錯覚かどうかわからないが、隣と隔てる壁面からためらうような、はっきりとしない叩く音を耳にした。まるで壁のなかに閉じ込められた誰かが、信号を伝えようとしているようだった。「イオリウイルスは人類に発見されにくいウイルスだ。より正確に言えば、いまだかつて人類に発見されたことがない――というのは感染させられた後も、はっきりとした症状はまったくなく、原則として人類にとってはその他の危害はないからだ。それはまったく重要ではない。けれどもそれが順調に脳細胞に感染すると、かなりの確率で人類の脳細胞の一部の性質を変化させる機会を持つことになる。

もともとそれは人体にとっていいとも悪いとも言えない。しかし脳細胞の性質に一旦部分的な変化が生じれば、容易に**特定電位状態**に入る。地球上で、おそらくこのような結果を生むウイルスはおびただしい数が存在しているだろう。しかし人類の注意を引くこともない――いずれにせよはっきりとした症状はないのだから。

けれどもそのなかであいにくひとつだけ、つまりイオリウイルスが促す脳細胞の電位特性は、いくつかの条件のもとで、感染した脳をごくたやすくSCR図像を形成する状態にさせる——言い換えると、依存状態の生成を極めて容易に導くことができるのだ」

「それはつまり、イオリウイルスに依存状態を引き起こす可能性があるということですか？」

「その通り。さあ、もうわかっただろう。R教授が提示したこの仮説に基づけば、イオリウイルスは依存現象を促進するということだ」サイトウ氏は電子ペーパーを取り出して、簡単な樹状図を描いた。「では依存性行為に戻ろう。人類は何に依存しうるのだろうか？　アルコール、ドラッグ、一部の薬品、セックス、遊び、一部の嗜好、一部の〝ポジティブフィードバック〟……などだ。実際には、人が〝何ごと〟かについて依存しうるのには、おそらく先天的な条件もある——特に多くの人を容易に依存状態にするのは、例に挙げたものだろう。酒に溺れたり、ドラッグを吸ったりがいい例だ。何もかもが人を依存状態にさせられるわけでは決してない。依存症状が実際に生じる前に、何が我々を依存状態にしうるのかを予測することはできるだろうか？

この点に関しては、二十一世紀の解剖学の方向性を持つ研究は我々に直接の答えを与えることはできなかった。ただほんとうに残念なことではあるが、現在のSCR図像もSCR変換も、あいかわらず説得力を持った答えを提示できていない。それは人類の科学がいまだに力の及ばない範疇《はんちゅう》に属するからだろうか？

我々には確定することができない。だが興味深いことはある。そう、SCR理論は依存問題を完全には解決できていない。しかし冷静に考えてみれば、それが実際に依存現象の脳部電位変化を直接確定し、公にその精確さが認められたことは、すでに重要なブレークスルーだと言えるだろう。だがそれは結局、〝何に対して、どのように依存状態になるのか〟という問題を解決できなかった。科学者たちはこの件について説得力に足るいかなる理論も導き出すことができなかった。

しかし奇妙なのは、SCR理論はなんと精神分析において意外な貢献をしていたんだ……」

「精神分析？」私は少しついていけなくなった。けれどもすぐさま気づいた。それはまさにイオリが学んだものではないだろうか？

「〝集合的無意識〟理論を覚えているかね？」サイトウ氏は声をひそめて言った「カール・ユングだ。占星術と神秘学にはまった二十世紀の心理分析の大家だよ。フロイトの不倶戴天《ふぐたいてん》の敵だな。そうだ、君は人間には集合的無意識があると信じるかい？　君と君の隣人や友人、祖先、さらには面識もない他の人たちと集合的無意識のなかで、ある種の神秘的元型《げんけい》を共有していると信じる？

初めて耳にすると、集合的無意識は常識的ではないし、論理的でもないように聞こえるだろう。でも百年以上も伝わっているような通俗的都市伝説は逆に集合的無意識の存在を証明しているんだ。たとえば——〈赤いハンマー〉や〈世界中がこの男を夢見る〉の物語を聞いたことはある？」

「赤いハンマー？」私は笑い出した。「そういえば……色と工具を自由に連想させると、ほとんどの人が直感で赤いハンマーを思い浮かべるというあれですね？」

「実際には、九八パーセントの人たちだ」

「では〈世界中がこの男を夢見る〉はどうなんですか？」

「私が話せばすぐにわかるだろう」サイトウ氏はカップを軽く揺らし、狡猾そうな笑みを浮かべた。「二十一世紀の初め――正確には二〇〇六年、ニューヨークの心理カウンセラーであるヨーゼフが診療中、ある女性患者が夢のなかで見た眉の濃い男について話すのを聞いていた。女性患者は無造作にこの男の顔を紙に描いた。翌日、別の患者がやってきて、眉の濃い男の似顔絵をちらっと目にすると、驚いて色を失った。彼も過去に同じ眉の濃い男を夢に見たというのだ！

カウンセラーのヨーゼフは、何かうさんくさいものを感じ、自分の周囲で調査を展開した。するとたちまち、自分の患者であれ同業者であれ、またはその他の関係者であれ、この眉の濃い男を〝認識〟し、自分の夢に出てきたと言う人の数は増えていった。二〇〇八年、自分も夢で男に出会ったというイタリア人、アンドレア・ナテッラが〈この男を夢で見たことがありますか？〉というウェブサイトを立ち上げた。引きつけられた多くのネットユーザーが閲覧し、世界各地の〈この男〉の物語を収集することに成功したんだ」サイトウ氏が言うには、ネット上の

データによれば、これらの夢は良い夢と悪い夢を兼ね備えているという。そして「この男」のイメージもまた怖そうでも穏やかそうでもあり、良い面と悪い面を兼ね備えた人間でもあるようだ。重要なことは、ほとんどのネットユーザーにとって「この男」が夢に現れたのは一度にとどまらないということだった。「ふたつの世紀以来、現在まで、ウェブ上で〈この男〉を夢に見たことを公にしている人々は累計で八百万人を超えているという」サイトウ氏は続けた。「一方でウェブサイトじたいも、少しも意外なことではないが疑問をぶつけられた――そうだ、〈この男〉の画像がアップされ、ウェブサイトを通じて広く流通すればするほど、〈この男〉はどこにでも存在するようになり、多くの人々が昼間にそれを見て考えるので、夜も自然と夢に見ることになるのではないか、とね」

「その疑問はとても理に適っていますよね？」

「非常に理に適っている。だがこれは傍証のひとつにすぎない」サイトウ氏は間を置いた。「私はこれまで軽々しくひとつだけの例を信じることはしてこなかった。だがもし、さらに**赤いハンマー**を加えたらどうだろう？」

「あなたはこれが集団的無意識だと考えているんですか？」

「私ではない。これはR教授の考えだ」サイトウ氏は言った。「もちろん〈赤いハンマー〉や〈この男〉のような事例だけではない……我々は他にもたくさんあることを知っている」彼は自分の指を見つめた。「専門的な詳細は私には重ねようもない……それは私の能力を超えているからね。しかしいずれにせよ、R教授の結論はこうだ。もしも〈この男〉のような夢のなかの人物が確かに存在するなら、〈美少年二階堂雅紀〉の存在だって、何も不思議なことではないのではないか？」

「ええ、しかし――」私は疑問を投げかけた。「〈この男〉は二世紀も前にもう見つかっていたんですよ――」

「だが美少年二階堂雅紀はまだ一度も見つかってはいない、そうだね？」サイトウ氏は話を接《つ》いだ。「そうだ。R教授の推論は確かにその通りだ。間違いない。〈この男〉は人類の集合的無意識の元型のひとつだろう。人類の社会においては、もともと必然的に一定の比率で〈この男〉を特に容易に夢に見てしまう人々は存在するんだよ。何もおかしなことはない。

　でも美少年二階堂雅紀はどうだろう？　二階堂雅紀は元来元型などではない。それが答えだ」

サイトウ氏は指でテーブルを軽く叩いた。顔には氷と水が反射した微かな光が浮かんでいる。

「理論上、この元型というものはまったく存在しない。これはユングの精神構造のなかにも、ミーラ・トリヴェディやY・I・チャンなど後に続く多くの精神分析理論の大家の仮説にも存在しない。しかし、イオリウイルスが脳細胞に感染し、脳細胞の一部の性質が変化した後、このような大脳には二階堂雅紀のような元型が現れる――ある種の**依存現象**を伴ってね……」

　私はこの不可思議な仮説をどう理解すべきなのか？　「いわゆる」「R教授」の仮説については――今日に至るまで、誰にも明かしたり、伝えたりしていない。私はどうしても疑ってしまうのだ。私が口を閉ざすことに安んじてしまうのは、職業倫理だけによるものなのか。私にとってこのような**奇抜な考え**や**神の奇跡**は、根本的にまったく信用できないものではないのか。だが話を戻すと、胸に手を当てて考えてみれば、それがこの問題の唯一の答えなのではないだろうか？　私は理性的にはもう理解していて、ただ感情的に受け入れがたいだけなのではないか？　私はふと思いついた。数百年前の古い「六次の隔たり」理論を援用すれば、人と人の間は「一次の隔たり」ということになる。しかしもし**精神コントロール**や、**元型**、さらには**神の奇跡**を含め考慮すれば、個体間の通常の隔たりは、あいかわらず一次なのだろうか？　それとも〇次とするべきか？　〇・五次？　あるいはまた、夢再生機ＡＩ反人類造反事件における、あの何千何万と連なる夢再生機**Phantom**は、何次になるのだろう？

人は、ほんとうに「神の奇跡の依存症になる」生き物なのだろうか？　そして私はサイトウ氏にはずっと黙っていたのだが、じつは今回の彼との面会より四か月ほど前、すなわち二二五〇年十月に東京で、被害者葉月春奈の以前の隣人で親友でもあった姫野亜美と会っていた。そう、「以前の」親友だ――十年前は彼女と葉月は仲のよい姉妹のようだったが、このときすでにふたりは徹底的に決別してかなり経っており、まったく往来はなかった。以前は仲のよかったふたりが赤の他人のようになってしまった原因は今聞いても不条理だ――というのは、葉月だけでなく、ふたり姫野亜美本人も同様にこの詐欺事件の被害者だったのだ。彼女たちはほぼ同じ時期にバーチャルアイドル二階堂雅紀、あの夢のなかの暖男《ヌクメン》美少年の虜《とりこ》になった。別の言葉を使えば、ふたりは恋敵だ（そう、これは「恋敵」と言えるのか？　実存しないバーチャルの人物なのに?）。ふたりはサイトウ氏が持っている地図上の隣り合ったふたつの赤い点にかつて住んでいたが（ひと目でふたりの所在地を確認できたので、このことがまさに地図の信頼性が相当高いとすぐさま断定した理由である)、今ではふたりの距離は億万光年にもとどまらない。皮肉なのは、もしもR教授の論拠が真実であれば、親友間の密接な接触によって、ふたりの体内のイオリウイルスは相手から感染した可能性が極めて高くなる。

「とてもつらいの……」二二五〇年十月二十四日午後、私は姫野亜美を東京銀座の家に訪ねた。彼女は結婚生活を終え、子どもはなく、下町の奥に位置する1LDKの小さなマンションでひとり暮らしをしていた。「ご存じですか？ 龍ちゃんですら……実際、あの事件の前は、龍ちゃんは私の息子同然でした。彼女にどうしてあんなにむごいことができたのかわからない。彼女の夫については、まあしょうがない。私だって結婚の難しさは理解しています。夫婦関係はたやすくさまざまな試練に向き合うことになるのだってわかっています。でも少なくとも龍ちゃんは……彼女がまさかあんなふうに自分の子どもに接するなんて……」

「龍ちゃんとは親しかったんですか？ その頃は」掃き出し窓の向こうは地域の小さな公園だった。夕暮れ時で、子どもたちは互いに誘いあって、そよ風のなか陽光と樹影の落ちる地面をゆるやかに行ったり来たりする。

「とても。別れた夫との間には子どもはいなかったので、あの子には自分の息子のように接していたんです」姫野亜美は目尻を拭い、笑顔を見せた。「もちろん龍ちゃんも人好きのする子でしたし……ほんとうに可愛かった」

「それで……いったいどうしたというのです？」

「彼女はまず、すごく甘い夢をしょっちゅう見るんだと打ち明けてきました。最初は特に気にもしなかったのですが、詳細を聞いて当然びっくりしました。でもその場では何も言いませんでした」姫野は説明した。「私は隠す気はなかったんです……彼女は私の親友でした。でもほんとうに腰を抜かしてしまったんです。しばらくどう反応すればいいのかもわかりませんでした」彼女が言うには、自分が二階堂雅紀の夢を見始めたのは葉月春奈より数週ほど早かったが、夢が繰り返される頻度は葉月には及ばないようだった。「彼女は実際忙しかったんです。夫婦ふたりとも忙しかったと言うべきかもしれない。前田さんのような経済学者なら説明する必要もないですよね。あの人は家のことにはまったく無頓着だったんです。けれどもじつは彼女も……葉月のことですが――じつは彼女だって忙しかった。とりわけ多くの患者は夜のカウンセリングしか都合がつかない。それで彼女は夜の診察を担当することが多かったんです。

龍ちゃんは当時もしょっちゅう我が家に来ていました。もちろん前田夫妻は経済状況もいいですし、私にお金を払って龍ちゃんの面倒を見させるのをなんとも思っていませんでした。葉月が夜間診療の際はいつも私があの子の面倒を見ていました……」

「ふたりで何をしていたんですか？」

「私と龍ちゃんが、ですか？」姫野亜美は首をかしげる。「ええ……あの子には絵本を読み聞かせてあげましたよ。おもちゃで遊んだり、おしゃべりや、しりとりなんかも。外の小さな公園に連れていって風に当たらせもしました。でもそれはわりと少なめで、というのはほとんどが夜の時間帯でしたから。あの子はまだ小さくて、VRゲームで遊ぶことは法律で禁止されています。あの子がいちばん好きなのは小さなカバの飛び出す絵本でした。ある日あの子を家に迎えると、機嫌が悪く絵本を読もうとはしませんでした。何度か尋ねると、ちょっと前にシリーズの続きの一冊をこっそり読んだことがわかったんです——水源汚染や食糧不足で、緑カバ村と赤カバ村の間に戦争が起きてしまった。その戦争では死人は出ませんでした。あ、死カバは出なかったと言うべきですね。つまり喧嘩です。けれども戦争のなかで、子どもの緑カバの友だちで、赤カバ村のもう一匹の子どもカバは食糧不足が原因で病死してしまったんです」

「その話もずいぶんむごいですね？　子どもたちに見せるものなんですか？」

「私にもどういうことかわかりません」姫野は苦笑した。「その一冊だけがそうなんです。だから龍ちゃんは読んで傷つき、気持ちが落ちこみ、不機嫌になったんです。じゃあこれを読むのはやめて、別のを読もうねと言いましたが、あの子はうんと言いませんでした。ふてくされてもう小さなカバの物語は読みたくないと言いました」彼女は少し間を置いた。「なんて可愛い、心のきれいな子なんでしょう……」

「さきほど二階堂雅紀の夢を見始めた時期が葉月さんよりも少し早かったとおっしゃいましたよね？」

「ああ、ええ」姫野は顔を紅潮させて説明した。後で思い返すと、自分がいったいどうなってしまったのかまったくわからなかったという。「私は前から自分が理性的な方だと思っていたんですよ。あのときいったいどうなったのかわからない……そうなんです、私はどうなってしまったんだろう？　今でもまだ理解できないんです」彼女が言うには、まだよかったのは、彼女が「制御不能」になった時間は決して長くはなく、すぐに目が覚めたので、騙された金もそれほど多くはなかったということだ。それと比べると、葉月春奈はまったくそうではなかった。

「その後はどうなったんですか？　もう〝目が覚めた〟のに、どうして葉月さんとの関係がおかしくなってしまったんです？」

「彼女の方は完全におかしくなってしまったからなんです……」姫野亜美はしばらく黙り込んでいた。「ほんとうなんです。彼女はほんとうに**おかしくなって**しまった。それ以外にどう形容すればいいのかわからないのです」姫野によると、当初はあまりにも驚いたため、自分が同じように二階堂を愛してしまったことを葉月に打ち明けることができなかったという。しかしその後自分の方が次第に夢から覚めていくに従って、親友の方は逆に日増しに溺れていった。「彼らの結婚生活に問題があったことは知っています。でもあの毎日のなかで、前田さんに対する葉月の評価は急速に悪くなっていきました。話す内容はますます聞くに堪えなくなり、不満がますます募っていったのです。昔は明らかにそんなにひどくはなかった。さらに常軌を逸していたのは、龍ちゃんの存在を彼女はまるで忘れてしまったようだったということです」葉月は数週間で少なくとも三、四回、放課後に龍ちゃんを迎えに行くのを忘れていたと姫野は言った。一度は彼女が校門の前を通りかかった際、折よく龍ちゃんに会えた。別の日には龍ちゃんがつらくて母親を待ちきれず、どもりながら彼女に電話してきたという。「私が知らないこともきっともっと多かったはず……だからあの頃、龍ちゃんは明らかに落ちこんでいた。

その後、決定的なきっかけがありました。その頃彼女が龍ちゃんを私に任せる頻度は当然、大幅に増えていました。私は龍ちゃんとも親しい仲とはいえ、ふだんはあんなにも物分かりのいい子どもが……そう、あの子は何かが起きたことを明らかに理解していた。自分が母親に冷たくされていることに明らかに気づいていた……実際にそんな状況を目にしたら、あなただって怒りが湧いてくるはずです」窓の外では鳥が鳴いている。ガラス窓には枯れ枝と紅葉の影が映り、鳥が二羽窓辺に飛んできて佇み、そしてまた飛び去っていった。「そしてあの年の五月頃だったと思います。ある日彼女がまた臨時で龍ちゃんを私に預けて、だいじなことがあって越後湯沢に行かなければいけない、翌日には戻ると言いました。いったいどういうことなのと問いただしました。すると口ごもりながら、最近夢で新しい展開があって、彼女は二階堂雅紀と越後湯沢で密会するんだと言うんです。私は、それは夢じゃないのと彼女を引き留めました。でも彼女は思いがけずこう言ったんです。それがすべてほんとうだという理由があるんだと。

私は頭にきました。頭おかしいんじゃないの、と大声で怒鳴りました。その勢いで自分もかつて夢を見て、二階堂を愛し、夢で何度も密会したと言ってしまったんです。彼女はしばらく驚いて頭が真っ白になってしまったんでしょう。信じようとしませんでした。そこで少し前の私の夢の詳細を彼女に説明したんです。ひとつひとつロマンチックな、最初のシンプルなシーンから徐々に拡大していく夢を……。

そして彼女は突然、私の話がほんとうだと気づいたんです……おそらく当惑のあまり怒り出したんでしょう。言葉も選ばず私を口汚く罵りました。私は、あなたは嫉妬しているだけでしょう、自分の年を考えなさいよ、美少年のために嫉妬するなんて話にならないわよと言い返したんです」姫野は涙を浮かべて苦笑した。夕暮れが近づき、暗闇が窓の外からなかへと滲《し》みこんでくる。

まるで愛の亡霊のように。「……ちょっと考えてみて少し後悔しました。私もよくなかったのでしょう。自分だって言葉を選んでいなかったと思います。結局その後、彼女は私にビンタをして、腹を立てたまま立ち去りました。彼女がそんなにも深くはまってしまったとはどうしても信じられず、どう彼女を説得するべきかあれこれ考えていました。結局翌日の深夜、龍ちゃんがひとりで小さなリュックを背負い我が家の呼び鈴を鳴らしたんです。家には誰もいない、パパもママもいない、夕飯も食べていないと……」

「ああ、かわいそうに……」

「そう、葉月はそんなふうに消えてしまいました。龍ちゃんのことは何の手配もせずに。あの子は来たとき、震えながら泣いていましたよ、怖いと言いながら」姫野は思い出していた。「私は憤慨したし、かわいそうでたまりませんでした。あの子を預かり世話する他に、彼女に連絡もしてみたんです。結局二日どころか、まる五日間も音信不通になりました。前田さんも彼女を見つけられませんでした。それが龍ちゃんの心にどんな暗い影を落としたか想像できますよね。ようやく連絡がついた後も、彼女とは話もしたくないほど怒っていました。思いもよらないことに彼女は何も感じておらず、星の光が煌めいているような状態のなかにいました。漫画によくある、アイドルに出会って眼がハート形になってしまった少女のようでした。龍ちゃんが彼女の帰りを待っていることなどまるっきり忘れていたのです……」

今話してみても可笑《おか》しいわね」姫野は笑いながら涙を拭った。「そうよ、可笑しすぎるでしょう？　話を戻すと、どうして私は夢を見ても彼女みたいにのめり込まなかったのかわからないんです。後に前田さんはかんしゃく玉を破裂させたし、私だって彼女をかばう気はありませんでした。怒りが高じて彼女と絶交したんです。でも龍ちゃんのことはどうしても心配だった」姫野は間を置いた。「どうやら彼ら夫婦はもめてのっぴきならない状況になり、友人や葉月の両親が介入して仲裁しても効果なしだったようです。葉月はすぐに仕事をやめ、戻ってくることはありませんでした。龍ちゃんはまもなく父方の祖父母の家に送られ世話してもらうことになりました。

私は常軌を逸していると思っていましたが、後になってよく考えてみるとじつは意外なことでもないのです。前田という男は昔から優しい人間なんかじゃありませんでした。自己中心的なんです。自己中心的な人間だから、当時もただ事態を悪化させるだけでした。葉月じしんも家族が彼女を説得できなければ、ほとんど救いようがありませんでした。聞くところによると、葉月の両親は龍ちゃんに対する彼女の態度をまったく受け入れられなかったそうです……そうですよね？　彼女はどうしちゃったんだろう？」姫野はしばらく黙ったまま、うつむいて自分の手を見つめた。「私はやはり後悔しています……言ってみれば、当時彼女のことを少しは理解できたのは私だけでした。結局のところ私だって似た夢を見たんです。私は衝動的すぎたと思います。もしあのとき彼女と話ができていたら……」姫野は話すのをやめた。

「その後の葉月さんと彼女の家族の状況はご存じですか？」私は訊いた。

「よくはわからないです」彼女は首を横に振った。「少し耳にしたことがあるくらいです。警察が介入してからは葉月の家族も私を警戒するようになったと感じました。ああ……おそらく彼らも私のことを許してはいないんでしょうね？　八つ当たりと言えるでしょうか？　わかりません。

私はただ、彼女が理由を作って家に金の無心すらしたと聞きました。どうしても思いとどまらせることはできなかったようで、両親や姉との関係もおかしくなってしまったようです……」

「前田一輝さんはどうなんですか？　連絡は取っていますか？」

「いいえ。当時は私の元の夫とわりと親しかったんです」姫野亜美の眼が暗くなる。「私は龍ちゃんに会いたいんです……でも前田さんも私を警戒しているんだと思います。彼のようなマッチョな男からすれば、私も葉月も理屈で納得させられない、信用できない女性なんでしょう。離婚後、私と夫はそれぞれ引っ越しましたから、もちろんもう前田さんとは連絡の取りようもないんですけど……」

葉月春奈の親友で、同時に詐欺事件のもうひとりの被害者である姫野亜美との面会では期待したような収穫はなかった。その年、日本の冬の訪れは早く、気温は以前にはないスピードで氷点下を割った。初雪もまもなくで、関東地方全体がぼんやりとした祝福と期待のなかにどっぷり浸かっていた。しかし姫野との面会を終えたばかりの私には、それらすべてに何の意義もないように思えた。それはインタビューの失敗のみによるのではない。おそらく人の弱さに我慢ができないからだろう。すべてが私にどう言葉にすればよいのかわからなくさせる——おそらくどんな人にとっても、愛情の熾烈さや耽溺、狂気は、結局のところプライベートなものであり、理解することはできない。そしてこのような神秘的な部分が形をとって外に現れてくると、たとえ親友であっても配偶者であっても入り込むことは難しいのだろう。それは愛の虚《むな》しさであり、また同時に人間の必然的な孤独なのだ。まさにだからこそ、今ここで筆を執るまで、姫野亜美やサイトウ氏、その他いかなる人にも前田一輝との面会内容を漏らさなかったのである。もちろん、当事者である葉月春奈もそこに含まれる。正直に言えば、もしもサイトウ氏とR教授の推論がほんとうであれば、皮肉なことにそれはすなわち**依存性**と言われる部分についてである——前田一輝が私に率直に認めたのだが、妻の葉月春奈が夢のなかで美少年の虜になる前、まるで夕陽が照り返すように、彼らは結婚生活のなかで、最も甘美で、思い慕ってやまない最後の時間を過ごしたという。それは人と愛情の究極の寄り添いであり、親密で仲睦まじいさまであった。もちろん、彼の言ったことは**セックス**と関係がある。

「その時期、妻は私にとても積極的でした……」このことに話が及ぶと、たとえもう五十を越えているとはいえ、前田一輝はとうとう頬を赤らめざるを得なかった。私たちは東京都北部のあらかわ遊園の百年遺跡を歩いていた。ちょうど改修中のため開放されてはいなかったが、しかし古びた鉄柵の向こうにはあいかわらず小さな観覧車やバンパーカー、メリーゴーランドなど前世紀から今に至るまで残された古い遊具設備が見える。まるで魔法によって凍り付いた夢のようだ。ここは前田の家の近所である。すでに再婚した前田にとって、このプライベートな経験についてのわだかまりはどうやらもうだいぶ消えているようだった。過去に触れることにそれほど強烈な拒否反応はない。数えてみれば、龍ちゃんももう十八歳の青年だ。「彼女は——別れた妻のことですが、どう言えばいいのか。あの頃まるですっかり人が変わってしまったようでした。私にもわからないのですが、そのとき、じつは彼女に対して恥じ入る気持ちを抱いていました……若い頃、私たちは六年にも亘る長い恋愛を経ていたので、結婚前にはもう老夫婦のようでした。龍が生まれると結婚生活に問題が出てきたのです……彼女はあまり私に触れさせようとはしなくなりました。私も忙しいしとても疲れていました。毎日頭のなかをめぐるのは仕事のことばかりです。実際その方面に対する興味もなくなっていました」前田は遠くを眺めていた。路面電車の線路の遺跡が紫色の地平線の果てまで延びている。「ふたりとも年をとったなあと思いました。中年ということですよね？　なのにあの時期、彼女は私にわけのわからない情熱を向けるようになったんです……」

「離婚について話し合われたことはありますか？　それ以前に」

「一度ありましたかね。いや、あったとは言えない」前田の言葉は低く小さい。「喧嘩した後に彼女に言われたことはあります。でもそれは怒りに任せての言葉だと思うので数には入らないでしょう。私も本気にはしませんでした。その後はもう彼女はその話はしなくなりました。客観的に言って、私たちは確かにこのことについて考えたことはありませんね。私たちの関係はそこまで悪くはなかったんです……」

「でも何らかの異変には気づいていた？」

前田は頷いた。「ええ、私たちはややぎくしゃくとはしていました。でもそれが何だっていうんでしょう？　カップルの多くはみんなそうですよ……私が仕事に専念することを彼女がますます許せなくなっていたことは知っていました。私たちはどんどん会話がなくなっていきました。でもほんとうのことを言えば、彼女じしんの仕事もかなり忙しかったんです。私はまじめに仕事をすることがなんら間違ったことだとは思っていません。

その後例のことが……あの事件の半年ほど前だったでしょうか。彼女が突然情熱的になったのです」中年の女性が自分の肉体に自信を持てなくなると、おそらくそれが性生活にマイナスの影響を及ぼすことを彼は理解していた。「でも実際男もそうですよ。少なくとも私はそうでした。私だって自信を失いそうだった。でもあの時期、妻は、ふたりが知り合ったばかりの若い頃に戻ったように感じさせてくれたんです……。

彼女はとても可愛らしかった……彼女が美しく、モデルもしていたことはご存じでしょう。初めて会ったときまるで女神のようだと思いましたが、思いがけず親しみやすくそれに控えめで穏やかな女性でした。私は当時まだ何の社会経験もなく、ただの補佐研究員にすぎませんでした……こんな女の子と知り合えるなんてありえないと思っていたんです」前田は微笑んだ。「それよりも前……ああ、もういい、これはもうやめましょう。いずれにせよ彼女は突然情熱的になって……それはセックスだけにとどまりませんでした。ええ。どこまでも甘い思い出です。まるで結婚前の恋愛時代に戻ったようでした。彼女はできるだけ早く退勤したり、雑事を後回しにしたりして、いっしょに帰宅するために私の会社に迎えに来てくれました。ついでにちょっとしたプレゼントも持って。夕食後にはたまに手の込んだデザートを用意してくれました。私も龍も大好きでした。それから彼女は入念に化粧をしました。私たちふたりで親密な時を過ごすために……。

ええ、もちろん私は思いがけない丁重な扱いに嬉しくなりましたし、また不安を感じるほどでした……年をとってこういうことを口にするのはやはり気が引けますね。でも——」前田一輝は砂利がこすれ合うような声で苦笑した。「さきほども言いましたが、永遠に若い頃のように美しくあること、永遠に相手を新鮮な気持ちでいっぱいにさせることは不可能です。でもあの時期、私たちはそのことを完全に忘れるほど幸せでした……まるで初恋を、終わりのない美しい夢をもう一度始めたかのようでした」彼はしばし沈黙し、眼を赤くした。「もういいです。この話はやめましょう……。

今思い出すと、あれは私たちが結婚してからいちばん美しい日々でした。おそらく……おそらくそうだったからこそ……その後彼女がバーチャルアイドルを愛してしまったと知って、即座にはまったく受け入れることができなかったんです」彼は嗚咽し始めた。「彼女はおかしくなってしまったのでしょうか？　まったく実在しない少年に？　本物の人間ですらないのに？　まさかその前の彼女のふるまいのすべてはうわべだけのものだったのでしょうか？

あれほど私に心を砕いてくれていたのに——まあいい、たとえそれが私の自意識過剰だったとしても……いったいどうして、ついこの前まであんなにも私たちの愛情や家庭を大切にしてくれていたのに。親密な時間を私と共有してくれていたのに——その後身を翻すように別の男を愛した？　たった数か月の間に？　それからいっそうひどくなり、子どものことさえ忘れてしまうなんて、あまりにもひどいでしょう……」

「当時……あの、おふたりの間に何らかの暴力行為がありましたか？」

「なんだって？　暴力？」前田は大きく目を見開いた。「ありませんよ！　もちろんない。彼女がそんなことを言ったんですか？」

「いいえ、言っていません——」私は釈明した。「私はただ……そんな大きな落差というか、不意打ちのような冷たさは……きっと非常に受け入れがたいものだと思ったんです……」

「もしもあったとすれば、それは彼女の私に対する暴力でしょう」前田一輝は私の言葉を遮った。ここはもともと東京のやや辺鄙《へんぴ》なところで、数世紀以来何度も再建され、歴史的建築物と街並みには新旧が併存しており、早くも二十一世紀の半ばには「琥珀のなかの昭和時代」という美称が与えられた。そして「都電荒川線」周辺はこのあたりでもよりいっそう瓶詰めに封印されたかのようだ。通行人、猫や犬のような生き物さえもまるで標本のようだ。私はふと連想した。これはまさに**死んだ婚姻**のメタファーではないのか？　「別居後、私はだいぶいくらか落ち着きました。もしかすると私の両親がしばらく龍の面倒を見てくれたおかげかもしれません。自分が衝動的すぎたのではないかと反省さえし始めました――」前田の語気は落ち着いていたが、しかしその非難の言葉は厳しいものだった。「しかし彼女の態度はすでに明らかでした。非常に冷淡で、挽回しようとする気持ちがないことは明白で……それはつまり私に対する、私たちの家庭に対する冷たい暴力だったと思います。私は心を尽くしました。私の知る限り彼女の家族ももう我慢できなくなっていたようです。だから私は最後には諦めました。彼女の持ち物を荷造りして彼女の実家に送り返したんです」彼はしばらく黙っていた。カラスが頭上の次第に暗くなる空を横切り、甲高くカーカーと鳴いた。私は、葉月春奈がカラスを怖がっていたのを思い出した。「もっとも彼女の荷物はそんなに残ってはいませんでした。家を出るときにもう、彼女は自分でほとんどを持っていったんです。いっしょに家庭を作った人間が、あんなにも長い期間親密であり続けたのに、最後に残されたものがあれっぽちだなんて想像できないでしょう。とても少なくて、トランク半分にも満たなかったんです……」

サイトウ氏とR教授の推論に基づけば――いわゆる依存現象は、当然**セックス依存症**を含む。そうだ、私の推測は牽強付会にすぎる嫌いがあるかもしれない。しかしこの件におけるすべては、常軌を逸しているではないか。この偶然のような甘いひとときが、前田一輝の最後の優しさを完全に打ち砕いたと言っても過言ではないかもしれない。あの短い期間の、熱病のような性と愛の回顧は、葉月春奈が前田一輝に与えた「遺憾↓慰撫」パターンではないだろうか？　ある種の**神の愛の奇跡**なのか？　依存症あるいは強迫症か？　ただこの激情は稲妻のように来ては去り、最後には花火のような幻影を残すだけだった。人間とはなんとか弱く、癒しが必要な生き物なのだろうか――それはまさに愛の本質なのか？　ここで私はどうしても認めなければならない。この**バーチャルアイドル二階堂雅紀詐欺事件**について、私じしんの長い夢のような追跡であれ、あるいはサイトウ氏やR教授の推論であれ、この件を確固たる真相へと導くことはできなかった。長年、私はふたりの首謀者の手がかりを何度か入手してきたが、いつもそれをしっかりと確定することはできなかった。かつて衆人を欺いて真相を隠してきた星野颯太とイオリはそのまま跡形もなく消え、行方はわからない。我々にはもちろん、もうふたりの首謀者のほんとうの関係を知るすべはない。そして私と葉月春奈との面会も二二五二年十二月に終わりを告げた――それは尋常ならざる日だった。というのは、過激な動物権利運動の活動家シェプレサがシャチと話をしたという動画がちょうど公開されてまもない頃だったのだ――彼女は類神経生物を大脳に移植したばかりで、自分を「よりシャチに近づけ」、彼女の言葉を理解できる人類はもういなくなってしまった。それが当時の世界トップニュースだったのだ。この小さく青い惑星で、「人類」と呼ばれる知恵を持つ個体群（知恵があるからなのか、知恵に限りがあるため粗暴で盲目的なのか）は、まさにこのことでずっと沸き立っていた。しかし私と葉月春奈が最後に面会した越後湯沢の小さな駅は、すべてがまるで世間から隔絶されたようだった。二十世紀のあの文豪がこの地を次のように描いていたことを思い出した。

国境の長いトンネルを抜けると雪国であった。夜の底が白くなった。信号所に汽車が止まった。

雪国は冬のさなかで、観光の街なので当然旅行客で混雑しているはずなのだが、地域性の暴風雪警報のために、新潟県内の越後湯沢はひどくひっそりとしており、ほとんど封鎖されているようだった。多くの商店は営業しておらず、長い間見捨てられた夢のようだ。天気が悪いのに、葉月春奈は日程変更を拒み、予定通り行うことにこだわった――「この二度と実現しない思い出を自ら凍結」したいのだと、彼女は言った。

それは**思い出**と言えるのだろうか？　たとえ夢のなかにしか存在しないとしても？　あるいは、彼女が指しているのはじつは、二階堂雅紀との熱愛期間に、そのために一度夫と息子を見捨てて、単独でこの地にやってきたあの短いひとり旅のことなのか？　私にはわからない。この日、私が初めて彼女と面会してからもう三年の月日が経っていた。当時と比べれば彼女は見たところだいぶ元気になっていた。短い髪は適度に整えられ、薄化粧で、ベージュのコートに黒ラシャの洋服を着ており、飾り気はないがきちんとしていた。そういえば彼女はアマチュアのモデルだったではないか？　彼女があいかわらず家族のことに触れるのを避けているのには気づいたが、顔の表情は穏やかで、ある程度わだかまりはもう消えたようだった。二二五二年十二月七日午後四時、私たちは越後湯沢の、まるでキリコの絵画のように広々とした夢のような駅のエントランスホールで待ち合わせ、保存状態のいい路面電車の鉄道遺跡をいっしょに横切った——それはもしかすると、まさに夢のなかで彼女が美少年と何度も密会を重ねた近所の小さな駅に通じているのかもしれない。暴風がうなりをあげ、雪は乱れ飛び、私たちは厳しいなかをゆっくりと前へと進んだが、呼吸をするたびに氷の粒を肺に吸い込むようだった。小さな街の商店街一帯はうら寂しく、営業している店はない。道中葉月は穏やかで、受け答えもふだん通りだったが、言葉は少なくほとんど沈黙に近かった。彼女はもしかしたらちょうど、このとき眼に見えるものすべてを深くその奥にとどめ、心に刻むことに集中していたのかもしれない。理論上すべての画像は眼のなかにしばらく残存しほとんど眼にすることのできない細かな光線にすぎないとしても。私はどうしても、彼女が最初に自己弁護していたことを思い出してしまう——「**どうして神の奇跡を拒絶できるの？　いったいどうやって？　夢と現実がこんなにも似ているというのに**」

どのように夢と現実の重なりを解釈するのか？　あるいは、夢と現実の相互の複製、繁殖、模倣にどう向き合うのか？　この疑問は結局は徒労に終わるのかもしれない。というのは、それはまさに葉月春奈本人の言葉のようだと私は信じているからだ——長年彼女は数えきれないほど自問してきた。私たちは誰もいない、奇妙なほど盛大な静寂のなか、この温泉街を通り抜け、葉月と二階堂が夢で愛し合った足跡を通り抜けて、街外れの林との境界へとやってきた。あの温かな白い小さな家は今まさに私の目の前に立っていた。私は初めて実際にそれと遭遇したのだった——夢のなかで、あるいは、夢の記憶のなかで葉月春奈は彼女の美少年とここで甘美な同居生活を送っていたのである。今夕暮れが近づき、空はもう次第に暗くなっていく。林の真っ黒な樹影はくすんだ白い雪の舞うなかに見え隠れし、遠方の山並みはもうまったく見えない。まるで存在などしていなかったように。そしてこのとき、小さな家は明らかに誰も住んでいない——カーテンは閉じられ、玄関と窓はしっかりと閉じられ、半開放式のガレージもポーチもがらんとしており、個人の荷物は何も置かれていないし、いかなる乗り物の痕跡も残っていなかった。しかし周囲の環境はきれいに整えられていて、荒れ果ててはおらず、誰かが定期的に片付けているようだ。葉月春奈がどう思っているのか私にはわからなかった——これがつまり彼女の夢のなかの、愛に関するすべてなのだろうか？　このときこの地の真実の世界で、この小さな家はいったい誰のものなのか？　ずいぶん前、熱愛している間、彼女が愛の熾烈さと寂しさを抱えてひとりでやってきた五日間という長い時間のなかで、彼女は何を見、そして何をしたのか？　その旅は孤独か、悲痛か、あるいはじつは幸せなものだったのか？

これはおそらく、まさにサイトウ氏とR教授の推論の弱点ではないだろうか？　その後の精神分析と「元型」に関する推測はしばらく措いておく——もしも葉月と二階堂の間の愛情が、あるいは耽溺が、結局は純粋に器質的な原因から始まったとすれば、それはいったい夢のなかのシーンにどのように影響したのだろうか？　それは純粋に葉月春奈じしんが、自分が想像する愛情と現実における心象風景をまるっきり混同してしまっているからなのか？　またそれとも、いわゆる「元型」が、**人物**だけにとどまらず、**特定のシーン**や**特定のプロット**の形で現れることもあるのだろうか？

混同しているのはおそらく被害者である葉月春奈だけではないだろう。ちょうどひと月半前、二二五二年十月、私は意外にもサイトウ氏の最新情報を入手した。彼はすでに軽度の認知症と統合失調症を発症したため療養施設に入っていた。それはまさに神戸市異人館街の悠久の歴史を持つあの古びた精神科病院だった。私たちがかつてゆっくりと通り過ぎたところだ。この時代には、軽度の認知症は修復タイプの類神経生物によって克服することは難しくなくなっていた。しかしなにがしかの状況下では、統合失調症には信頼できる安全な根治療法はまだない。人類を数千年もの長きに亘って苛《さいな》んできたこの病について、私はいまだにほぼ三世紀前のラテンアメリカの文豪ボルヘスより精確な見解を聞いたことがない——「狂人とは目覚めたまま夢を見る人間だ」そうだ。**目覚めたまま夢を見る**。それは明らかに現実感覚を失ったすべての精神病患者の日常である。私は二百年前の「地球意識」、アーロン・シャラメとイヴ・シャラメ父娘の「信用ならない魂」という言葉をどうしても思い出してしまう。そしてその後引き起こされた**審判の日の大虐殺**を——そう、魂はこんなにも疑わしく、私はもうサイトウ氏とR教授の推論が信頼できるかどうかを判断できない。今となってはR教授が実在するかどうかも確認することは難しい。そのすべてはサイトウ氏の謎のようで不可解な心のなかにしか存在しないのだろうか？　またあるいは、いわゆる「現実感覚」は、実際には一般の人が想像するより遥かに困難なのだ――そうだ、いかに神の奇跡を拒絶すればよいのか？　いったいそれは可能なのか？　夢と現実は結局のところあまりにもよく似ているのだ。

私と葉月春奈は小さな家の前に長いこと立ちすくんでいた。葉月は黙ったまま、ただ静かに今では誰も住んでいない家屋を見つめていた。私はもともと何か言うつもりだったが、結局口には出さなかった。大雪が舞い落ち、周囲は静寂で、時間は止まったままだ。雪は一切の事物を覆い尽くすだけでなく、すべての音を消してしまうようだ。私は、雪が私たちの頭と肩に降り積もるその重さをほぼ感じることができた。私は葉月の横顔を見つめていた。彼女の美しい顔立ちはこんなにも清らかで、ほとんど雪の白い光で出来上がっているようだ。「彼はまさにここで私にプロポーズしたんです」彼女はふと言った。

「何ですか？」寒風が轟音で私にぶつかる。まるで昆虫の翅《はね》が耳のなかをバタつくようだ。

「あの、彼はまさにここで私にプロポーズしたんです」

「誰のことを言っているのですか？」私は叫んだ。「雅紀ですか？　二階堂雅紀がですか？」

葉月春奈は返事をしなかった。彼女は身を翻してその場を離れ、来た方の道へと歩き、ふりかえることもなかった。明らかにいかなる意思も余計に示そうとはしなかった。私は急いでついていった。彼女は突然落ち着き払って皮の手袋を脱ぎ、唇をしっかり閉じて、無表情で左手を私に見せた。

その薬指には結婚指輪がはめられていた。このとき周囲はすでに暗くなり、光は溶けて消え、小さなダイヤモンドの指輪は雪目になりそうな純白の光のなかで沐浴している。私はもう何を思えばいいかわからなかった——これは彼女が自分じしんに買ったプレゼントなのか？　彼女はついにあの夢のなかのプロポーズを受け入れたのだろうか？　これは彼女が夫と息子を見捨て、失踪した五日間と何らかの関係があるのだろうか？　あるいは、この長年の間、中年になってからの日々、彼女はずっと、誰も知らずそれについて話す相手もない自分の夢のなかに生きていたのだろうか？　ナイフのように冷たい暴風のなか、霧は地面の方へと沈み、暗闇が周囲に次第に集まる。雪と氷晶が乾いて遮るものもない私の両眼に突き刺さった。街の方向には、視界の及ぶところあいかわらず人家は見えない。まるで天地にふたりだけが残されているようだ。葉月春奈はまっすぐに前方を眺め、静かに皮の手袋をつけた。彼女の靴は雪の上を一歩一歩踏みしめていき、ずっと歩みを止めることはなかった。このとき彼女の瞳のなかにはこの現実世界が存在していないと私は感じた。またあるいは、彼女が見つめる事物は終始ここにはなく、不明瞭な虚空のなかに埋没しているのだ。

その後私は天啓に打たれたかのように、突然ふりかえり、後ろを眺めた。

そして大雪のなか、小さな家の窓のひとつが静かに輝き始めるのを目にしたのである。

訳者あとがき

近年、劉慈欣、ケン・リュウ、郝景芳を始めとする中国語圏のSF（科幻）作品が注目を集めている。彼ら代表的作家はもちろん、ほとんどが中国出身の作家である。しかし同じ中国語圏でありながら、台湾におけるSFはあまり知られていないのではないだろうか。

本書は、台湾における「近未来小説」のアンソロジーである。「近未来小説」は、SFとは完全に一致はしないかもしれないが、SF的な要素もふんだんにちりばめられている。

収録しているのは、本書のために特別に選んだ八名の作家による八篇の作品であり、伊格言、黄麗群以外は、初邦訳となる。作家の世代は、一九五八年生まれから一九九〇年生まれまでと幅広いが、作品が発表されたのは、二篇が二〇〇〇年代半ば以降である他、六篇は二〇一〇年代半ば以降となっており、このアンソロジーを通じて台湾のSFの現状に触れることができるだろう。作家については各篇の扉裏に記したので参照いただきたい。

台湾におけるSFは、確かに日本ではあまり紹介されていないものの、邦訳としては張系国『星雲組曲』(山口守、三木直大訳)、クィアSFとも評される紀大偉『膜』(白水紀子訳)、洪凌『フーガ 黒い太陽』(櫻庭ゆみ子訳)などが挙げられる。近未来を描くという意味では、本書にも収録されている伊格言の『グラウンド・ゼロ』が原発事故という近未来のディストピアを描いている他、呉明益『雨の島』(及川茜訳)などもSFに含んでよいだろう。

近未来あるいはSFを描く小説のコンセプトにはさまざまなものがあろう。たとえば、楊勝博は戦後台湾のSF小説は台湾の歴史的社会的変化を反映しているとする。一九七〇年代末から一九八〇年代にかけて台湾が日本やアメリカと国交を断絶し、国連の代表権を失うなかで、当時の国民党政権による「ナショナリズム」神話に対する疑義が欧米のSFのコンセプトと合致したという。さらに一九八〇年代は資本主義経済の目覚ましい進展もあり、グローバルな企業による消費文化が、人間関係や環境問題にも影響を及ぼし、「日常」を大きく変えていったこともSF創作を刺激した。そしてまた一九九〇年代以降になると、戒厳令解除後の民主化のうねりのなかで巻き起こったフェミニズムやセクシュアル・マイノリティについての運動が、それまでの異性愛主義に彩られた作品の価値観を転倒するクィアSFのような作品の誕生を促し、性や身体性の探索が「ポストヒューマン」にも繋がっている。

このようなSF作品と現実との関係は、いまやその境界が曖昧模糊となり、もはやどちらがどちらに介入しているのかわからなくなっている状況にあるのかもしれない。この点を踏まえれば、本巻に収められた作品は、SFでありながらもある種のリアリズムを胚胎しており、虚実の境界を揺さぶり、読者の認識を攪乱《かくらん》していると言えよう。

収録作品はじつにバラエティに富んではいるが、いくつかの論点が抽出できそうだ。まずひとつめは、上述した「ポストヒューマン」という点である。これは、人類と非人類としてのポストヒューマンの対照ということであり、また人類の非人類化という問題意識にも繋がっている。ふたつめは、「母親と息子／娘」という点である。父親の存在はなぜか希薄であり、逆に母親の存在が際立っている。みっつめは、「男と女」という点である。赤裸々な性描写が特徴的な作品もあるが、異性愛規範に基づくジェンダー意識から明確に逸脱したような作品はない。しかし、ポストヒューマンとも関わるかもしれない性別の曖昧さは、無意識とはいえクィアへの介入になっている可能性もある。

ここからは各作品の内容に踏み込むため、注意されたい。

ポストヒューマンと人類、そして宗教

「ポストヒューマン」は、ある意味SFにおける普遍的な要素のひとつといえるだろう。ただし、人類と非人類（ポストヒューマンあるいはアンドロイドのような存在）が対照的に描かれているか、人類の非人類化を描いているかという点で分類できそうである。非人類が登場しない「逆関数」を除いて、前者は「USBメモリの恋人」「小雅《シァオヤー》」「バーチャルアイドル二階堂雅紀詐欺事件」であろう。後者は「去年アルバーで」「雲を運ぶ」「２０４２」がそれにあたるのではないだろうか。前者は、たとえ非人類が登場しても、主体性が描かれていないように見えることも特

徴的である。つまり徹底的に他者化されている。「ホテル・カリフォルニア」は、人類であるはずの語り手の主体性が曖昧であり、非人類であるイサとの関係性も数値化されることによってしか切り結べず、主体が空洞化している点で、どちらにも分類できないような不思議な小説世界を作り上げている。

「去年アルバーで」は、バーチャル都市におけるバーチャル市民たちのコメディタッチのドタバタ劇である。登場人物は、最初からバーチャルな非人類なのか、人類の進化形としての存在なのか曖昧であるが、一方でビールの酵母菌や、左脳と右脳、男女の性器が擬人化されており、それが登場人物の性的欲望といった人類性（人間性）を際立たせてもいる。

ポストヒューマンという点では、「雲を運ぶ」は不思議な世界観を湛《たた》えている。孔雀と天空の親子は、他人の脳に入り込み、その感情を処理するという、人類の進化形のような能力を持っているにもかかわらず、前近代的なシャーマンのような存在との繫がりもほのめかされる。近未来におけるポストヒューマンの能力の先進性といかがわしさの混在によって、SFでありながら、ヴァナキュラーな民話のような味わいも感じさせる仕上がりになっている。ここでいう「いかがわしさ」とは、土着の信仰がもつ猥雑さと言い換えてもいいかもしれないが、それは新興宗教やカルトといった現実の存在を彷彿させもする。

聖書の言葉が引用される「小雅」では、アンドロイドの労働者組織が宗教にも関わっていることが示唆され、ここでは、人類の非人類化でなく、非人類の人類化とでもいうべき状況が描写されている。

カルトのような心理コントロールで人々の夢に介入し「詐欺事件」を構成していくようにみえるものの、加害者の姿は不可視化された「バーチャルアイドル二階堂雅紀詐欺事件」は、人間の弱さにつけ込む新興宗教の勧誘メカニズムを示唆しているようにも読める。じつはその「弱さ」は人間が人間らしくあるための重要な要素であり、だからこそ宗教や宗教的なるものが人類には必要なのではないか、とこの作品は問いかけているようだ。これらの作品がＳＦを通して人間（人類）を描くものである以上、宗教はよいか悪いかという価値判断の問題ではなく、人間性を担保する意味で重要なのだろう。

「逆関数」も、夢というモティーフと疑似宗教的体験が描かれる作品である。その点において「バーチャルアイドル二階堂雅紀詐欺事件」に繫がっている。夢をカスタマイズすることができるストーリーマシンを発明した老教授と、その機械とある事件の関係性に長年疑いを持つ刑事の再会をめぐる物語だ。ここではポストヒューマンは登場しないものの、外部から人間の脳に介入を行うという点は、人類の非人類化の試みとみなすこともできる。

母親と息子／娘、あるいは父親の不在

上述した「雲を運ぶ」では、父親がまるで赤の他人のような存在「つまらない男」として登場している。一方で、天空（息子）と母親である孔雀との関係性は非常に密なものだ。感情の「運搬業」が家業であり、それはイエ制度のメタファーとも言えるが、男性性が希薄で家父長制のようなものを意識させない。そのことがかえって孔雀と天空の母子関係を際立たせているようだ。

「２０４２」においても母親と子（娘）の関係性は強く、父親の存在感は薄い。ここでは、人類の非人類化も描かれている。肉体が更新可能なサイボーグとなり、頭脳もチップの交換が可能になる時代を背景に、語り手である女性が母親として、娘（緑）と向き合う姿を淡々とした筆致で綴る。少し古い考えを持つ母親の、時代に取り残されていく危機意識が、娘を思う気持ちにも反映され、どれだけ自分たちの非人類化が進んでも変わらずに、娘のことで悩んだり喜んだりする母親の姿がいじらしい。

　変わらない、普遍的な母親と子の関係を描くのは「小雅」も同様である。ただここでは、老母と、その介護に直面する既に若くはない中年の息子の関係性が描かれる。離れて暮らす息子は、行政の支援を受けて介護用のアンドロイドを手配したものの、アンドロイドはなぜか失踪してしまう。興味深いのは、近未来において九割以上が女性型の介護用アンドロイドが選ばれているというくだりだ。もちろん主人公の母親を介護するのも「小雅」という名の女性型アンドロイドである。ジェンダーの偏りが特徴的だが、二〇二四年四月末時点における台湾の福祉を担う外国籍労働者のうち、男性は０・８パーセントを占めるのみであり、アンドロイドを外国籍労働者と見なせば、小説の内容はほとんど現実そのものだ。外国人材に頼らざるを得ない台湾の現状を如実に表しているともいえる。アンドロイドの女性性を主人公の息子も好ましいものと考えていることも、ジェンダーの偏りと異性愛規範を強化する要素と言ってよいだろう。

「バーチャルアイドル二階堂雅紀詐欺事件」は、夢のなかで出会った男性バーチャルアイドルに大勢の女性がのめり込んでいくという不思議な事件を描いている。葉月春奈もそのうちの一人であり、アイドルへの耽溺によって、積み上げたキャリアだけでなく、息子と夫をも見捨ててしまう。葉月の親友だった姫野も同じ流行り病にかかってはいるが、まるで新興宗教から脱退するかのように目が覚め、一時期、義理の母親のように葉月の息子に寄り添う。この作品でも、父親の存在感は大きくなく、母親や母性に焦点が当てられていることに留意したい。

戦後の台湾文学、とりわけ戒厳令解除後の文学において、国民党の抑圧的な統治が「父権」や「父性」のメタファーとして批判的に表象されることは『短篇小説集 プールサイド』でも言及したが、それとは対照的に「母性」や「女性性」が機能するともいえる。濃密な母子関係の表象は、従来の、そして未来の「父権」への抵抗と読むことができるのかもしれない。

男と女、セクシュアリティ、クィア

「去年アルバーで」における、諧謔《かいぎゃく》的ではありつつも異性愛主義に彩られてもいる描写は、バーチャル市民でさえも性的でなくてはいられない人類の業《ごう》のようなものすら感じられる。哲学的な問答がセックスの比喩として描かれているのも現実の恋愛や性をクリティカルにまなざした結果ともいえるが、それよりも形而上と形而下の区別のなさ、人間の本質はポストヒューマンになろうが変わらないことを示唆するものであろう。同様に、男性側が主体となる不倫や売春の描写は、現実における男女の非対称的な関係性をコミカルに、だが辛辣に批判しているとも読める。

「USBメモリの恋人」は、勤務先の社長と恋人同士になりたい女性が、同僚の青年に社長のデータを盗ませUSBメモリに保存し、アンドロイドに挿入すればいつでも「社長」と一緒にいられることを夢見ている。女性に片思いしている青年は、その作業と引き換えに彼女とセックスするが、心までは自分のものにできないことを恨んでいる。この作品も、異性愛を前提にした関係性が描かれているだけでなく、その関係性の主軸は人類同士であり、アンドロイドは他者化されている。

不思議なのは「ホテル・カリフォルニア」である。どうやら女性性を帯びた声で、主人公の語り手をナビゲートするのは、イサという存在である。しかし、イサは声だけで、しばらくその実体は登場しないままだ。その後、姿を現したイサは、主人公との性的行為に及ぶが、先述したようにその関係性はすべて数値によってしか表現されない。主人公は人類の男性のようであるため、想像されるのは男と女という関係性であるものの、人類と非人類のオルタナティブな性行為は、単純な異性愛の関係性を相対化する効果も持ち得ている。

「雲を運ぶ」においても、基本的には異性愛の男女関係が、たとえば小石と千里などの間で繰り広げられはする。しかし、終盤に登場する白露の性別はわかりにくい。セクシュアリティの問題というより、それは無性的な存在だというほうが適切かもしれない。性についての認識を攪乱するという意味で、これは前述したようなSFとジェンダー・セクシュアリティとの関係性を示唆するものであり、九〇年代のクィアSFの系譜に繋がるともいえよう。

さて、陳芳明の『台湾新文学史』においては、「科幻」は、洛夫、羅智成の詩、平路、張系国、宋澤萊、林燿徳、紀大偉、洪凌の小説など、八回程しか言及されていない。しかもジャンルとしての「SF小説」というよりは、「SF的な表現」という評価にとどまっている記述もある。SFは、しばしば通俗的なジャンルとしていわゆる〝純文学〟とは区別されてきたという経緯も反映した結果であろう。また上記の作家たちもSFを専門とする書き手というわけでもない。しかし、SFが娯楽性とともにクリティカルな可能性を秘めたジャンルであることに疑問の余地はないだろう。このアンソロジーが、台湾の新しいSFの風となって、読者のもとに届くことを願う。

＊

本書の刊行にあたっては、編集委員である呉佩珍氏（国立政治大学教授）、白水紀子氏（横浜国立大学名誉教授）、山口守氏（日本大学人文科学研究所上席研究員）の貢献によるところが大きい。また、翻訳に際しては、張政傑氏（東呉大学助理教授）にたいへんお世話になった。心からお礼を申し上げる。

また本書の刊行を快諾してくださった早川書房と編集担当の茅野ららさんにも大変お世話になった。ここに感謝の意を表したい。

二〇二四年五月

参考文献

楊勝博『幻想蔓延　戦後台湾科幻小説的空間叙事』秀威資訊、二〇二二年
陳芳明『台湾新文学史』聯経、二〇一一年（邦訳は東方書店、二〇一五年）
労働部　労働統計調査網　統計資料庫「外籍工作者」https://statfy.mol.gov.tw/statistic_DB.aspx

本書は、国立台湾文学館の「台湾文学進日本」翻訳出版計画の助成金を得、出版されたものです。

編者略歴

呉佩珍（ご・はいちん）
1967年生まれ。国立政治大学台湾文学研究所教授。日本筑波大学文芸言語研究科博士（学術）。専門は日本近代文学、日本統治期日台比較文学、比較文化。現在、国立政治大学台湾文学研究所所長。津島佑子、丸谷才一、柄谷行人の作品の繁体字訳を担当。その他、『我的日本』（共編）、『台湾文学ブックカフェ〈1〉〈2〉〈3〉』（共編）などがある。

白水紀子（しろうず・のりこ）
1953年生まれ。東京大学大学院人文科学研究科中国文学専攻修了。専門は中国近現代文学、台湾現代文学、ジェンダー研究。横浜国立大学名誉教授。訳書に、陳雪『橋の上の子ども』、陳玉慧『女神の島』、甘耀明『神秘列車』『鬼殺し　上・下』『冬将軍が来た夏』『真の人間になる　上・下』他多数。その他、『我的日本』（共訳）、『台湾文学ブックカフェ〈1〉〈2〉〈3〉』（共編）などがある。

山口守（やまぐち・まもる）
1953年生まれ。東京都立大学大学院人文科学研究科中国文学専攻修了。専門は中国現代文学、台湾文学および華語圏文学。日本大学文理学部教授を経て、現在日本大学人文科学研究所上席研究員。日本台湾学会名誉理事長。編著書に『講座 台湾文学』、訳書に白先勇『台北人』、張系国『星雲組曲』（共訳）、『我的日本』（共訳）。その他、『台湾文学ブックカフェ〈1〉〈2〉〈3〉』（共編）などがある。

訳者略歴　立命館大学文学部教員　著書『旅する日本語――方法としての外地巡礼』（共著），訳書『亡霊の地』陳思宏（早川書房刊），『短篇小説集 プールサイド』鍾旻瑞他，『次の夜明けに』徐嘉澤，『太陽の血は黒い』胡淑雯，他

台湾文学《たいわんぶんがく》コレクション1
近《きん》未《み》来《らい》短《たん》篇《ぺん》集《しゅう》

2024年7月10日　初版印刷
2024年7月15日　初版発行

著者　伊格言《エゴヤン》・他
訳者　三《み》須《す》祐介《ゆうすけ》
編者　呉《ご》佩《はい》珍《ちん》、白水《しろうず》紀子《のりこ》、山口《やまぐち》守《まもる》

発行者　早川　浩

発行所　株式会社早川書房
東京都千代田区神田多町2－2
電話　03－3252－3111
振替　00160－3－47799
https://www.hayakawa-online.co.jp

印刷所　株式会社亨有堂印刷所
製本所　大口製本印刷株式会社
Printed and bound in Japan
ISBN978-4-15-210342-0 C0097
JASRAC 出 2404253-401

乱丁・落丁本は小社制作部宛お送り下さい。
送料小社負担にてお取りかえいたします。